MW01634622

512

Questo romanzo è un'opera di fantasia. Nomi, personaggi,
luoghi e avvenimenti sono frutto dell'immaginazione dell'autore
o sono usati in maniera fittizia. Qualunque analogia con fatti,
luoghi o persone reali, esistenti o esistite, è del tutto casuale.

Titolo originale: *The Pact*
Copyright © 2014 by Karina Halle
Published in agreement with the author,
c/o BAROR INTERNATIONAL INC., Amonk, New York, USA
All rights reserved

Traduzione dall'inglese di Rosa Prencipe
Prima edizione: febbraio 2017
© 2017 Newton Compton editori s.r.l.
Roma, Casella postale 6214

ISBN 978-88-227-0093-3

www.newtoncompton.com

Realizzazione a cura di Corpotre, Roma
Stampato nel febbraio 2017 da Puntoweb s.r.l., Ariccia (Roma)
su carta prodotta con cellulose senza cloro gas provenienti da foreste
controllate, nel rispetto delle normative ambientali vigenti

Karina Halle

Dream
Patto d'amore

Newton Compton editori

A mio marito, Scott,
per aver reso una tale avventura i miei trenta – e oltre!

Prologo

«Allora, vuoi sposarti?».

Sono così presa da quanto è andato male l'appuntamento di stasera che quasi non ascolto Linden. E questo la dice lunga perché di solito ha la mia rapita attenzione qualsiasi cosa accada. Immagino che la cena di stasera con Mr. Faccia da Culo sia stata troppo per me. Cioè, che razza di uomo indossa un'ascot *e* si mette le dita nel naso davanti a te?

«Steph», ripete con leggero accento scozzese e finalmente stacco gli occhi dalle bollicine nella mia birra per guardarlo. A volte mi chiedo perché io mi prenda il fastidio di guardare qualcun altro, lui è così bello, cazzo.

Lui è anche il mio migliore amico. E sono quasi certa che mi abbia appena chiesto di sposarlo.

«Cosa?», chiedo, assicurandomi di aver sentito bene.

Mi rivolge un ghigno. Vorrei che non lo facesse. A volte il suo sorriso mi strappa l'aria dai polmoni. Non esagero. È caotico, violento, improvviso e vorrei che non accadesse perché, cazzo, mi piace respirare.

«Ho detto: vuoi sposarti?», chiede, e mi rendo conto che forse si è svolta un'importante conversazione senza che io me ne accorgessi. Inoltre… Linden… matrimonio… non è che queste cose leghino tra loro.

«Uh», faccio, e vorrei non sentire il calore che mi risale sulle guance. «Sposarmi? Con te?».

Lui fa spallucce e beve un sorso di birra con quel suo modo rilassato. Nel bar c'è un silenzio di tomba a quest'ora della notte a parte la musica, l'aggressiva *King for a Day* dei Faith No More, che James mette sempre quando la serata è finita e vuole che la gente se ne vada.

James Dupres, il proprietario del Burgundy Lion, mio ex fidanzato e migliore amico di Linden, gironzola sparecchiando i tavoli e scoccando occhiate passivo-aggressive al quartetto nell'angolo, le uniche persone rimaste nel bar a dieci minuti dalla chiusura.

«Sì, con me», risponde alla fine Linden come se niente fosse, come se stessimo decidendo che film vedere questo fine settimana. «Ma parlo anche in generale».

Resto a fissarlo per qualche istante. Sembra sicuro di sé come sempre mentre si sfrega la barba e mi fissa a sua volta. Linden e io siamo intimi – per quanto si possa esserlo in una situazione uomo-donna puramente platonica. Ma, ciò nonostante, non abbiamo mai discusso di argomenti del genere. Delle nostre schifose situazioni sentimentali, sì. Ma di matrimonio, del futuro, di quello che davvero vogliamo dalla vita? No.

«Fammi capire bene», dico, ma non riesco a trovare le parole per continuare. Faccio un profondo respiro. «*Mi* stai chiedendo di *sposarti*?».

Lui sospira e si appoggia allo schienale dello sgabello, con un forte avambraccio sulla spalliera e le dita dell'altra mano che giocherellano con le punte dei miei capelli corvini freschi di tinta.

«Baby Blue». È il soprannome che mi ha dato dalla prima volta che ci siamo conosciuti, quando avevo i capelli color acque caraibiche. «Parlami di nuovo del tuo appuntamento».

Lo guardo. «Preferirei di no, Cowboy». Gli ho dato questo soprannome per i suoi lineamenti scolpiti e la fronte aggrottata di un giovane Clint Eastwood. E poi a volte è un dannato maschilista proprio come i classici pistoleri.

«Giusto. E io preferirei evitare di accennare al fatto che i miei ultimi cinque appuntamenti sono finiti con una sega sotto la doccia».

Ti preeeeego, non farmi pensare a te che ti tocchi sotto la doccia, penso, *altrimenti le cose finiranno per degenerare molto in fretta.* Per lo meno nella mia mente. D'altro canto, la mia mente è sempre indecente. È come una pagina Pinterest di uomini sexy e poco vestiti ventiquattro ore su ventiquattro, sette giorni su sette, lì dentro.

«E quindi», continua lui, costringendo a focalizzarmi sulle sue parole e non sulle immagini sconce, «non cominci a chiederti se la situazione prima o poi migliorerà? Sei bella, intelligente, io sono bello, intelligente…», fa una pausa e sorride,«ovviamente. Quest'anno compiamo venticinque anni… e se ci toccasse continuare così? Tutte queste stronzate, senza mai andare da nessuna parte».

Sono perplessa, non so come comportarmi quando fa così. Mi sta prendendo in giro o dice sul serio? Ha sempre questo sorrisetto del cavolo qualsiasi cosa dica e mi ha lasciata spiazzata più di una volta.

«Be'», mi piace pensare che la mia vita possa prendere una strada più rosea», replico.

Lui sorride e annuisce. «E dovrebbe. Dovrebbe davvero. Voglio dire, guardati».

Guardarmi?, penso, chiedendomi cosa veda esattamente.

«Ma se il pianeta fosse pieno di fottuti imbecilli? Allora cosa…». Si interrompe e si guarda attorno prima di protendersi verso di me; solo allora guardo bene nei suoi occhi blu scuro e vedo che è ubriaco. «Andiamo bene l'uno per l'altra. Sai che è perfettamente logico».

Non so cosa pensare. «Sei ubriaco, Linden».

«Sono un uomo con un piano».

«Da quando in qua il matrimonio ha mai fatto parte dei tuoi progetti di vita?».

Si stringe nelle spalle e si passa una mano nei folti capelli color mogano. «Sarai anche una dei miei migliori amici, Baby Blue, ma non sai tutto di me».

«A quanto pare no».

La sua bocca si curva in un mezzo sorriso. «Ma quando saremo sposati avremo un sacco di tempo per quello. E per il sesso, anche».

Okay, adesso capisco che per lui è una specie di scherzo, come molte cose nella vita. «E se non volessi mai sposarmi?», gli faccio notare, scacciando dalla mente l'immagine di noi che facciamo sesso bollente e sudato. «Quando mai ho parlato di matrimonio o bambini?»

«Mai», ammette. «Ma questo non significa che non ci pensi. Altrimenti perché usciresti sempre con qualcuno?»

«Perché mi piace scopare».

Lui ride. «Altro motivo per cui siamo una coppia perfetta».

Serro le labbra e lo guardo. Penso di aver bisogno di un altro drink.

Linden mi legge nel pensiero. Scende dallo sgabello e va dietro al bancone. James non ci fa caso ma, anche in caso contrario, non direbbe niente. Linden e io avevamo ventun anni, James ventitré, quando noi due abbiamo iniziato a lavorare al Burgundy Lion con lui. Alla fine Linden e io abbiamo optato per cose più grandi e, si spera, migliori mentre James ha finito per comprare il locale. Veniamo considerati ancora un po' come dei dipendenti, non credo che James ci abbia mai fatto pagare qualcosa da bere.

Linden tira fuori dal frigo due bottiglie di Anchor Steam e le fa scivolare verso di me. A San Francisco c'è l'annuale ondata di calore autunnale e Linden, con le maniche della camicia grigia e sgualcita arrotolate, sfoggia i forti avambracci abbronzati e le frasi di Charles Bukowski che ha tatuate sulla parte interna. Indossa bermuda color kaki che gli sottolineano il sedere tonico. Ai piedi porta le vecchie Keds nere che penso abbia da quando ci siamo conosciuti, ma è da lui.

Se è sbagliato sbavare di tanto in tanto per il tuo migliore amico, non voglio essere nel giusto.

«Allora, cosa dici?», chiede quando torna a sedersi accanto a me. «Se non troviamo nessuno entro, che ne so, i trenta, ci sposiamo?»

«Ma sei davvero serio?»

«Signorsì». Annuisce e fa tintinnare la sua birra con la mia. «Bevici su e magari dirai di sì. Devo ammetterlo, stai ammaccando un pochino il mio ego».

«Non è una brutta cosa», replico e dico sul serio. Linden McGregor è divertente, gentile, intelligente, bello e ambizioso. Ha una laurea in economia e sta per prendere la patente di pilota di elicottero. È un pacchetto sexy che qualsiasi ragazza sarebbe fortunata ad accaparrarsi.

Ma è anche egocentrico, borioso, arrogante e un gran seduttore. È difficile ottenere da lui altra emozione se non l'intensità: ha questo modo di guardarti, di guardare la vita, come se volesse trafiggerti. Vive la sua vita con egoismo, sa appassionarsi a qualcosa (o qualcuno) per un minuto ed essere indifferente quello successivo. È un tipo complicato oltre che un ragazzo che sono onorata di definire il mio migliore amico.

Tuttavia, il matrimonio – diamine, una relazione – è un altro paio di maniche e non sono pronta né intenzionata a imbarcarmi in una simile avventura. Sì, penso che lui sia stupendo, sì il modo in cui mi guarda a volte mi provoca strane sensazioni allo stomaco, sì ho spesso pensato di andare a letto con lui.

Cioè, più spesso del dovuto.

Ma questo tipo di accordo – sposarlo – non funzionerebbe.

Per fortuna, so che Linden sta solo scherzando.

Bevo un lungo sorso di birra, tenendolo sulla corda ancora un po', premendo il pollice su quell'ammaccatura nel suo ego, e poi annuisco e rispondo: «Va bene».

«Dici sul serio?»

«Credo di sì».

Lui fa un sorriso tanto largo da far spuntare le fossette. «Hai fatto di me un uomo molto fortunato, Stephanie Robson».

Alzo gli occhi al cielo. «Lo vedremo. Se siamo fortunati, avremo entrambi una relazione seria entro i trenta e non dovrò prendere in considerazione l'idea di farti il bucato per il resto della vita».

«O farti me», aggiunge con una strizzatina d'occhio che mi strappa un'altra espressione spazientita. «Facciamo giurin giurello. Sai che non li infrango mai».

Ed è vero, non lo fa. Forse è più serio di quanto pensassi.

Deglutisco e allungo il mignolo. Lui avvolge svelto il suo attorno al mio; la sua pelle è calda e morbida al tatto.

«Se nessuno dei due avrà una relazione seria entro i trent'anni», dice guardandomi così dritto negli occhi che non posso fare a meno di trattenere il fiato, «allora acconsentiamo a sposarci tra di noi. D'accordo?».

Ritrovo la voce. «D'accordo».

Poi si porta la mia mano alla bocca e ne bacia il dorso. Ancora più aria viene sottratta dai miei polmoni.

«Penso di essermi aggiudicato il miglior piano B di sempre», dice, muovendo le labbra sulla mia pelle prima di lasciarmi la mano e riprendere la birra, con la quale fa un nuovo brindisi. «A noi».

Articolo le parole che però non escono dalla bocca.

«Dannazione, ci hanno messo una vita ad andarsene», dice James raggiungendoci. «Quante volte posso dire "stiamo chiudendo" prima che capiscano?»

«Magari dovresti cominciare a tirare fuori una pistola», suggerisce Linden. «O, meglio ancora, iniziare a cantare».

«Chiudi il becco», replica James. «Una volta ho fatto il corista e ancora non smetto di vergognarmi». Un tempo Linden e James erano in una band, con Linden voce e chitarra e James al basso, ma anche se erano bravi non lo erano abbastanza per continuare. A San Francisco c'è una scena indie parecchio competitiva.

«Oh, indovina un po'?», dice Linden con gli occhi che brillano.

«Oso?», chiede James con un sospiro mentre va dietro al bancone per cominciare a pulirlo per la milionesima volta.

«Steph e io ci sposiamo», è la vivace risposta.

James si ferma e mi guarda per valutare la credibilità di Linden. «È vero», rispondo, anche se il mio tono non sembra sincero.

«Cosa?». Adesso James guarda entrambi. Mi piacerebbe dire che la sua espressione non mostra traccia di dolore ma non posso esserne sicura. A volte dimentico che siamo stati amanti, il che è alquanto ridicolo. È stato appena qualche giorno dopo aver iniziato a lavorare al Burgundy Lion, quando tra James e me è scattata la scintilla e abbiamo finito per stare insieme un anno. Linden era il suo migliore ed è così che l'ho conosciuto.

Chiaramente la rottura non è stata traumatica dal momento che James e io siamo ancora buoni amici, ma in fin dei conti sono stata io a rompere e anche se lui si è comportato come se la cosa fosse reciproca, mi sono sempre chiesta se non l'avessi ferito più di quanto pensassi.

«Sai che mi piace avere sempre un piano B», continua Linden. «Perciò abbiamo fatto un patto. Se nessuno dei due avrà una relazione seria al compimento dei trent'anni, ci sposiamo».

James ci guarda interdetto e si infila una ciocca degli ispidi capelli neri dietro l'orecchio. «È l'idea più stupida che abbia mai sentito».

Linden tira su il mento. «Ma dài, non essere geloso, amico».

James fa una risata di scherno. «Non sono geloso. Voi due che vi sposate? La donna più esigente del mondo con il più grande puttaniere del mondo? Be', divertitevi pure».

«Ehi», esclamo indignata. «Non sono *così* esigente».

Ma Linden non si offende. «Oh, lo faremo. Allora perché non stappi lo champagne per festeggiare con noi?».

James gli rivolge un'occhiata eloquente. «Offri tu?».

Linden fa spallucce. «È il tuo regalo per il nostro pre-fidanzamento».

James fa un sospiro pesante, come se avesse un fardello sulle spalle, ma cede. Cede sempre a Linden. «Bene», dice. E tira fuori dal frigo una bottiglia di vino frizzante. Lo stappa con un gesto teatrale e lo versa in bicchieri a forma di barattolo.

Brindiamo di nuovo al patto e poi riprendiamo a parlare come al solito di nuove band, film, programmi TV, hockey (James e Linden sono grandi fan dei San Jose Sharks).

Sorseggio il mio drink e non posso fare a meno di sentirmi un pochino sollevata. Tra cinque anni potrei mettere fine ad appuntamenti e fatica. Tra cinque anni c'è la minuscola possibilità che potrei sposare il mio migliore amico.

Chissà se cinque anni sono abbastanza lunghi per cambiare idea.

Capitolo uno
26 anni

Il sole si riversa dalla finestra della mia camera, mettendo in risalto i peli neri su braccia e gambe dell'uomo accanto a me. Mi piacciono i peli in un uomo, ma ieri sera al bar non assomigliava così tanto a un gorilla. Ma, d'altro canto, ero alquanto ubriaca. Penso di aver fatto il robot fino a che l'uomo scimmia non mi ha afferrata e portata via dal ballo.

Gemo e mi allontano da lui. Non si muove di un centimetro e ho difficoltà a ricordare il suo nome. Non sono neanche sicura che abbiamo fatto sesso fino a che non scorgo un profilattico usato a metà strada tra il letto e il cestino dei rifiuti. Che schifo. Responsabile ma disgustoso.

C'è stata la mia festa di compleanno ieri sera al Tiki Lounge in centro, il che spiega non solo l'avventura di una notte e il furioso mal di testa, ma anche la ghirlanda di fiori gettata oltre il bordo del letto. Avverto una fitta di delusione: volevo entrare nel nuovo anno con alcune nuove regole (ovvero smettere di bere così tanto nei weekend, smettere di andare a letto con tizi a caso) e a quanto pare il primo giorno dei miei ventisei anni è stato un totale fallimento.

Mi alzo adagio dal letto e agguanto una maglietta dal cassettone, poi me la infilo e ci metto sopra un accappatoio. Il tizio peloso continua a dormire e per un momento ho il timore che sia morto, fino a che non vedo la sua schiena alzarsi e abbassarsi.

Una volta in bagno, mi guardo bene allo specchio. So che probabilmente sembro sempre la stessa, ma qualcosa in me è cambiato. La mia faccia ha un residuo di abbronzatura estiva ma è un po' gonfia; gli occhi sono azzurri e tondi ma un po' segnati agli angoli. L'altro giorno mi sono fatta tagliare i capelli in un lucido caschetto rosso scuro ma adesso sembrano unti e flosci. Soprattutto, ho l'aria stanca. E non perché ho passato gran parte della notte a bere Mai Tai, appoggiandomi ubriaca agli amici e ballando con strani tipi, ma perché *sono* stanca.

Sono così fottutamente stanca di sforzarmi a raggiungere un obiettivo e non riuscirci mai. Pensavo che a ventisei anni avrei finalmente dato una svolta alla mia vita e invece mi sembra di essere solo a metà strada.

Entro i ventisei avrei voluto una casa mia ma continuo a dividere l'appartamento con la mia amica Kayla. Ammettiamolo, San Francisco è oscenamente cara e senza la seconda parte del mio piano non posso proprio permettermi di vivere da sola.

La seconda parte del piano prevedeva che avrei finalmente smesso di gestire il negozio di abbigliamento All Saints in centro e mi sarei messa in proprio, aprendo una boutique tutta mia.

Questo non è successo. Anzi, il sogno non mi è mai parso tanto fuori dalla mia portata. Ho paura di fare il grande salto: trovare il posto, pagare l'affitto, occuparmi da sola degli acquisti, del marketing, delle promozioni, dei dipendenti. Anche se avere un negozio mio è sempre stato un sogno, ciò che farò da grande, sembra che più gli anni passano, più cresca la paura di fare qualcosa a riguardo. I sogni a occhi aperti diventano simboli del dollaro e milioni di modi in cui puoi fallire e sei costretta poi a pagare.

Non voglio fallire. Ma non posso neanche continuare a prendere la vita così alla leggera.

Sono in cucina, intenta a mettere su un'enorme caraffa di caffè anche se so che nel mio stato riuscirò a berne solo una tazza, quando il cellulare squilla. Rispondo a bassa voce e al primo squillo, per non svegliare lo scimmione addormentato.

«Ehi, vecchia signora», dice al telefono l'affascinante accento di Linden. «Come ti senti stamattina?»

«Bleah», faccio, anche se sto sorridendo. «Mi sento di merda».

«Immaginavo», dice. «A proposito di merda, chi diavolo era il tipo con cui stavi ieri sera?».

Sospiro e mi appoggio sul bancone, con la fronte su una mano. «Vorrei saperlo anch'io. Al momento è nel mio letto e dorme come se lo avessi drogato, cazzo».

C'è una pausa e poi Linden dice: «Che ne è stato del "basta andare a letto con chi capita" e "ventisei e una Steph tutta nuova"?»

«Be', tu cosa hai fatto ieri sera? Se non ricordo male, hai ficcato la lingua in gola a una tipa per metà serata».

«Lingua in gola, uccello nella passera, è la stessa cosa», dice, strappandomi un esagerato verso di disapprovazione per la sua scelta linguistica. La verità è che, detto da lui, è sempre sexy. Chiamatelo slang scozzese o come vi pare. «E poi, quando è stato il mio compleanno, non ho mica fatto affermazioni tanto sciocche come le tue».

Questo è vero ma, d'altro canto, Linden non ha mai avuto bisogno di cambiare niente della sua vita. Adesso ha la sua patente da pilota di elicottero e lavora a contratto per una compagnia charter locale. I suoi genitori hanno i soldi, quelli veri, e so che sono stati loro a comprargli l'appartamento a Russian Hill, dove vive da solo e non gli viene mai detto che portarci a dormire una tipa è un problema. Anzi, pare che *non* andare a letto con le tipe sia un problema.

«A ogni modo», continua, «che ne dici di fare colazione? Brunch? Pranzo?»

«Sicuro», rispondo, calcolando in fretta quanto impiegherò a prepararmi. «Posso essere pronta tra mezz'ora ma non so bene quanto ci metterò a sbarazzarmi del tizio».

«Lascia fare a me», replica Linden e poi riattacca.

Ah, merda. Temo quello che ha in mente Linden. È stato diabolico in più di un'occasione.

Vado verso la camera da letto e sbircio dentro. Il tipo sta

ancora dormendo e russa sommessamente. Afferro un paio di jeans neri e una t-shirt lunga con le borchie e mi avvio in bagno. Quando esco dalla doccia, mi tiro su i capelli bagnati in uno chignon e mi do una leggera passata di trucco. Mi sento ancora uno schifo ma almeno guance e labbra hanno un po' di colore.

Uscita dal bagno, resto sorpresa nel vedere il tizio che, con i boxer addosso, sta guardando dalla finestra la strada di sotto. Si gira e mi sorride sorpreso. È carino, glielo concedo, ma non abbastanza per farmi desiderare che resti.

«Oh, ehi», dice. «Che vista fantastica». Indica la finestra.

Aggrotto la fronte. La mia finestra dà su un rozzo ristorante messicano e una bicicletta arrugginita incatenata da sempre a un palo della luce.

«Uh, grazie», rispondo, perfettamente consapevole di non conoscere il suo nome.

«Sei stata davvero notevole ieri sera», dice con un sorriso bramoso mentre fa un passo verso di me.

«Per la mia bellezza selvaggia?», suggerisco, facendo un passo indietro.

«Per la scopata selvaggia», corregge.

Affascinante.

«Che ne dici di un secondo round?», chiede e fa per afferrarmi una mano.

E che cavolo, no.

«Tesoro, sono a casa». Sento la voce di Linden interrompere il momento e faccio un piccolo sospiro di sollievo. Il tizio appare confuso proprio mentre la porta della camera si apre e Linden fa la sua comparsa.

«Ehi, questo chi è?», chiede Linden sorridendo mentre squadra il tizio dalla testa ai piedi. La sua altezza, il torace ampio e le spalle larghe fanno sembrare minuscolo lo stipite della porta a cui si è appoggiato. Casual ma assolutamente virile in jeans scuri e t-shirt nera. Come al solito, ai suoi piedi ci sono le Keds.

Guardo il tizio, aspettando che dica come si chiama visto che io non posso.

«Sono Drake», dice, alternando lo sguardo tra noi due. È spaventato. Non aiuta il fatto che Linden sia molto più grosso di lui.

«Drake», ripete Linden e poi si rivolge a me. «Allora, hai finito con lui? Adesso è il mio turno?»

«Cosa?», farfuglia Drake, ormai in preda alla paura.

«Già», dice Linden, incrociando le braccia. «Vedi, a Steph e me piace condividere le cose. Lei si fa uno e poi me lo faccio io. Non ti dispiace, vero?».

Il tipo diventa paonazzo e poi balbetta: «Uh, uh, credo di dover andare».

Linden tira su i palmi. «No, no, resta. Possiamo averti contemporaneamente, se così è più facile. Purché non ti dispiaccia stare sotto».

Adesso Drake si sta infilando in tutta fretta i jeans. Non cerca neanche di prendere la maglietta tanto è nel panico.

«Linden», lo ammonisco e lui sogghigna, facendosi da parte mentre Drake gli passa accanto in tutta fretta e fugge nel corridoio. Lo sento afferrare le scarpe e la porta d'ingresso si chiude alle sue spalle.

«Maleducato», commenta Linden. «Il segaiolo non ti ha neanche detto grazie».

Alzo gli occhi al cielo. «Sai, potevo mandarlo via senza problemi».

«Certo, ma così che gusto c'era?».

La cosa buffa è che Linden di rado deve fare qualcosa per spaventare gli uomini nella mia vita: gli basta farsi vedere. Per un sacco di tipi che ho frequentato la mia amicizia con Linden costituiva un grosso e serio problema. Non riuscivano a capire come potessimo essere tanto legati senza che ci fosse mai stato niente tra di noi.

Neanche io sono capace di spiegarlo, a parte il fatto che

sono uscita prima con James. Anche se lavoravo con Linden, ho finito per conoscerlo solo tramite James e be', una volta che conosci il migliore amico del tuo ragazzo, resta in quella casella. Anche adesso, dopo diversi anni dalla rottura tra me e James, andare dietro a Linden sarebbe sbagliato.

E, naturalmente, lui è mio amico e non penso a lui in quel modo. Giusto l'occasionale sbavata, ricordate?

«Allora, dove si va?», gli chiedo dopo che ho preso la borsa e buttato la maglietta di Drake nella spazzatura.

«Ti va un giro in elicottero?».

Resto interdetta, spiazzata dalla sua proposta. «Dovremo chiamare James, perché se non lo facciamo ci resterà male». James si lamenta sempre del fatto che Linden non l'ha ancora portato a volare. Non ha ancora portato neanche me, ma non mi sembra giusto farlo senza James. Siamo i tre amigos, anche se ultimamente ho la sensazione che ci stiamo allontanando.

«Sta lavorando, Baby Blue», replica lui con leggerezza. «Sai che è sempre così. Saremo solo tu e io».

Vorrei poter reprimere lo sfarfallio nel mio cuore. Mi schiarisco la voce. «D'accordo».

Un'ora dopo siamo a Marin County, la base di Linden. Purtroppo restiamo a terra. Non ci sono elicotteri disponibili con così poco preavviso e così finiamo in un bar sul mare a Sausalito. Ammetto di essere un po' delusa di non aver visto di persona Linden in azione, ma sono contenta di tenere tra le mani un Bloody Mary in splendida compagnia e con una vista magnifica.

«Sai, quando saremo sposati», dice Linden dopo un po' che siamo lì a guardare le onde lambire la spiaggia, con lo skyline della città sullo sfondo, «ti porterò a volare tutte le volte che vorrai».

Non posso fare a meno di sorridere. «Oh, ci sposiamo ancora?»

«I trenta arrivano in fretta».

Gli scocco un'occhiataccia. «Ehi, ho appena compiuto ventisei anni. Fammi il piacere».

Lui fa spallucce. «Era solo per ricordartelo. Un patto è un patto».

«Giusto», replico e bevo un lungo sorso di Bloody Mary. Vorrei che il resto della mia vita seguisse un patto del genere. Gli lancio un'occhiata di traverso. «Mi porteresti su tutte le volte che voglio?»

«Certo», risponde. «Saresti mia moglie. Amerai senz'altro un UV».

«UV? I raggi solari?»

«Uccello in Volo», spiega Linden. «Un pompino mentre voliamo. Non si batte».

«Non dirmi che te lo sei già fatto fare». Faccio una smorfia al pensiero di un'oca che gli fa un lavoretto in aria.

Lui allunga il braccio sul tavolo e mi dà un buffetto sulla mano. «Sarai la prima».

«Sei così romantico», replico asciutta, provocando la sua risata.

Ecco passato un altro anno.

Capitolo due
27 anni

Penso di essere innamorata di Owen Geary.

Anzi, *so* di essere innamorata di Owen Geary. Anche solo sentire il suo nome provoca conseguenze sul mio sangue, lo fa ribollire un po', mi fa sentire la testa leggera.

I ventisette saranno l'anno migliore di sempre.

È metà ottobre e San Francisco è in preda all'ennesima ondata di calore. Indosso shorts di pelle nera per lavorare all'All Saints, cercando di ignorare le piccole tracce di cellulite che alla luce sbagliata compaiono sulla parte superiore delle cosce. Sono ancora nei venti, la vita è ancora bella. Posso sorvolare sul fatto che la mia fottuta pelle si sta rivoltando contro di me.

A volte mi chiedo se sia il caso di diventare vegetariana, magari mangiare più cavolo e noci e meno cupcake e cocktail alla frutta. Quando ieri ho compiuto ventisette anni, ho preso la consapevole decisione di cominciare a usare crema da notte, siero e filtri solari. Mio padre avrà pure una pelle più scura per via delle sue origini mediterranee, ma so che corro comunque dei rischi.

Ho anche deciso che devo iniziare a praticare yoga e ad allenarmi per le maratone. Quella cittadina si è tenuta qualche settimana fa e tutte le signore snelle e in forma facevano la loro corsa rilassata attraverso il Golden Gate Park o il loro sprint sugli scalini per Twin Peaks. Un tempo ero capace di vivere la vita senza alzare un dito ma adesso il mio corpo sta aggiungendo peso extra sulle cosce, sullo stomaco e le tette. Sulle tette ci può stare, ma sento che se non faccio subito qualcosa, diventerò un ammasso gelatinoso. Un ammasso gelatinoso con le tette grosse.

Parte di me vorrebbe semplicemente continuare ad andare avanti, come ho sempre fatto. Ma non si può. Ho degli obiettivi. Sono ancora la direttrice da All Saints ma sento di avere a portata di mano il mio negozio. E la mia vita amorosa va finalmente come dovrebbe.

Certo, ci sono cose di Owen che non sono perfette. Fa il contabile per una grossa società in centro, perciò è estremamente affermato ma lavora moltissimo e gli manca quella mentalità da sognatore. Ha la classica bella faccia pulita da ragazzo americano, ed è fantastico, anche se le sue orecchie sono un po' grandi e appuntite. Ama parlare di golf quando preferirei che parlasse di hockey.

Malgrado ciò, è difficile trovargli dei difetti. Altri difetti, cioè. Inoltre ci sa fare a letto e abbiamo un sacco di cose di cui parlare. Soprattutto, è affidabile e l'affidabilità è ciò di cui ho bisogno in questo momento, specialmente quando il resto della mia vita è in equilibrio precario.

I miei si stanno separando e probabilmente divorzieranno, un altro colpo all'anno passato nonché un'assoluta sorpresa. Ho sempre pensato al divorzio come qualcosa che lacerava le famiglie dei miei amici alle elementari e che aveva strascichi fino alle superiori. Ma mai avrei immaginato che potesse accadere oltre il tumultuoso regno dell'adolescenza. Eppure all'improvviso, o perlomeno così pare, mio padre ha deciso che voleva essere libero da mia madre. Ha fatto i bagagli e si è trasferito in Oklahoma.

Ancora non so perché. Non lo sa neanche mia madre, o così dice lei. Le ho chiesto se papà si è innamorato di un'altra, ho chiesto a mio padre se si è trovato un'altra, ma la risposta è sempre la stessa: cambiamento. Aveva bisogno di cambiare.

È solo che non vedo come fai a essere sposato con qualcuno per trentacinque anni e poi d'un tratto aver bisogno di cambiare. Perché dopo trentacinque anni? Perché non trenta? Venti? Dopo tutto quello che aveva passato la mia famiglia con mio fratello, Nate, e gli anni che ci erano voluti per affrontare la cosa ed andare avanti... Perché *adesso*?

Perciò ora passo i weekend con mia madre a Petaluma, per il senso di colpa. Mio padre chiama o manda email di rado. Forse si sente in colpa anche lui. Odio vedere quanto è triste mia madre, quanto è vuota la casa, com'è diventata stufa della vita.

Forse è per questo che è scattata subito l'intesa con Owen: per dimostrarle che potevo avere una relazione con qualcuno e farla funzionare anche se lei non ci è riuscita. Gli uomini affidabili... sono loro quelli che restano, quelli che sposi. Non i playboy. Non i sognatori. Non, a quanto pare, qualcuno come mio padre.

E poi, non mi importa di quello che pensa lei. Amo Owen Geary.

Da quando ho iniziato a frequentarlo qualche mese fa, ho visto meno James e Linden e più la mia amica Nicola Price. Andavo alle elementari con Nicola, anche se all'epoca non eravamo amiche, e ci siamo riviste quando abbiamo frequentato l'istituto d'arte per un anno, entrambe nel merchandising della moda. A Owen piace Nicola; non gli piacciono né James né Linden. James, immagino, perché è il mio ex e Linden perché è un ragazzo legato a me. E perché è Linden.

Ma finalmente, *finalmente*, poiché è il mio compleanno, ho potuto fare progetti per una cena tutti insieme. Finisco il mio turno – solo quattro ore oggi, passate per lo più a suddividere i vestiti sulle rastrelliere e a sbrigare qualche scartoffia – e poi corro dritta a casa, felice di andarci in auto invece che con l'autobus.

Owen è già al mio appartamento e si sta versando un bicchiere di vodka liscia. Non so perché la beva così, un bicchiere di vodka liscia deve essere il drink più schifoso in assoluto, ma ha trentatré anni e suppongo che a quell'età sai cosa vuoi.

Indossa una camicia gessata, pantaloni dal taglio aderente e scarpe lucide. È tutto firmato e gli sta molto bene. È di costituzione magra e sembra diventare sempre più snello mentre io ingrasso. Ma al momento abbiamo un bell'equilibrio. Ora mi vesto in modo meno audace e mi ritrovo a coprire sempre più i tatuaggi sui polsi (il nome di mio fratello su uno, la parola *believe* sull'altro) con le maniche lunghe. Sembriamo una bella coppia, specialmente adesso che ho tinto i capelli di un elegante castano ramato quasi uguale al suo.

Siamo affiatati. Siamo affidabili.

Metto un top di seta sugli shorts e mi sistemo il trucco appena in tempo per l'arrivo di James e Linden. Mi rendo conto di quanto sono nervosa solo quando il colpo alla porta mi fa trasalire. Vorrei che la mia coinquilina si aggregasse a noi o, per lo meno, che fosse a casa. Kayla sa sempre come alleggerire la tensione e ho la sensazione che le cose saranno un tantino imbarazzanti questa sera.

O parecchio imbarazzanti.

E lo sono, per lo meno tra James e Owen. James entra e mi rivolge un secco cenno del capo, mi augura buon compleanno e rivolge lo stesso cenno a Owen. Ha un'espressione tesa e si comporta come lui, sospettoso e ostile. Si squadrano come leoni davanti ai resti di un pasto e mi sorprende vedere James così. Di solito è una figura silenziosa sullo sfondo.

Forse, tanto per cominciare, è perché James ha quest'aria così ostile. Ha ispidi capelli neri, tatuaggi, un corpo magro e pallido, qualche piercing. Non è duro né ribelle come appare – anzi, è un gigantesco peluche che tiene moltissimo a quello che pensano gli altri – ma bisogna conoscerlo per sapere questo di lui.

Lo ammetto, è questa la prima cosa che mi ha attratta: la persona che pensavo fosse. Alla fine però non abbiamo funzionato così bene come coppia.

E poi c'è Linden. Irrompe nella stanza e mi solleva di peso in un caldo abbraccio, tenendomi stretta a sé. Profuma di salvia e legno. Le sue braccia sembrano acciaio bollente. Sembra così incredibilmente protettivo che una parte di me è dispiaciuta per non averlo visto da tanto tempo.

«Buon compleanno in ritardo, Baby Blue», mormora contro il mio collo. Chiudo per un istante gli occhi. Quando ci stacchiamo, sono consapevole del fatto che James e Owen ci stanno guardando. Le occhiate sospettose si sono fatte più profonde.

«Grazie», gli dico, schiarendomi la voce, come se mi fossi sciolta per un breve momento, mentre lui va a grandi passi verso Owen con la mano tesa.

«È bello rivederti, sì», gli dice Linden. Owen impiega un istante a reagire e si affretta a ricambiare la stretta di mano. Una cosa breve, leggera e impersonale.

«Anche per me», replica e poi serra le labbra in una linea severa.

Siamo diretti a un locale clandestino a Japantown. Pare che Linden "conosca" la direttrice ed è riuscito ad aggiudicarsi una prenotazione mentre normalmente avremmo dovuto aspettare settimane. Troviamo la porta anonima accanto a una squallida tavola calda piena di luci verdi e facce tristi. Non c'è un modo segreto per bussare ma solo un numero di telefono a cui mandare un SMS.

Passa qualche minuto e noi quattro aspettiamo fuori alquanto imbarazzati, mentre alcuni senzatetto ci passano accanto con i loro carrelli pieni di coperte e lattine di birra. Finalmente la porta si apre. Ecco la direttrice in tutta la sua gloria fatta di altezza e gambe.

«Ciao, Linden», dice, sbattendo gli occhi pesantemente truccati. Il makeup è comunque raffinato, perciò risulta sensuale e non volgare, e non so perché la cosa mi infastidisca di più, o perché mi infastidisca e basta.

Linden la squadra dalla testa ai piedi con quel suo sguardo

da pistolero, quel sorriso mezzo sghembo. «Emily», la saluta. «Come stai?». Amo il modo in cui le lettere scivolano sulla sua lingua.

Emily si mette una mano sul fianco, evidenziando il taglio dell'abito sulle cosce snelle. Non ha cellulite, lei. «Benone. Non sono stata ad aspettare una tua telefonata o chissà che».

Mi sfrego le labbra una contro l'altra, soffocando un sorriso. Ma chi è che dice stronzate del genere?

Emily, a quanto pare. Linden si limita a rivolgerle un ghigno. «Be', questo conta come telefonata, no?».

Emily socchiude gli occhi, affatto colpita. «Da questa parte».

Ci conduce in uno stretto corridoio buio così lungo che comincio a pensare che sia stato tutto uno stratagemma, un modo per attaccare Linden con le sue arti femminili; ma poi sento un chiacchiericcio ovattato e un cupo basso. Alla nostra destra si apre una piccola stanza rettangolare, tutta teschi dorati, sedili di velluto bianco e giovani baristi steampunk che preparano drink variopinti.

Non è per niente come il classico bar clandestino che avevo in mente, ma è pur sempre un posto fico.

Emily ci accompagna a un posto in fondo e Owen e io ci aggiudichiamo il lato séparé. Potete portarmi nel ristorante o nel bar più schifoso e io sarò davvero felice se potrò sedermi in un séparé. Posso anche non bere. Stare seduti è uno dei piaceri più sottovalutati della vita. I cuscini di velluto sembrano extra imbottiti e io ci sprofondo, appoggiando la testa allo schienale imbottito che termina con la parete di teschi. Sospiro soddisfatta.

«Sapevo che ti sarebbe piaciuto», dice Linden mentre si siede di fronte a me. «Ho pensato che questi séparé urlassero Stephanie».

«Gli scheletri sono forti», commenta James guardandosi intorno. In realtà, tra tutte le persone presenti, lui sembra quello più intonato all'ambiente, a cavallo tra il rocker provocatorio e l'hipster studiato.

Owen non dice niente per un momento e poi indica il bar con la testa. «Hanno la Perkele Vodka», esordisce, recitando il nome della sua sconosciuta marca preferita finlandese. È il massimo che Owen dirà di questo posto. Decisamente non è il suo ambiente e le sue discrete occhiatacce si sono adesso trasferite da James a Linden.

Un'ora più tardi, dopo che Linden mi ha offerto due Dirty Martini, Owen è andato in bagno e James è uscito a fumare una sigaretta. Siamo da soli.

Mi è mancato.

«Non penso di piacere molto al tuo nuovo fidanzato», mi dice Linden dopo un sorso di birra. Fa dondolare la bottiglia tra le mani grandi.

«Owen?», chiedo. Suona strano sentire parlare di lui come il mio fidanzato, soprattutto dalle labbra di Linden (che, dopo due Dirty Martini sembrano superiori a quelle di Owen).

«Hai altri fidanzati di cui dovrei essere al corrente?», chiede inarcando un sopracciglio perfetto.

«No. A ogni modo non piaci a nessuno dei ragazzi che frequento».

Lui sorride. È un sorriso da sfacciato bastardo. «È perché sanno tutti che un giorno ci sposeremo?».

Stringo gli occhi mentre il mio cuore comincia a battere più velocemente. «No. E non parlarne a Owen, va bene?».

Sembra sorpreso. «Perché no? È la verità».

Mi sfrego le labbra una contro l'altra e cerco il rossetto nella borsa.

«È la verità, Steph», ripete Linden. Mentre mi do una passata del rossetto magenta, lui mi guarda accigliato. «Non dirmi che credi davvero di stare ancora con questo babbeo tra qualche anno».

Gli scocco un'occhiata. «Ascolta, so che non sembra…

be', un tipo adatto a *me*, ma sono innamorata di lui, perciò sì, prevedo di stare ancora con lui tra qualche anno. Non chiamarlo babbeo».

Apre e chiude rapidamente gli occhi e il muscolo della mascella scolpita trema. «Sei innamorata di lui?»

«Non fare come se fosse una cosa terribile», replico anche se la sua espressione mi sta facendo provare qualcosa di terribile. «Doveva succedere. È una cosa buona. Davvero, lo è. Sono felice».

«Lo sei?».

Piego la testa e lo studio. Sotto il mio sguardo, l'espressione afflitta scompare e il tic alla mascella cessa. Linden si rilassa. Torna a essere il mio migliore amico. Non so bene chi fosse l'altro tizio. Ma forse volevo che restasse ancora un po'.

«Pazienza», si affretta a dire. «Sei felice, lo vedo. Be', allora, cazzo, sono felice per te, Baby Blue. Lo sono sul serio. E lui è uno stronzo fortunato».

Lo sto ancora guardando. «Volevi davvero sposarmi?», gli domando. «Oppure volevi solo sposarti?».

Sulle sue labbra si forma l'ombra di un sorriso. «Adesso non lo saprai mai».

Owen torna dal bagno e io mi rimetto a sedere al mio posto e gli rivolgo un largo sorriso. Ho come la sensazione di aver fatto qualcosa di sbagliato, anche se non l'ho fatto.

Linden batte i palmi sul tavolo, si scusa e si alza. Guardo il suo alto corpo muscoloso mentre lascia la stanza, probabilmente per andare a cercare James. Noto che anche gran parte delle teste femminili si girano a guardarlo.

Avverto come la puntura di una medusa nel mio cuore ma la scaccio e guardo Owen.

Owen è un ragazzo carino. È affidabile. È la roccia solida della mia vita. Non andrà da nessuna parte.

Sono innamorata di Owen Geary. I ventisette anni saranno ancora il periodo migliore della mia vita.

Capitolo tre
28 anni

Linden

«Ehi, faccia da cazzo», cinguetta al telefono la voce di mio fratello.

«Ehi, faccia da cazzo», gli dico, schiarendomi la voce. Capisco che mi sto ammalando, è come se mi avessero scartavetrato la gola col filo spinato. Non è quello di cui ho bisogno in questo momento. «Cosa vuoi?»

«Be', pensavo di farti i fottuti auguri di compleanno, dannato idiota».

«Giusto», dico con un cenno del capo che lui non può vedere. Tiro fuori le chiavi dai jeans e apro lo sportello della Jeep. In sottofondo, uno degli elicotteri sta decollando e mi affretto a salire in auto così posso sentire meglio Bram.

«Sei all'aeroporto? Non dirmi che lavori il giorno del tuo compleanno».

«La maggior parte delle persone deve lavorare il giorno del suo compleanno», gli faccio notare. Certo, Bram non fa nessun cazzo di lavoro, se ne va in giro per Manhattan come un agiato playboy. Qualcuno potrebbe dire che io non sono diverso, ma almeno io ho una dannata carriera. Bram è andato avanti con i soldi e lo status dei miei genitori per tutta la vita. La cosa buffa è che il maggiore è lui; avrebbe dovuto darmi l'esempio.

Immagino che in un certo senso l'abbia fatto. Quando ho finito le superiori, ho giurato di diventare il contrario di Bram.

«Dovresti prenderti la giornata libera», dice. Le sue parole sono punteggiate da uno sbadiglio e già me lo immagino con le braccia allungate sopra la testa. «Hai già parlato con mamma e papà?».

Sospiro e mi appoggio allo schienale. È aprile e fa un freddo cane. Anche se mi sono trasferito a San Francisco appena ventenne, ancora non ho fatto l'abitudine al suo clima folle. A New York ci sono le quattro stagioni nell'ordine corretto. A Aberdeen, in Scozia, dove sono cresciuto, è lo stesso in scala minore. Qui fa caldo in autunno e freddo in estate e c'è la nebbia per gran parte dell'anno.

Sono tentato di mettere in moto la Jeep e accendere il condizionatore ma già vedo Stephanie prendersi gioco di me per questo.

«No, è qualche settimana che non ci parlo», rispondo. E con questo sappiamo entrambi che è con mio padre che non parlo da qualche settimana. Mia madre non chiama mai e questa è una cosa fottutamente buona.

«Spero che non si dimentichino del tuo compleanno», dice Bram col tono di chi spera che lo facciano. «Almeno hai un bravo fratello».

Alzo gli occhi al cielo. «Già».

«Ascolta», continua e dal suo tono capisco immediatamente che il mio compleanno non è il vero motivo per cui ha chiamato. «Mi stavo chiedendo se potevi farmi un favore».

Drizzo le orecchie per la sorpresa. «Fare un favore a te?»

«Sì, Linden, è quello che i fratelli fanno l'uno per l'altro. Sarò a San Francisco il prossimo weekend e porterò la mia ragazza. Lei ama Alcatraz. Pensi di poterci dare un passaggio fin laggiù?»

«Darvi un passaggio fin laggiù?», ripeto esterrefatto. Ma che cazzo dice?

«Già», risponde lui, come se non avesse chiesto qualcosa di assolutamente assurdo. «Sai, con l'elicottero».

Caccio un lungo sospiro sfinito e mi pizzico l'attaccatura del naso, cercando di raccogliere le idee. «Bram, ascolta. Io lavoro per una società di noleggio. Non ho un elicottero personale per portarti dove vuoi».

«Allora ne noleggeremo uno».

«E poi non si può volare ad Alcatraz. È un'area protetta. Non puoi atterrare lì senza autorizzazione. Non sono neanche sicuro che ci sia una pista d'atterraggio».

«Allora procurati l'autorizzazione».

Sospiro di nuovo. «Non è possibile. A ogni modo, perché vieni quaggiù? Non vieni mai sulla West Coast».

«Mi annoio», risponde. «E la famiglia di Azzurra vive nella Bay Area».

«Azzurra?»

«La mia ragazza».

«Certo, normale che si chiami così».

«Almeno io ce l'ho una ragazza».

«Simpatico, Bram. Quanti anni hai, trentadue?»

«E tu quanti ne hai?»

«Ventotto, oggi. Ma non è questo il punto».

«Allora puoi portarci sì o no?»

«Aspetta», rispondo esasperato. Scorro l'agenda degli appuntamenti sul telefono. Ho un volo al mattino ma niente nel pomeriggio. Gli dico che posso prenotarlo per lui e gli assicuro che sarò io il pilota quel giorno, volo privato. Ma non ci sarà nessuna dannata Alcatraz.

Non appena chiudo la telefonata, mando un messaggio a Stephanie.

Cosa fai il prossimo weekend? Ti va un giro?

Sa cosa intendo, c'è già stata qualche volta e lo adora. Lo adora anche l'altro mio migliore amico, James, ma guardare lui non mi provoca la stessa emozione che guardare lei. La faccia di Stephanie si illumina e si agita sul sedile come una ragazzina. E poi farebbe da cuscinetto tra me e mio fratello, e sono certo che troverebbe qualcosa di cui parlare con Azzurra. Steph va d'accordo con tutti, in genere, mentre James sa essere uno stronzetto emo.

Non ci mette molto a rispondere.

Certo, James viene?

Adesso mi sento un po' in colpa per non averlo invitato. Ma è questione di spazio.

No, mio fratello sarà in città con la sua ragazza e così ho pensato che saremmo stati solo noi.

Dopo un istante risponde: Una specie di uscita a quattro?

Non lo so, ti dà fastidio?, le scrivo.

Chiudi il becco, replica. Va bene, mi piace. Siamo sempre d'accordo per la serata al Lion?

Chiudo gli occhi e appoggio la testa al sedile. Al momento non riesco a immaginare di festeggiare niente. Anzi, vorrei solo andarmene a dormire.

Alla fine rispondo: Non penso di andarci.

Ma è il tuo compleanno.

Lo so. Ma credo che mi stia venendo qualcosa. Me ne sto a casa, guardo un film e me la prendo comoda.

Stai diventando vecchio.

Forse ha ragione. In passato sarei uscito a scolarmi birre, malato o no. Ma adesso l'idea mi sembra un tantino infernale.

Quello che in realtà mi piacerebbe fare è invitarla a casa a guardare un film con me.

E normalmente lo farei, ma il mio invito ha sempre incluso James e qualche volta la sua pretenziosa amica Nicola. Ma non voglio loro, voglio solo lei.

Qualche anno fa io e Steph abbiamo fatto un patto. Ci saremmo sposati tra di noi se nessuno dei due avesse avuto una relazione seria entro i trenta. Lei compirà ventotto anni a ottobre e ci manca ancora qualche anno, ma il mese scorso Steph ha rotto con quel merdoso traditore del suo ragazzo, Owen. Io non frequento nessuno da due mesi.

Voglio avere trent'anni adesso. Voglio finalmente mettere qualcosa in moto.

Il fatto è che so che Stephanie pensa che la storia del patto sia uno scherzo, una cosa che mi sono inventato per divertirmi e a cui non darei mai seguito. E perché dovrebbe pensare altrimenti? Una storia, o anche solo il sesso, non è mai stata presa in considerazione. Non siamo mai stati altro che buoni amici dal primo momento in cui ci siamo conosciuti.

In realtà questo non è vero. Nel momento in cui ho posato gli occhi su di lei, con i suoi jeans aderenti, gli strati di top strappati che mostravano la giusta quantità di pelle, i capelli di quel pazzo colore azzurro, essere suo amico era l'ultima cosa che avevo in mente.

Volevo scoparmela, forte.

Ma è stato James quello con cui è uscita e la cosa è finita lì. Così sono diventato suo amico.

Però il desiderio di scoparmela non è mai andato via. Ma mi sforzo di tenermelo per me. Andare dietro alla ragazza del tuo migliore amico è inaudito. Non si fa e basta. Anche quando la loro relazione precipita e si schianta e tu ti ritrovi dilaniato tra i relitti, continua a essere una cosa a cui non devi neanche pensare.

Soprattutto perché siamo diventati gran buoni amici.

Soprattutto perché a volte penso che James sia ancora innamorato di lei.

Soprattutto perché lei pensa che io sia il più grande donnaiolo del mondo.

Non si sbaglia. Ma se mai volessi attirare il suo interesse, non lo penserebbe più.

In un certo senso, il patto è stupido: si tratta semplicemente di posticipare una cosa di cui non potrei occuparmi in questo momento. Ma ho paura di metterlo in atto nel caso James sia ancora innamorato di lei. Ho paura che lei mi respinga, che mi dica di non aver mai pensato a me se non come amico e che non vuole rovinare la nostra amicizia. Ho paura di fottere due amicizie in un colpo solo.

Perciò il piano resta sullo sfondo per il momento.

Ancora due anni e poi ci penserò.

Ancora due soli anni prima che tutto cambi, nel bene o nel male.

La mia gola peggiora, mi pizzica e la sento infiammata. Vado dritto a casa e quando arrivo alla porta ho i brividi.

Faccio una doccia bollente, nel tentativo di scaldarmi, poi mi avvolgo in un sacco a pelo che tiro fuori dall'armadio. Odora di naftalina e aghi di pino e un ricordo di James e Steph e la sua coinquilina Kayla mi balena nella mente.

Eravamo in campeggio dalle parti di Muir Woods e Steph e io stavamo raccogliendo legna per il fuoco. Ero ubriaco come quando non riesci a censurare niente di quello che dici, quando la verità rotola fuori prima che tu possa fermarla. È un tipo pericoloso di sbronza ed ero così fottutamente vicino a provarci con lei, a dirle quello che sentivo davvero.

Penso che si sia accorta che stava accadendo qualcosa perché la nostra conversazione è stata bruscamente dirottata su Kayla.

«Pensi che sia sexy, vero?», mi ha chiesto.

Ho fatto spallucce. «Certo». Perché Kayla è sexy. Snella, minuta, con una candida pelle da giapponese e lunghi capelli neri. È una ragazza simpatica, anche se un tantino volitiva. Ma non era Stephanie.

«Penso che tu le piaccia», ha detto Steph.

«Dove siamo, alle elementari? Te l'ha detto in bagno?».

Steph mi ha guardato per un momento prima di sfregarsi le labbra. «Bene, penso che voglia scoparti. Così va meglio?».

Non capivo cosa stesse facendo. Mi stava lanciando un'esca, voleva che dicessi che non ero interessato? O stava cercando davvero di combinare tra me e Kayla? La cosa non la infastidiva neanche un po'?

«Non sono sicuro che sia una buona idea», le ho detto, perché era vero.

Ho fatto un passo verso di lei. Steph ha questi occhioni azzurri che diventano grossi quanto la luna. Li ha sgranati ancora di più.

«Penso che sareste una bella coppia», si è affrettata a dire. Poi ha girato i tacchi ed è tornata al fuoco.

Più tardi quella sera, mi sono scopato Kayla contro un albero, poi me la sono scopata nella mia tenda il mattino seguente, dopo che James era uscito per preparare la colazione.

Non siamo stati una bella coppia. Kayla e io siamo andati a letto insieme per qualche altra settimana, fino a che ho rotto e poi ho dovuto evitare l'appartamento di Steph per un po'.

A parte fottere Kayla, avevo la sensazione di aver fottuto anche qualcos'altro. È stato quello il momento in cui penso che qualsiasi possibilità tra noi due sia svanita. Dopo Kayla, ho preso la decisione consapevole di tenere Steph lontana dalla mia mente. Ho scopato altre ragazze, sono diventato il donnaiolo che pensava che fossi. Ho fatto il possibile per vederla come un'amica.

E ha funzionato. Ma poi la vita si è messa in mezzo. A venticinque anni ero già stufo marcio di una sfilza di ragazze che non significavano niente per me. Non volevo questo dalla vita. Ero cresciuto così, con una madre assente e pillole-dipendente e un padre freddo che non si sono mai dimostrati amore l'un l'altra, figuriamoci nei confronti dei loro figli. Sono cresciuto tra alta società e cuori aridi, principi morali approssimativi e ambizione crudele.

Non volevo diventare come loro. Volevo qualcosa di reale e puro e vero e fanculo se sembrano cazzate da smidollato, perché avevo bisogno di qualcosa nella vita che la rendesse degna di condividerla.

Volevo Steph. La mia migliore amica. Lei era la mia Baby Blue e io ero il suo Cowboy.

Perciò è nato un patto, uno sciocco, ingenuo patto.

Porto il sacco a pelo sul divano e mi ci raggomitolo. Sto per accendere la TV ma il malessere ha il sopravvento.

Quando più tardi mi sveglio è perché il cellulare sta suonando. C'è bava ovunque.

Mi asciugo in fretta la bocca e rispondo. È Steph.

«Ehi, Steph», dico, ma viene fuori un suono strascicato e impastato.

«Linden? Stai bene?»

«Sì, scusa», rispondo con un leggero colpo di tosse. «Ho solo dormito un po'».

«Come ti senti?»

«Uno schifo».

«Hai bisogno che venga da te?».

Sì, ho un fottuto bisogno che tu venga da me. Mi metto a sedere un po' più dritto. «Hai intenzione di mettere una divisa da infermiera sexy?».

Pausa. «Sei un maiale».

«Oink. Ma sul serio. Divisa da infermiera?»

«Vuoi che venga o no?».

Sogghigno. «Sì, sì. Mi trovi sul divano».

«Vestito, per favore».

«Niente promesse».

Quarantacinque minuti dopo, sento la chiave di riserva di Steph nella toppa ed eccola comparire con due buste della spesa. Pare agitata, un po' rossa in viso, i lunghi capelli biondo scuro tutti scompigliati. Sembra una che ha appena fatto sesso e me la immagino mollare le buste e venire al divano, tirare su quella gonna a frange e mettersi a cavalcioni su di me.

Cerco di sistemarmi i pantaloni sotto al sacco a pelo senza darlo troppo a vedere.

«Hai un aspetto di merda», commenta prima di portare le buste al bancone della cucina. La sento muoversi in giro come se fosse a casa sua, cose riposte nelle credenze, il bollitore che viene acceso.

Quando torna, ha un misurino di plastica pieno di liquido azzurro.

«Vuoi drogarmi?», le chiedo.

«Sì, di NyQuil», risponde. Me lo spinge sotto il naso. «Bevi o muori».

Prendo con cautela il misurino dalle sue mani. «Se non ricordo male, l'ultima volta che ho preso il NyQuil sono quasi morto».

«Questo è perché l'hai affogato con una confezione da sei di birre. Adesso bevi».

Butto giù l'odioso sciroppo azzurro e torno a rilassarmi sul divano. Devo ammetterlo, è bello avere qualcuno che si prende cura di te, specialmente qualcuno con un bel culo come il suo. Sembra migliorare ogni giorno che passa.

Sparisce di nuovo in cucina e ne esce con una fumante tazza di tè. «Dentro ci sono miele e limone», dice. Sta per girarsi e tornare in cucina ma io le afferro una mano.

Il movimento la immobilizza e abbassa lo sguardo sulla mia presa attorno al suo polso.

«Rilassati, Baby Blue», le dico, tirandola verso di me. «Basta ricoprirmi di attenzioni».

Sorride e le sue guance si fanno rosee. «Scusa. Vecchie abitudini».

Le rivolgo un comprensivo cenno del capo. Povera Steph. Quando era piccola aveva un fratello più giovane con una malattia autoimmune. Ne parla di rado, anzi mi sorprende che ne abbia quasi accennato in questo momento, ma quello che so è che lui era il fiore all'occhiello della sua famiglia, un piccolo genio che però peggiorava di anno in anno. È morto di polmonite quando lei aveva diciotto anni e lui quattordici. Immagino che abbia passato un sacco di tempo a prendersi cura del fratello.

Le lascio la mano, conscio di averla trattenuta più del dovuto. «Siediti. È un ordine».

«Sai, forse l'infermiera ordinata per posta è il mio regalo di compleanno per te».

Inarco un sopracciglio. «Allora la divisa dov'è?».

Fa un sospiro ma cede, sedendosi in fondo al divano, accanto ai miei piedi. Una ciocca di capelli color bronzo le ricade sullo zigomo e resto a guardarla per un momento, chiedendomi se la scosterà. Non mi piace che le copra il viso ma lei lo fa un sacco, si nasconde dietro ai capelli. La sua faccia è così espressiva che è facile decifrarla.

«Cosa vuoi fare?», le chiedo, mettendole polpacci e piedi sul grembo.

Lei li guarda con finto sdegno. «Non ti massaggerò i piedi, se è quello che hai in mente».

«Non ho in mente niente. Cosa ti va di guardare? La TV? Ho i *Simpsons* in DVD, tutte le stagioni, *American Horror Story*, un po' di roba strana con Clive Owen».

Steph si gira a guardarmi e mi rivolge una strana occhiata. È solo allora che mi rendo conto che sa esattamente cosa ho: è stata nel mio appartamento un milione di volte e abbiamo fatto diverse maratone televisive. È solo che adesso non c'è James e mi sa che sto blaterando come uno sciocco.

Mi fiondo sul tè, tanto per fare qualcosa. Se il flacone di sciroppo fosse a portata di mano, probabilmente me ne farei un altro goccio.

«Vediamo cosa danno in TV», dice, prendendo il telecomando e facendo zapping tra i canali. Le osservo le mani, piccole e morbide, con lo smalto verde scuro iridescente applicato con estrema precisione. È così camaleontica con i capelli che mi chiedo se li abbia mai avuti di quel colore. Chissà di che colore erano prima che la conoscessi. Anche se la conosco da anni, c'è ancora così tanto che non so di lei e così tanto che voglio scoprire.

Dopo un po' le chiedo: «Allora, hai già trovato un posto?».

Stacca gli occhi da un pacchiano spot pubblicitario. «Posto?»

«Per il tuo negozio».

Batte più volte le palpebre. «Oh. No».

«Steph…», comincio.

«Cosa?»

«Lascia che ti aiuti».

Aggrotta la fronte. «Vuoi aiutarmi?».

Sospiro e mi tiro su a sedere. «Sì, voglio aiutarti. Cos'è che ti trattiene a realizzare questo progetto? Il tempo, i soldi? Posso aiutarti con entrambi».

Lei scoppia in una risatina acida. «No, non puoi. E anche se potessi, non è quello il problema».

«Allora qual è?».

Torna a guardare la TV, rigirandosi il telecomando tra le mani. «Non lo so. Ma so che dovrei cavarmela da sola». Si sfrega le labbra e finalmente si scosta dietro l'orecchio quella ciocca. «Perché tra tutti quelli che conosco tu sei l'unico che mi fa questa domanda?».

Inclino la testa. «Sono l'unico?».

Lei annuisce. «Sì. I miei genitori pensano ancora che sia un sogno folle, tutti gli altri si limitano ad assentire educatamente quando dico che voglio aprire un'attività tutta mia. Ma tu sei l'unico che continua a chiedermelo, che continua a spingermi a farlo».

«Be', suppongo che a tutti serva una persona del genere nella vita», rispondo con sincerità. «Penso che tu possa fare di meglio che gestire un negozio di abbigliamento che vende abiti che solo un personaggio androgino di del *Saturday Nught Live* indosserebbe. Dovresti avere un negozio tuo. Ti piacciono i vestiti, sei meravigliosa con le persone, anche con quelle che odi. Hai uno stile fantastico, gusto…». Faccio una pausa. «Penso che ti renderebbe felice. Meriti di essere felice».

Lei deglutisce e mi osserva per un lungo istante. Spero che i miei occhi trasmettano tutto quello che ho appena detto perché ci credo. Stephanie è ambiziosa, forte e intelligente. Può andare lontano. Le serve solo la spinta giusta e qualcuno che la spinga.

Voglio essere io quel qualcuno.

Però è sorprendente che io sia l'unico a farlo. In parte è lusinghiero, in parte irritante. E James? Quando stavano insieme, la incoraggiava a rincorrere i suoi sogni? Dopo tutto, lui stesso gestisce una piccola attività. E gli altri fidanzati o amici? A loro non importava, non vedevano il suo potenziale?

Steph torna a interessarsi alla televisione senza dire niente. Dopo qualche minuto, decide per il cartone della Disney *Up*. Capisco che non l'ha mai visto perciò non le dico che io invece l'ho fatto e che non è esattamente divertimento spensierato.

Non ci vuole molto perché la tragica scena all'inizio del film cominci a fare leva sul mio cuore e a farmi struggere per i personaggi. Sentite, sarò anche un macho e tutto quanto, ma quel povero vecchio del cartone mi fa sempre effetto. Mi sorprende però sentire Steph che tira su col naso, e quando mi giro a guardarla vedo che ha le guance rigate di lacrime.

«Oh, mio Dio, stai piangendo», osservo. So che è una cosa odiosa da dire ma l'ho vista piangere una sola volta ed è stato poco dopo la rottura con James, quando stava affogando nei sensi di colpa.

Gira la faccia dall'altro lato e comincia ad asciugarsi freneticamente le lacrime con la mano. «Non è vero».

«E invece sì». Non posso fare a meno di ghignare. «Sei così carina, cazzo», esclamo e le afferro un braccio per tirarmela addosso.

«Smettila», dice, per metà ridendo e per metà piangendo mentre si solleva sul mio petto. Mi ritrovo ad asciugarle quanto resta delle lacrime, facendole scivolare piano i pollici sulle guance. «Che cosa triste», mormora, timorosa di incrociare il mio sguardo. È al tempo stesso imbarazzata e timida, tra tutti proprio con me.

Non dico. Mi limito a guardarla. Sembra così dannatamente vulnerabile che mi sta succedendo qualcosa nel petto, non solo all'uccello.

«Be', è andata così», dice, un po' confusa come se non capisse perché sto continuando a fissarla. «Il vecchietto ha perso la moglie e adesso non ha niente».

«Già», replico ma esce fuori una specie di sussurro. Non sto affatto pensando al film.

I suoi occhi sono così azzurri e grandi, come il cielo mattutino, la sua bocca così perfettamente piena. Penso di passarle il pollice sulle labbra prima di baciarne via il sale.

Dovrei farlo e basta. Dovrei farlo e basta, cazzo.

Deglutisco a fatica, sento la gola chiusa ma so che non è per via del raffreddore. È desiderio e paura.

«Cosa guardi?», mi chiede. La sua voce è un po' tremolante. *E baciala, cazzo.*

«Vedo doppio», sussurro. E spezzo l'incantesimo.

Sembra quasi sollevata. «Oh», dice. «Sei sballato».

Le rivolgo un sorriso deluso. «NyQuil».

Si tira su e si allontana da me, tornando a sedere all'altro capo del divano. «Be', se svieni, ti lascio stare».

Preferirei che non lo facessi, ma non glielo dico. Mi appoggio ai cuscini mentre il film prende una piega più allegra. Ben presto Steph sta ridacchiando e questo fa altre cose al mio cuore. Vorrei avere più medicinali per seppellire questo sentimento ma dopo un po' sto già sonnecchiando.

Altri due anni.

Ma in due anni possono cambiare un sacco di cose.

Capitolo quattro
29 anni

Stephanie

L'ho fatto. Finalmente l'ho fatto.

Fog&Cloth *finalmente* esiste.

Mi ci è voluta letteralmente una settimana per accettare il fatto che le porte sono state aperte, la gente è entrata e ha comprato roba, ha *comprato* roba, cazzo. Da me!

L'ho fatto davvero. Posseggo e gestisco il mio stramaledetto negozio di abbigliamento.

Ed è stato fatto appena in tempo.

È la sensazione che ho avuto, per lo meno. In qualche modo ho fatto coincidere l'apertura con il mio ventinovesimo compleanno, anche se con una settimana d'anticipo. Quest'ultimo anno è stato come se avessi il fuoco sotto il sedere e finalmente ho messo le cose in movimento. Se non fosse stato per l'insistenza di Linden, non so se sarebbe successo.

Penso che in parte sia dipeso dal fatto che continuava a offrirmi il denaro per aiutarmi con l'attività. Ma i soldi non erano tutto il problema. Avevo risparmiato parecchio nel corso degli anni e mio padre mi aveva dato una bella cifra alla fine delle superiori, pensando che avrei scelto un costoso corso di laurea. Invece ho frequentato per un anno la scuola d'arte e ho messo via il resto.

Ma le offerte di Linden erano estremamente sincere e sentite. A volte era come se fosse l'unico a ricordarmi di inseguire i miei sogni, forse perché lui aveva lavorato sodo per inseguire i propri. È stato bello avere qualcuno da voler rendere orgoglioso. La mia famiglia aveva sogni diversi per me, quelli che aveva voluto per mio fratello. A volte sembrano dimenticare che quelli erano i suoi sogni e solo i suoi, e sono morti con lui.

Un negozio di abbigliamento non è mai stato in programma. Ma era quello che volevo io, anche se loro no. E da quando Linden si è messo a insistere sull'argomento, ho deciso di andare fino in fondo, petto in fuori e tutto il resto. Volevo dimostrargli che potevo farcela, senza i suoi soldi ma con il suo supporto.

Volevo dimostrare ai miei genitori che ero ancora viva, ancora presente e che facevo qualcosa di meritevole.

E l'ho fatto. È stata dura. Ho lavorato a tempo pieno all'All Saints come al solito e riempito le mie serate con ricerche, progetti e pianificando risparmi. Uscivo di rado. Sono diventata un'eremita asociale per gran parte delle serate mentre nelle altre frequentavo la gente dell'ambiente: buyer, stilisti, promotori, creatori, modelle. Riempivo ogni minuto libero della mia vita di cose e persone che alla fine potevano essermi utili.

In qualche modo, però, i giorni di duro lavoro sono diventati settimane di duro lavoro e poi mesi di duro lavoro.

E poi è arrivato.

Non ho mai avuto tanta paura quanto il giorno dell'apertura. Paura che non si presentasse nessuno, che non importasse a nessuno. Che i vestiti sugli espositori potessero cadere, che il mio registratore di cassa restasse chiuso, che gli stuzzichini e lo champagne che avevo preparato non attirassero neanche le persone di passaggio.

Avevo la sensazione che tutto quel lavoro, tutti quei sogni, poggiassero su quell'unico giorno. Certo, è più di quello. La giornata è andata benone – le persone si sono presentate, hanno bevuto coppe di champagne e mangiato mediocri stuzzichini. I vestiti sono stati acquistati. Le mie vetrine ammirate. Si sono congratulati con me. Non è stata l'inaugurazione dei miei sogni, ma è stata l'inaugurazione dell'inizio dei miei sogni.

Era già qualcosa.

Linden e James sono venuti, naturalmente. Linden ha portato la sua fidanzata.

Già. Fidanzata.

Nadine Collingwood.

Ancora non ci credo davvero, malgrado l'abbia già incontrata. È deliziosa, il che mi sorprende, e apparentemente normale. Nel corso degli anni Linden ha avuto una schiera di ragazze che sembravano tutte uguali: alte, dolorosamente magre con membra snelle e lunghe, capelli biondi degni della pubblicità di uno shampoo, sorrisi falsi e smorfiosi. Il contrario di me, sul serio.

E neanche Nadine è così. È di altezza media e, pur essendo magra, è atletica, con i capelli lisci e rossi e una spruzzata di lentiggini sulla pelle color latte. Porta jeans e camicie di flanella, niente di troppo divertente, ma si adatta al suo stile da maschiaccio.

A pensarci bene, sembra scozzese. Forse a Linden manca il suo paese natale. Si è trasferito negli Stati Uniti durante le superiori, quando suo padre ha avuto un incarico presso le Nazioni Unite a New York.

Linden sembra felice. Sono felice per lui. Sul serio, lo giuro. E lei è anche carina, il che significa che lo tratterà bene. Immagino che, con il passare degli anni, a lui stia cominciando a piacere l'idea di sistemarsi, sapete, con qualcuna che non sia io.

Forse quel nostro patto non sarà necessario, dopo tutto. Forse sarò solo io quella single alla linea d'arrivo, mentre Linden e Nadine andranno avanti e avranno un sontuoso matrimonio e dei mini Gerard Butler.

Un colpo alla vetrina del negozio mi distoglie dal matrimonio disgustosamente dolce che sta avendo luogo nella mia mente. Alzo lo sguardo e vedo James che mi saluta con la mano dall'altro lato. Regge una grossa e stracolma sacca di tela e sorride impacciato.

Vado alla porta, incuriosita. Dovevo andare a casa già un'ora fa a prepararmi per la serata – a quanto pare James ha organizzato qualcosa al Burgundy Lion – ma il tempo mi è scivolato tra le dita. Ultimamente mi capita spesso. A volte non lascio il negozio prima delle dieci di sera.

Apro la porta e mi accoglie un piacevole vento fresco. La nebbia sta cominciando a calare e le cime dei palazzi dall'altro lato della strada stanno ormai scomparendo.

James mi guarda sorridente. «Sapevo che ti avrei trovata ancora qui».

Sono ancora un po' sorpresa di vederlo ma apro di più la porta e gli faccio segno di entrare. «Lo so. Mi dispiace. Un giorno diventerò più pratica con la chiusura. Oppure avrò così tanto successo da assumere dei dipendenti che lo facciano per me».

James entra nel negozio. Odora di pioggia e i capelli lunghi fino alle spalle sono bagnati e gli stanno attaccati al collo e al colletto del giubbotto jeans.

«Piove da te?», chiedo. Lui vive ad Haight, nei pressi del Golden Gate Park, dove il tempo è sempre un po' diverso da quaggiù.

Annuisce e attraversa la stanza a grandi passi con le sue lunghe gambe; posa la sacca sul bancone, proprio sopra tutte le mie scartoffie.

«Allora, cos'è tutta questa roba?», gli chiedo incrociando le braccia.

James infila una mano nella sporta e ne tira fuori una bottiglia di vino rosso, del tipo francese, costoso e ricoperto di polvere, un plaid e alcuni contenitori di plastica. «È il tuo compleanno».

Aggrotto la fronte. «Non capisco».

«Linden è con Nadine. Non vengono», dice, e poi mi osserva attentamente.

«Cosa?». Avverto una fitta dolore.

James inarca un sopracciglio alla mia reazione. «Nadine

potrebbe avere l'appendicite. Sono al pronto soccorso per degli esami».

«Oh», faccio, sentendo il dolore trasformarsi in senso di colpa. «È una bella rottura. Ma sta bene?».

Fa spallucce. «Probabilmente no, ma sono sicuro che se è un problema la opereranno. Perciò siamo solo io e te. Ho pensato che sarebbe stato molto più divertente che starcene al Lion».

Intravedo quelli che sembrano i meccanismi di un picnic romantico. Mai durante i nostri appuntamenti James ha fatto qualcosa di così carino per me. Non posso fare a meno di chiedermi cosa ora abbia cambiato la situazione.

E poi non sono davvero convinta che stare da sola con lui *sia* più divertente che stare al Lion.

«Non avere quell'aria così sospettosa», mi ammonisce e distoglie lo sguardo, crucciato. «È il tuo compleanno, no? Posso fare qualcosa di carino per te».

Ah, sì. Adesso somiglia di più al James che conosco. Lunatico e suscettibile.

«Certo che puoi», replico. «Sono solo sorpresa, tutto qui. Non ricordo l'ultima volta che noi due abbiamo fatto qualcosa, solo tu e io».

«Lo so. Ecco perché ho pensato che sarebbe stato forte». Spiega la coperta e la stende sul pavimento sotto il bancone, proprio tra un espositore di gioielli che ho passato mesi a cercare e un vassoio di articoli destinati a un acquisto impulsivo, come cerotti con sopra i baffi o elastici leopardati per capelli che stanno tornando di moda.

Sistema il vino, prende due bicchieri e apre i contenitori. Indica il plaid. «Puoi sederti, sai».

Lo faccio e osservo l'allestimento. In una scatola ci sono fragole ricoperte di cioccolata, nell'altra alcuni formaggi e della composta. In un'altra capesante avvolte nel bacon. Tutti i miei cibi preferiti.

«Wow», esclamo. «Sono colpita».

«I tuoi vent'anni stanno per finire. Dovresti fare un'uscita col botto».

Gli riservo un rapido sorriso, non sono abituata a vederlo così premuroso. È chiaro che James e io abbiamo avuto un rapporto totalmente diverso da quando abbiamo rotto. «Be', grazie».

«Nessun problema. È per questo che esistono gli amici, giusto? Ecco, faccio io». Mi versa un bicchiere di vino, poi mi mette in mano una forchetta e spinge verso di me il contenitore di capesante.

«Hai preparato tu tutto questo?», gli chiedo osservando l'elegante disposizione.

Lui scuote la testa con aria imbarazzata. «No, l'ho comprato da Whole Foods».

Devo dire che sono sollevata. Sono sicura che James sia un bravo cuoco, ma l'idea di lui che cucina qualcosa apposta per me, anche solo come amica, non mi sembra adeguata alla nostra situazione.

Prendo una capasanta e ne assaporo la glassatura balsamica. «Deliziosa».

James è raggiante. «Bene».

Bevo un sorso di vino e gli dico che anche quello è buono. Sono solo io o la cosa si sta facendo un po' imbarazzante? Non importa. Non c'è niente di male in due amici che festeggiano insieme un compleanno. È di questo che si tratta, anche se è un po' strano.

E ben presto diventa più semplice. Forse sono i bicchieri di vino o solo parlare con James delle preoccupazioni lavorative, ma comincia a sembrare come ai vecchi tempi. Finite le capesante ci dedichiamo al formaggio, e l'argomento passa dalla musica a qualcosa di un tantino più personale.

«Non facevi sul serio con quella storia del patto con Linden, vero?», mi chiede come se niente fosse. Ma quando lo guardo, ha un'espressione determinata.

«Sul serio? No. Niente affatto». Non più di quanto ammetterei con lui, a ogni modo.

«Bene».

«Perché?»

«Be', è solo che non voglio che ci resti male, sai, nel caso tu ci abbia riposto davvero qualche speranza».

«Perché dovrei restarci male?».

James fa spallucce. «Linden è uno che ha mille donne, lo sai. Gli piaci, Steph, ma come amica. Non vorrei che cominciassi, non so, a pensare a lui in un altro modo e rovinassi quello che c'è tra di voi, solo perché a lui piace flirtare e fingere di continuo. Quel patto non è mai stata una cosa seria, lo sai. Con Nadine, però, sta facendo sul serio. Non mi sorprenderebbe se si sposassero prima dei trenta».

È come se non avessi più aria da respirare. Mi sfrego le labbra e riprendo fiato, scioccata dalla mia reazione. «Sarebbe una mossa avventata. Stanno insieme da appena un mese».

«Sì, ma andavano a letto già da un paio di mesi».

Strabuzzo gli occhi. Questa mi è nuova. «Davvero?».

Lui annuisce e mi guarda come se fossi troppo stupida per vivere. «Lei lavora alla reception della società di noleggio. Certo che scopavano. Dal primo giorno».

«Non ne avevo idea», dico piano. Il mio cuore sta facendo lenti e dolorosi balzi nel petto.

«Be', forse voi due non siete così intimi come credi», dice. Un altro colpo al cuore. Si affretta a versarmi un altro bicchiere di vino. «Ecco, bevici su. Dovresti sorridere e fregartene di Linden».

«È mio amico».

«È tuo amico quanto lo sono io. Chi frequenta non è affare tuo, purché non si tratti di una pazza assassina. Fino a ora, mi sembra tranquilla. Ha la mia approvazione». Mi guarda sospettoso. «E la tua?»

«Certo che sì», replico, ma le parole escono come col pilota automatico. So che James non aveva cattive intenzioni perché, sinceramente, ciò che ha detto non avrebbe dovuto ferirmi. È vero. Linden è un amico, ecco cosa è stato e cosa sarà. Chi frequenta non dovrebbe riguardarmi, non in quel senso.

Ma suppongo di aver mentito a me stessa troppo a lungo perché è come se stessi sanguinando dentro, proprio davanti a James, e mi sforzassi di nasconderlo.

Lui mi sta guardando, con attenzione, come se abbia sempre sospettato qualcosa. Poi, si sporge all'indietro, apparentemente soddisfatto, e dice: «Adesso immagino che il vero mistero sia perché sei ancora single».

Rido, rischiando di versare il vino. «Non è un mistero, James. Tu tra tutti dovresti saperlo».

Qualcosa guizza nei suoi occhi. «Mi piaceva stare con te».

«Non è quello che intendevo, non proprio», lo correggo. «Parlo del fatto che adesso siamo proprietari di piccole attività. Ricordo quanto hai lavorato sodo per comprare il Lion. Non avevi molto tempo per Linden o me o chiunque altro. Diciamo che è lo stesso per me. Mi manca il tempo».

«Vero. Ma anche prima, non mi sembrava che… tu stessi con qualcuno. Non in modo serio. A parte quello stronzo di Owen».

Non mi prendo il disturbo di correggerlo. Owen si era rivelato un colossale stronzo, oltre che un traditore, certo non l'affidabile roccia che desideravo. «E te», gli faccio notare.

Sorride e per un momento vengo riportata indietro a quando ci siamo incontrati la prima volta. James stava pulendo i bicchieri e giuro che c'era un riflettore sul piccolo palco all'interno del Lion puntato proprio su di lui. Era tutto quello che avevo sempre voluto dopo le superiori, ma che non ero riuscita a trovare o non avevo il coraggio di affrontare: alto, magro con i muscoli tesi, lunghi capelli neri leggermente mossi. Inoltre, aveva dilatatori alle orecchie, un piercing al setto nasale e vistosi tatuaggi neri. Un vero e proprio cattivo ragazzo e un cattivo ragazzo era un sogno divenuto realtà per questa tranquilla ragazza di Petaluma.

James, essendo un paio di anni più grande di me, era il direttore del bar all'epoca. Avevo dato a lui il mio curriculum ed ero rimasta lì impacciata mentre lo leggeva. Ricordo che arrivò Linden a prendere da bere per qualcuno e per poco non ci restai secca nel vedere i suoi muscoli, l'espressione intensa, l'andatura spavalda e ultra-virile e nel sentire l'accento scozzese sexy da morire. Non riuscivo a credere che due ragazzi sexy lavorassero lì.

Ero convinta che solo per quello non avrei avuto il lavoro. Nessuna ragazza è tanto fortunata.

Ma James mi aveva guardata sorridendo ed ero spacciata. Il suo sorriso è quasi troppo largo per la sua faccia e trasforma in qualche modo i suoi occhi marroni, li fa scintillare. In seguito avrei scoperto che nasconde una profonda e radicata umiliazione.

Disse: «Sembra buono. Quando puoi cominciare?».

E questo fu quanto. Il mio primo turno fu la sera seguente e una settimana dopo James e io uscivamo insieme.

Era davvero tutto quello che cercavo in un ragazzo all'epoca. A parte l'aspetto provocatorio, che sfoggiavo come una medaglia al valore, era un musicista e la band in cui suonava con Linden non era affatto male, anche se si esibivano al Lion e facevano per lo più cover.

Era intelligente e divertente nel suo modo pacato. Era anche bravo a tenermi sull'attenti. Era lunatico e perdeva le staffe con facilità e di solito per niente. Certi giorni, se un tizio mi guardava nel modo sbagliato, mi accusava di andargli dietro. In seguito quelle accuse si erano ingigantite e sembrava, a sentire lui, che avessi una storia con mezza città.

Alla fine James era semplicemente troppo bisognoso di attenzioni e troppo possessivo. Voglio dire, mi piace l'uomo geloso, non fraintendetemi. Ma lui era così anche con le mie amiche. L'unica persona con cui mi era concesso essere amica era Linden, ma solo perché Linden era sempre con noi e sotto l'occhio vigile di James.

Perciò ruppi con James. Aveva problemi risalenti all'infanzia che doveva risolvere – un padre violento e alcolizzato che lo aveva abbandonato – e non ce la facevo a essere la ragazza al guinzaglio. Volevo la mia vita ed essere me stessa senza dover camminare sulle uova tutto il tempo. Stare con James mi aveva stancata. E sì, il sesso era bello, aveva un piercing sul pene che sembrava colpire il punto giusto ogni volta, ma il sesso non bastava a salvarci.

Era ferito. So che lo era. E per questo ero convinta che sarei stata licenziata. Pensai che non mi sarei neanche opposta perché mi sentivo terribilmente in colpa. Ma devo dargliene atto, James non mi licenziò. Si comportò come se la rottura fosse consensuale. Forse, sotto alcuni aspetti, lo era stata. Per un po' avevamo combattuto, lottato.

Mantenni il lavoro. Furono un paio di mesi imbarazzanti ma durante quel periodo Linden si era messo come un cuscinetto in mezzo a noi. Finalmente ero riuscita a conoscerlo meglio, ma non cominciammo a frequentarci fino a che James parve aver superato la cosa. Fino ad allora erano stati solo un sacco di SMS e buffi messaggi su Facebook.

Il tempo guarisce tutte le ferite o le fa cicatrizzare, per lo meno. James riuscì ad andare avanti e, in modo lento ma deciso noi tornammo a essere i tre moschettieri. C'erano delle difficoltà, tuttavia. Io mi sforzavo di non parlare di altri ragazzi e James sembrava fare altrettanto riguardo alle donne con cui usciva. Ma, col tempo, tutto trovò il suo ritmo.

Sono passati quasi sette anni da quando James e io abbiamo smesso di essere una coppia e siamo diventati amici. Ci sono voluti sette anni per stare di nuovo insieme solo io e lui.

Si schiarisce la voce e si versa un bicchiere di vino. «Dici che in te non c'è nessun mistero, ma non ci credo».

«D'accordo», dico, tirandomi su e sedendomi sui talloni.

«Perché *tu* sei single da così tanto tempo? C'è stata solo… com'è che si chiamava, Laura?… da che ricordo».

Si sistema i capelli dietro un orecchio e fa spallucce. «Non lo so. Ho da fare».

«Anch'io. E forse sei un po' esigente».

Mi scocca un'occhiata tagliente. «Anche tu».

«Non c'è niente di male in questo».

«No», dice, abbassando lo sguardo sulla coperta. «Sempre che non ti impedisca di andare avanti».

Aggrotto la fronte. «Io sto andando avanti, James. Finalmente. Questo», indico il negozio, «è tutto ciò che ho sempre voluto».

«E l'amore?».

Alzo gli occhi al cielo. «L'amore può arrivare quando vuole. Fino ad allora, sono felice di come stanno le cose».

«E cosa mi dici del sesso?».

Gli scocco un'occhiata. «Il sesso? È totalmente diverso. Non sono una puritana, James, questo lo sai anche tu».

«No, non lo sei», ammette, sorridendo tra sé. Poi mi guarda e i suoi occhi sembrano essersi fatti più scuri. «Puoi fare sesso e non amare».

Prima che possa replicare, si protende all'improvviso verso di me, rovesciando il bicchiere di vino, e mi bacia.

Sono troppo scioccata per fare qualcosa ma non lo fermo. Le sue labbra e la sua lingua sono al tempo stesso familiari e sconvolgenti, le sue mani sul mio viso mi riportano indietro nel tempo. Devo ammetterlo, anche se non penso a James in quel senso da anni, non è terribile.

Anzi, è piuttosto piacevole.

Ma voglio ancora sapere cosa c'è sotto.

Mi ritraggo, cosciente del vino che mi sta inzuppando un ginocchio.

«Ehi», riesco a dire, riprendendo fiato. Mi trovo subito qualcosa da fare tamponando la macchia rossa sulla coperta con dei tovaglioli.

«Ci penseremo dopo», si affretta a dire James e le sue labbra sono di nuovo sulle mie. Il suo bacio è disperato e indagatore, alimentato da qualcosa che non capisco.

O forse sì.

Solitudine.

«James». Le sue labbra si muovono rapide sulla mia mascella e giù sul collo. «Non credo sia una buona idea».

«Certo che lo è», mormora contro la mia pelle. La sua mano mi strizza un seno, sotto l'inesistente barriera dell'impalpabile reggiseno di pizzo. «Io voglio te, tu vuoi me».

Non è proprio così. Gli metto una mano sul petto e lo guardo. I suoi occhi sono come imbambolati per il desiderio e quasi non riescono a mettere a fuoco i miei.

«James», ripeto, stavolta in tono più duro.

«Cosa?». Si affanna a scostarsi i capelli dal viso. «Steph, ascolta… è solo sesso. Nient'altro».

Lo guardo accigliata.

«Dico sul serio», insiste, passandomi le dita tra i capelli e attirandomi a sé. «Solo sesso. Un tempo avevamo una cosa bella. Perché non possiamo riaverla?»

«Perché potrebbe cambiare la nostra amicizia», gli faccio notare. Voglio dire, è palese. Non mi importa quanto sia comune la pratica di andare a letto con i propri ex, questo incasina le cose, *soprattutto* quando continui a frequentare il tuo ex ogni settimana.

«Una notte non cambierà niente per me», afferma. «Cambierebbe qualcosa per te?».

Non ne sono sicura. So cosa provo per James. So anche che andare a letto con lui potrebbe essere confortante quanto un caldo e vecchio maglione.

E i maglioni caldi mi piacciono quando fa freddo.

«No», rispondo, avvertendo il mio cedimento. «Non cambierebbe niente per me».

Mi sorride, quell'ampio ghigno che gli illumina gli occhi

scuri come fuochi d'artificio. «In nome dei vecchi tempi, allora».

Poi si alza e spegne le luci del negozio prima di tornare da me sulla coperta.

Piombiamo sul cibo e sul vino. Non mi importa quello che dicono i film, non è divertente come lo fanno sembrare. Mentre mi sfila la maglietta dalla testa, prego che non la getti sul vino, e quando mi succhia i capezzoli, ho paura che il brie e il gorgonzola mi resteranno appiccicati alla schiena. Ho paura che la mia pelle e i miei vestiti finiranno macchiati.

Solo quando sono completamente nuda e carponi riesco a rilassarmi. Probabilmente aiuta che il suo uccello mi entri dentro come una seconda pelle e quel suo piercing fottutamente incredibile colpisca tutti i punti giusti. Nessun altro uomo è mai stato in grado di stimolare il punto G come lui, e anche se il piercing equivale probabilmente a barare, a questo punto non mi interessa.

L'orgasmo arriva fragoroso e nei miei momenti più sfrenati, la mente non sta affatto pensando a James…

…ma a Linden.

Devo sforzarmi al massimo per non gridare il suo nome, anche se è la sua faccia quella che vedo chiaramente, le sue dita ruvide ma sottili, oh così virili, attorno alla mia vita, le sue cosce muscolose e i peli ispidi premuti contro di me.

Ma c'è il magro, veloce, e ipertatuato James nella mia merdosa realtà. Per avere uno come lui qualsiasi donna darebbe la tetta sinistra, ma io no.

Solo per un uomo lo farei.

E vorrei che non fosse così.

Dopo che abbiamo finito, porto i miei vestiti nel piccolo bagno in fondo al negozio e mi lavo. Avevo comprato un nuovo sapone per le mani alla salvia e lavanda, una marca costosa, solo per questa stanzetta e adesso ridacchio per come lo sto usando.

Ho appena battezzato il mio negozio.

Mi tampono con una soffice salvietta e poi mi rivesto. Sulla maglia c'è una macchia di vino che domani dovrò aggredire con gli enzimi. Ma per adesso sono brilla di Syrah e orgasmi. E la realtà sta tornando ad affiorare come muffa in un posto buio.

Ho appena fatto sesso con il mio ex ragazzo *e* attuale amico James. Potrà anche aver detto che era solo per una notte, ma le capesante, il formaggio, il vino e le fragole (Oh mio Dio, abbiamo ancora le fragole al cioccolato!) dicono qualcos'altro. Forse sto attribuendo troppi significati all'intera serata, ma spero davvero che tutto possa tornare immediatamente alla normalità.

Ho bisogno della normalità. Non ho bisogno di ripiombare a ventun anni. Ne compio trenta l'anno prossimo e non ho intenzione di scivolare all'indietro, soprattutto non sull'uccello di James, piercing strategico o no.

Quando esco dal bagno mi sento simile a un puledro nervoso, non so come comportarmi con lui. Voglio solo andare avanti come se niente fosse, ma James sa essere così imprevedibile che non posso fare scommesse.

È in piedi sulla coperta, con i jeans ma senza maglietta, e guarda il pasticcio a terra.

Mi rivolge un'occhiata interrogativa. «Mi sa che non ci avevo pensato».

«Sono sicura che formaggio e vino verranno via in lavatrice». Gli mostro il mio braccio nudo mentre ci passo sopra l'altra mano. «Su di me sono andati via alla perfezione».

Adesso ha un'aria fiera. «Direi che ci siamo fatti prendere dal momento».

Già. Il *momento*. O un sacco di pianificazione e vino. O l'uno o l'altro.

Faccio spallucce. «È per questo che esistono i momenti». Poi mi schiarisco la voce e vado a grandi passi verso il plaid; mi accovaccio e raduno i contenitori. Le fragole, purtroppo, sono schiacciate.

Getto tutto quanto nella spazzatura e guardo James in modo eloquente mentre lui arrotola la coperta. «Be', grazie per essere passato. È stato divertente». Forse sono stata un po' brusca, ma prima mettiamo un freno alle aspettative, meglio è.

Si ferma nel bel mezzo di quello che sta facendo e alza lo sguardo su di me, scrutandomi come se non fosse convinto che io sia sincera. Ma lo sono. *È* stato divertente. Solo che è il tipo di divertimento che preferisco non avere più insieme a lui.

Spero davvero di non essere costretta a dirglielo.

Merda. Mi sta ancora guardando. Lo sapevo che era un errore.

Stupida solitudine e vecchi maglioni comodi.

«Sì, è stato divertente», dice piano. «Vuoi un passaggio per tornare a casa?»

«Non dirmi che sei venuto in macchina?», lo ammonisco.

Scuote la testa. «Ho preso un taxi. Vieni, sarà meno caro se facciamo a metà».

Fingo di doverci pensare su e poi replico: «Ho ancora del lavoro da finire. Penso che prenderò l'ultimo autobus».

«Posso aspettare».

No, non puoi.

Gli rivolgo un sorriso conciliante. «Ci metterò un po'. Sono scartoffie, sai com'è. Ci sentiamo domani».

È come se una nuvola carica di pioggia incombesse sul negozio. I suoi occhi smettono di splendere e le sue labbra prendono una piega insincera. «D'accordo, ci sentiamo dopo». Le sue parole sono dure e secche.

E così, James e la sua sporta, la sua coperta, il suo piercing e le sue ambigue motivazioni lasciano il Fog&Cloth.

La porta si chiude dietro di lui.

Tiro un gigantesco sospiro di sollievo.

Seguito da nient'altro che rimorso.

Capitolo cinque

Per tutta la mia prima settimana da ventinovenne e la seconda come proprietaria di una piccola attività, non faccio che chiedermi se ho appena distrutto una delle migliori amicizie che abbia mai avuto.

No, non io e James, anche se la causa sarebbe lui.

Sto parlando di me e Linden. Gli ho mandato un messaggio per chiedergli di Nadine subito dopo che James e io avevamo fatto sesso, ma non mi ha risposto. Poi è arrivato lunedì e ci ho riprovato. Nessuna risposta. Facebook, il buon vecchio Facebook, mi ha detto che era online e commentava post, la pagina di Nadine diceva che la sua operazione era andata bene ("levata brutta appendice del cazzo" era il suo stato), ma non ricevevo alcuna risposta.

Così ho cominciato a preoccuparmi. Ho iniziato a pensare che forse James aveva detto a Linden cosa era successo, magari distorcendo la storia perché sembrasse che ero stata io a sedurlo e a rovinare la nostra amicizia, e che adesso Linden non mi rivolgesse più la parola per solidarietà visto che tutto era andato in malora.

Ma martedì Linden mi ha chiamata all'improvviso, chiedendomi se volevo vedere un film con lui e James e mangiare prima qualcosa. Si è scusato per i messaggi quando gliene ho parlato, ma ha detto che il suo telefono era morto e che era stato praticamente sempre con Nadine negli ultimi giorni. Inoltre lei è un'utente Android.

Lui ha un iPhone.

E anch'io.

Loro non possono scambiarsi i caricabatterie. Ma noi potremmo. Non che questo significhi qualcosa.

Sono sulle spine quando la Jeep di Linden accosta al marciapiede. Mentre scendo lungo il ripido vialetto, con l'autunnale ondata di calore che sta tornando e mi fa sudare negli anfibi verde oliva (nuovo arrivo in negozio), jeans e maglia con le maniche a pipistrello, scorgo James seduto accanto a lui.

Sarà imbarazzante.

Sorprendendomi, però, James scende, inclina il sedile passeggero e si mette a sedere dietro, proprio mentre io arrivo all'auto.

«Grazie», gli dico, cercando di non guardarlo in faccia per vedere come sta e cosa è cambiato tra di noi.

«Nessun problema», è la risposta di James. Lo stesso tipo di risposta che mi avrebbe dato una settimana fa, sapete, prima del sesso.

Significa davvero *nessun* problema? Cioè, è tutto a posto?

Salgo in auto, allaccio la cintura e guardo Linden.

Mi sta sorridendo. Quelle fossette spuntano sotto la barba di tre giorni, gli occhi che brillano alla maniera di un cowboy di Hollywood che lascia intendere di avere una vita segreta e proibita quando le telecamere sono spente.

«Baby Blue», dice con il meraviglioso, sciogli-mutande, oh-come-sono-fortunata-di-sentire questo accento scozzese. «Buon compleanno, cazzo. Mi è dispiaciuto un sacco non esserci».

«Non preoccuparti», rispondo, dandogli un buffetto sulla gamba. «Sono contenta che Nadine stia bene».

Fa una smorfia e mette in moto l'auto. «Sono stati giorni parecchio tosti, questo è certo. Ma domani dovrebbero dimetterla. Mi ha praticamente costretto a staccarmi da lei».

Sorrido, malgrado questa notizia. «Be', è in gamba. Tu hai bisogno di rilassarti così potrai essere al meglio per lei, e lei ha bisogno di riposare».

Stronzata assoluta ma sembra buona e sembra avere effetto su di lui perché annuisce. Guarda James nello specchietto retrovisore. «Spero che tu ti sia preso cura della nostra piccola al suo compleanno».

Sgrano gli occhi, solo per un momento, e so che sto trattenendo il respiro mentre aspetto che James dica qualcosa e rovini tutto.

Ma James si limita a rispondere: «Certo. Accidenti, Linden, è una vera rompipalle quando non ci sei».

E allora capisco che è tutto a posto. Linden non sa che siamo andati a letto insieme. James non porta rancore. Siamo riusciti a fare sesso e a passare oltre. Tutto è tornato alla normalità.

Tutto è tornato alla normalità.

È un vero peccato che adesso la mia normalità comprenda un Linden legato a qualcuno senza appendice.

Ma sono grande abbastanza per accantonare la cosa.

Quando bussano alla porta del negozio un quarto d'ora prima delle dieci (quando apro), non riesco a trattenere il ringhio che mi sfugge dalle labbra. A quest'ora ho sempre mille cose da fare per tollerare clienti mattinieri che sperano di anticipare l'apertura.

Ma quando alzo lo sguardo dalla cassa, mi rimangio quel ringhio.

E si trasforma in qualcosa di più sessuale.

C'è un modello fuori dalla mia porta.

Ne ha l'aspetto, per lo meno. Anzi, non sono mai stata così sicura dell'occupazione, o dello scopo nella vita, di qualcuno.

Do una rapida occhiata allo specchio decorato e bordato di gemme alla parete (solo 325 dollari, prendetelo finché siete in tempo) e deduco che pur avendo ancora una faccia assonnata, non sono affatto male. La settimana scorsa ho fatto uno sfumato ai capelli, biondo platino in cima e rosa sulle punte, e tutta la ginnastica che sto facendo per contrastare il sedere in rapida espansione sembra conferire un colorito sano al mio viso.

Vado alla porta, faccio scattare la serratura e apro appena uno spiraglio.

«Apriamo tra quindici minuti», dico al tizio, allungando la testa all'indietro per guardarlo.

Grandi occhi verdi mi guardano a loro volta.

«Scusa», dice. «Non sono assai mattiniero, ma volevo riuscire a parlarti prima che aprissi».

Assai, uh? Decisamente non California del Nord.

«Va bene», dico, assicurandomi di non sorridere come una scema mentre osservo la sua corporatura snella, i capelli biondo scuro che gli ricadono sulla fronte. È quasi un incrocio tra Chris Hemsworth e Matthew McConaughey. «Allora, come posso aiutarti? Non vendiamo abbigliamento da uomo».

«Ma è nei tuoi progetti?», chiede.

Mi stringo nelle spalle. «Se tutto va bene. Ho aperto solo la settimana scorsa perciò non sono ancora sicura di quello che sto facendo». Poi, sentendomi civettuola, sbatto le ciglia e dico: «Non dirlo a nessuno».

Ghigna. Il suo sorriso è sbilenco ma carino. «Non lo farò, non temere». Poi il sorriso sbiadisce e si sfrega preoccupato la punta del naso. «Be', mio fratello Mick ha creato una linea per uomo all'inizio di quest'anno, perciò gli sto dando una mano per vedere se qualcuno vuole esporla».

Infila la mano in una tracolla di cuoio che noto solo adesso e ne tira fuori una busta manila. Cerca di porgermela ma la fa cadere. È un po' agitato, impacciato, ma questo mi piace.

Raccoglie la busta e stavolta la prendo dalle sue mani tremanti prima che la faccia cadere di nuovo.

«Quindi tuo fratello ti ha messo a fare questo?», gli chiedo. Tiro fuori un catalogo e do un'occhiata. È un po' arrangiato, ma gli scatti sono professionali. E ritraggono il tipo con cui sto parlando.

Gli agito il catalogo davanti. «Sei un modello».

Lo *sapevo*.

Lui annuisce, un po' imbarazzato. «Sì. O per lo meno ci sto provando. Lo faccio per dare una mano a entrambi, sai. Pensava che forse, trovando il negozio giusto, si può fare una linea esclusiva insieme. E io sarei il modello».

La cosa buffa dell'essere alla soglia dei trenta è che schegge di maturità cominciano lentamente a farsi strada nella tua vita quotidiana. Mettere da parte i risparmi in un fondo pensionistico, restare a casa un sabato sera perché vuoi svegliarti presto e andare in palestra, fissare appuntamenti con il tuo commercialista, prendere integratori di omega-3 e calcio, includere una costosa crema da notte nella tua routine quotidiana, e così via.

Non succede tutto in una volta ma quando succede, pensi: "Accidenti, mi sa che adesso sono un fottuto adulto! Ma guardatemi!".

Questo è stato uno di quei momenti. Certo, può essere una reazione a scoppio ritardato al giorno dell'inaugurazione, ma questo bel ragazzo solare mi sta chiedendo se voglio un'esclusiva linea da uomo nel mio negozio nuovo di zecca e cazzo se non mi sono sentita finalmente arrivata.

Questo non significava che sappia cosa sto facendo, però.

«Allora», comincio, cercando di trovare le parole giuste, «tu faresti da modello per gli abiti, gli abiti che venderei in esclusiva?»

«Dipende da cosa ci rispondono gli altri negozi, immagino».

Il mio cuore palpita ansioso al pensiero della competizione. «Quali sono gli altri negozi?».

Lui fa spallucce e si gratta dietro la testa. È assolutamente adorabile. «Non ne sono sicuro. Io ho dato loro la mia roba, non viceversa. Ma i proprietari non erano carini come te».

Sento le guance diventare calde e mi ritrovo a guardare timidamente il pavimento.

«A proposito, io sono Aaron», si presenta, allungando la mano. «Aaron Simpson».

«Stephanie Robson», gli dico, ricambiando la stretta. La sua mano è calda, le dita lunghe e sottili.

«Aaron e Stephanie», osserva. «Stanno bene insieme».

Inarco un sopracciglio. Chi è questo impacciato, nervoso ma audace modello che ho davanti? Non ne sono sicura ma voglio proprio scoprirlo.

E questo significa prendere la sua offerta molto sul serio.

«È vero», confermo. Mentre dentro di me si azzuffano i vari "Sei così adulta" e "Non hai idea di cosa stai facendo", apro di più la porta e gli faccio segno di entrare. «Abbiamo ancora qualche minuto prima dell'apertura. Perché non entri, così possiamo parlare?».

I suoi occhi si accendono. «Davvero?»

«Certo», rispondo. «Cerco sempre di fare buoni affari».

Su quest'ultima parola ci scambiamo uno sguardo incandescente, mentre lui entra nel negozio.

Ho la sensazione che la parola *affari* stia per assumere un significato tutto nuovo.

Capitolo sei
30 anni

Linden

«Sai a che ora sei nato?», mi domanda Nadine prima di prendere un sorso di gin tonic.

«Non ne ho idea», rispondo. «Saperlo significherebbe avere una madre che si dedica a pietose stronzate del genere. O una madre attenta». Mi appoggio allo schienale e respiro l'aria salata. È davvero bello fuori, un aprile che è un tripudio di aria fresca e sole vivace. Non c'è nebbia e la baia scintilla davanti a noi, l'acqua sembra illuminata dall'interno.

Non sembra il mio compleanno. Questa è una buona cosa. Per un intero anno ho temuto il conto alla rovescia per i miei trent'anni e mi sento come se mi ci avessero trascinato dentro, scalciante e urlante.

«Magari puoi chiederglielo domani», dice. Ma io mi limito a osservare la barche a vela che fanno su e giù. Non voglio pensare al fatto che i miei genitori arriveranno in città domani mattina e che ho in programma un brunch insieme a loro. Non voglio pensare al fatto che non li vedo da anni e che questa è la prima volta che vengono sulla West Coast a trovarmi. Non voglio conoscere le loro aspettative e i modi in cui li ho delusi.

Voglio solo starmene su questo patio, bere birra con la mia bella fidanzata e inaugurare i trenta come se niente fosse. È per questo che mi sono tirato fuori da qualsiasi festeggiamento e tutte quelle stupide stronzate. Voglio solo che oggi sia un giorno come tutti gli altri.

Ma so che non è così. Niente dovrebbe cambiare passando dai ventinove ai trenta, ma avverto il subbuglio, il cambiamento, da qualche parte nel profondo, come se mi stessi lentamente trasformando in un lupo mannaro o uno scialbo vampiro.

Non ha assolutamente niente a che fare con un piccolo patto fatto anni fa. No, quella roba è storia vecchia ormai. Ho Nadine ed è una storia seria. La clausola "se non avremo una relazione seria allo scoccare dei trenta"? Be', Nadine è la mia relazione seria.

«Già», le dico, anche se so che non chiederò niente a mia madre. Nadine mi sta guardando incuriosita, la fronte aggrottata, e sento che una domanda si sta facendo strada, la domanda che la assilla da quando le ho detto del loro arrivo.

«Quindi sarete solo voi tre?», chiede.

Annuisco e finisco la birra. «Ti inviterei ma, sai, è complicato».

So che sta cercando un invito o almeno una spiegazione del perché quella che è da sei mesi la mia ragazza non conoscerà i miei genitori, ma è davvero tutto quello che posso darle. Il punto è che non sono sicuro di cosa sia più complicato, se la mia relazione con i miei genitori o la mia relazione con lei.

Forse non facciamo sul serio quanto mi piacerebbe pensare.

«So gestire le situazioni complicate», replica, e capisco che è ferita. Anzi, si vede benissimo che lo è, dal momento che non nasconde le sue emozioni.

Le do un buffetto sulla mano. «Piccola», la imploro. «È solo che per me è più semplice così. Non pensarci, non ti perdi niente».

Lei incrocia le braccia e sbuffa. «Mi piacerebbe lo stesso conoscere i tuoi genitori, saperne un po' di più su di te, da dove vieni».

«Lo sai da dove vengo», le ricordo paziente. «Sono nato a Aberdeeen, in Scozia, mio padre era un diplomatico. Mia madre un tempo allevava cavalli. Lui ha avuto un incarico alle Nazioni Unite. Ci siamo trasferiti a New York. Fine della storia».

«È per questo che devo chiamarlo *Sua Eccellenza*?».

Le scocco un'occhiata. L'ho sentito chiamare così di continuo, specialmente quando frequentavo le superiori. Più di una volta mi hanno pestato a sangue per via del lavoro di mio padre, fino a che non ho imparato a reagire.

«Non è l'ambasciatore britannico», le spiego. «È qualche gradino sotto. Nessuno deve chiamarlo Sua Eccellenza. Grazie a Dio».

Lei sgrana gli occhi. «Sembra comunque importante».

«Immagino», replico e mi guardo intorno alla ricerca della cameriera. Un'altra birra o altre sei sarebbero il massimo in questo momento. «Ci ho fatto l'abitudine. Era in qualche consiglio di sicurezza e il vicedirettore di qualcosa prima di allora».

«Vicedirettore di qualcosa?», ripete.

Sospiro e mi passo una mano tra i capelli. Se mi fa sentire così a disagio solo parlare di loro, non so come sopravvivrò domani. «Non lo so. Ho passato gran parte dell'adolescenza a bere, fare sesso e a guidare moto. Qualunque cosa facesse mio padre, per me era lo stesso. Lui faceva parte di quel mondo e io avevo il mio».

«E tuo fratello?»

«Faceva lo stesso. Ma in qualche modo è lui quello che l'ha sfangata». Scuoto la testa. «Ed è ancora così». La guardo circospetto e la vedo avida di altre informazioni. «Forza, facciamoci un altro giro. Il cibo è stato fantastico ma qui la birra è ancora meglio».

Forse è tutto questo parlare della mia vita familiare o sono le due pinte extra, ma quando lasciamo il ristorante e ci avviamo lungo il Pier 49 e da lì sull'Embarcadero, non ho più voglia di tornare a casa.

Il mio telefono squilla e nell'istante in cui vedo che è James, so che sono salvo.

«Che mi dici, fratello?», lo saluto con più entusiasmo del dovuto.

«Ehi, avete già finito di cenare?». Sta gridando e sento la musica a tutto volume.

«Sì, appena finito. Dove sei, al Lion?»

«Sì, ma dopo andiamo al Kozy Kar. Dovresti venire. Cioè, è solo il tuo fottuto compleanno e tutto il resto».

Giro lentamente lo sguardo su Nadine. Mi sta guardando con impazienza, forse anche con un pizzico di veleno. Era così felice quando le ho detto che volevo passare il mio trentesimo compleanno solo con lei e so che se adesso modifico il programma, la pagherò.

Per fortuna ormai sono abituato a simili reazioni e questo di rado mi impedisce di fare qualcosa.

«Va bene», dico a James. «Ce ne andiamo a casa per un po' e poi ti raggiungiamo. Alle otto? So che si riempie subito e ho proprio voglia di farmi un giro nel furgone dell'amore».

Nadine mi sferra un cazzotto nello stomaco. Mi strappa un *ahi* che James sembra non sentire.

«Ci vediamo più tardi. Buon compleanno, vecchietto».

«Fottiti, James». Riattacco e poi la guardo incredulo. «Cosa c'è?»

«Ma che diavolo?!», esclama. «Hai detto che saremmo stati solo tu e io stasera!».

«Già, be'», dico, sfregandomi la barba sulla mascella e evitando i suoi occhi, «le cose sono cambiate. Adesso ho voglia di uscire».

«Questa doveva essere la *nostra* serata», replica a denti stretti.

La guardo accigliato. «Fammi il piacere, questa dovrebbe essere la *mia* serata. Abbiamo appena finito una fantastica cena, Nadine, adesso andremo da me a fare un po' di fantastico sesso prima di uscire e raggiungere i miei fantastici amici».

«Puoi scordarti il sesso», ribatte in tono di scherno.

Tiro su i palmi, all'istante sulla difensiva. «Okay, aspetta. Niente fottuto sesso di compleanno? Non è giusto».

«Scegli. Sesso o i tuoi amici», dice con voce melodiosa.

Sembra che stia scherzando ma so che non è così. Fa scorta di sesso come un grasso ragazzino italiano fa scorta di Nutella.

«Ma non è giusto», insisto. «Sai che sono inerme davanti al sesso».

«È per quello che vuoi farti un giro nel furgone dell'amore?».

Roteo gli occhi. «Hai davvero passato qui tutta la vita e non sei mai stata al Kozy Kar? È un'istituzione a San Francisco, come Pete's e i Giants e Kirk Hammett. Tutti i posti a sedere del locale sono su vecchi letti ad acqua, vere auto e furgoncini Volkswagen. Il pavimento è fatto di vecchie riviste porno. Riviste porno!».

«Sembra delizioso», ribatte asciutta.

«Lo è!», esclamo. «Andiamo. Compio trent'anni, voglio divertirmi».

«Puoi divertirti ma non lo farai con me», sbuffa.

Aaargh. A volte mi fa davvero venire voglia di strapparmi i capelli. E non voglio farlo. Ho dei bei capelli ed è facile perderli a quest'età.

«E va bene», cedo, sapendo che proverò comunque ad andarmene dopo che avremo finito.

E funziona. Una volta a casa mia, le strappo i vestiti di dosso e facciamo sesso. Faccio per prenderle il culo, come sempre, pensando che finalmente avrò una chance per il mio compleanno, ma lei si sottrae e finisco per venirle sulla schiena. Pazienza.

Un'ora dopo, quando siamo sul divano e le sto massaggiando i piedi mentre guardiamo la TV, il mio telefono squilla.

«Non rispondere», dice.

«Potrebbero essere i miei».

«Ma sono i tuoi?», mi fa notare. Sento la sua occhiataccia.

«Potrebbe essere un'emergenza», replico e rispondo comunque.

La sento brontolare «Ma perché non manda un SMS», e mi rivolgo a James: «Ehi, amico».

James mi dice che c'è un sacco di gente che mi sta aspettando e di portare lì le chiappe altrimenti la nostra amicizia è finita. Fa tante minacce quante Nadine, ma da buon amico qual è, non dice mai sul serio.

Guardo implorante Nadine. «Possiamo andare, per favore? Al mio migliore amico piacerebbe tanto passare il mio compleanno insieme a me. Piangerà se non ci andiamo. E viceversa».

«E l'*altra* migliore amica?», chiede, e noto l'asprezza nelle sue parole. Anche se all'inizio era cordiale con lei, Nadine non è mai stata un'estimatrice di Steph, malgrado gli sconti che le fa sui vestiti e abbia cercato di conoscerla in svariate occasioni.

«Steph è lì?», domando a James.

«Non ancora», risponde lui. «Ma arriverà presto».

«Va bene, ci vediamo tra un po'».

«Sarà meglio, cazzo», lo sento dire prima di riattaccare.

«Linden!», urla Nadine, allontanando i piedi da me come se fossi improvvisamente radioattivo. «Ti odio».

Gemo. «No, non è vero. E non sei costretta a venire, ti riporto a casa».

«Certo, perché ti lascio andare senza di me».

La guardo strizzando gli occhi, con la mascella tesa. Mi ricordo di parlare con pacata precisione. «Nadine, qui nessuno mi lascia fare qualcosa. Sono padrone di me stesso, d'accordo?».

La guardo fino a che non cede.

«Scusa», mormora ma vedo bene che è ancora irritata. Forse alcuni non batterebbero ciglio davanti alla sua scelta di parole ma a me la cosa dà fastidio. Nadine ha questo fare dispotico che a me non sta bene. «D'accordo, andiamo».

La vittoria è mia.

Ben presto il nostro brusco taxi ci porta nei pressi di Van Ness Avenue e ci accodiamo alla breve fila all'esterno. L'aria adesso è gelida ma la giacca mi tiene caldo e non mi dispiace aspettare. In passato avrei allungato una banconota al buttafuori o fatto finta di essere straniero, esagerando il mio accento, per saltare la fila, ma adesso non ho fretta. Mi va bene aspettare.

Forse sto invecchiando davvero.

Arrivati alla porta, il buttafuori mi augura buon compleanno. Dentro vedo James e Steph al bancone. Si girano verso di me, alzano in aria i loro drink con sorrisi chiassosi e d'un tratto il mondo è di nuovo un bel posto.

Quelle due persone. Sono tutto ciò di cui ho bisogno.

«Era ora!», urla James. È sbronzo ed è uno stronzetto simpatico quando beve troppo. Diventa ultrasentimentale, ti si appoggia addosso, ti dice quanto ti vuole bene. Prevedo un sacco di questa roba stasera, mi offenderei in caso contrario.

Gli afferro la mano e gli assesto una pacca sulla schiena ma, fedele ai suoi modi sbronzi, mi stringe in un grosso e caloroso abbraccio. Sento la birra versarsi dal suo bicchiere sul mio collo.

«Finalmente sei vecchio come me», mormora.

Mi stacco da lui e dico: «Ma la cosa bella è che tu sarai sempre più vecchio».

Mi fulmina con lo sguardo. «Vaffanculo».

«Fanculo anche a te, amico». Ma, come al solito, lo dico con un sorriso.

Sono consapevole che Stephanie mi sta guardando con quei suoi occhioni da Bambi. Una delle cose che più amo di lei è che non ha idea di quanto cazzo sia speciale. Perfino adesso che è qui nel bar, petto in fuori e sicura di sé, i pantaloni aderenti scoloriti e una folle maglia che sembra fatta di pelle di squalo, è molto più di quanto lei pensi.

«Buon compleanno», mi augura con un sorriso pacato. Normalmente mi abbraccerebbe anche, ma adesso è riservata e contegnosa. Aggrotto la fronte e intercetto il suo sguardo che si posa brevemente su Nadine. Nadine, che è dietro di me e probabilmente non sta sfoggiando la sua espressione più cordiale.

«Grazie», rispondo con calore. Mi sembra strano limitarci a questo.

Metto un braccio attorno a Nadine e la spingo verso i miei amici, costringendola a comportarsi bene. Lei li saluta, rivolge loro un sorriso, ma è palese che non vorrebbe essere qui. Le piace far sapere alle persone quando è stata disturbata, specialmente se si tratta di me. È come se si aspetti il premio come "Migliore Fidanzata dell'Anno" solo per avermi concesso di uscire di casa.

«Conosci Penny?!», urla d'un tratto James, come se ci avesse pensato solo ora.

In realtà no e ormai sono un po' di settimane che aspetto, da quando James mi ha detto che finalmente sta frequentando qualcuno. Se ne ricorderebbe se non fosse ubriaco, e dal modo in cui guarda Steph, ho la sensazione che lo stia chiedendo più a lei che a me.

Prima che qualcuno possa dire qualcosa, James si porta le mani attorno alla bocca e grida «Penny!» verso l'altro lato del bar. Il ragazzo potrà pure non essere bravo a cantare ma di sicuro sa gridare. Penso che ogni testa nel locale si sia girata a guardarci per un istante.

E dall'oscurità del pavimento di riviste porno e da equivoci furgoncini Volkswagen viene fuori una ragazza che non potrebbe essere più adatta a James.

Tanto per dirne una, è coperta di tatuaggi, le labbra rosso sangue sfoggiano un piercing, ha i capelli alla Betty Page di uno strafottente arancione e un ancheggiare femminile, malgrado l'aspetto da tosta. Porta anche occhiali da sexy segretaria che sottolineano la pesante riga di eyeliner. Le lenti sembrano spesse, perciò ne ha davvero bisogno, a differenza di tutti gli hipster in città.

Secondo, va da James e gli assesta un ceffone sulle chiappe, *forte*, salutandolo con: «Ehi, dio del sesso, ti sono mancata?».

James sembra combattuto tra l'essere fiero e imbarazzato. Penso che sia un po' entrambi.

Ci rivolge una breve occhiata agitata. «Linden, Steph, Nadine, lei è Penny».

Penny sta masticando un chewing gum con la bocca aperta e la gomma continua a schioccare. Ma sorride, anche se ci sta studiando. Già mi tiene sulle spine. Approvo.

«Piacere di conoscerti», dice e mi rendo conto che ha un accento del Jersey. Ancora più calzante adesso. Ho fiducia che questa tipa rockabilly possa inculcare un po' di buonsenso in James quando io non ci sono.

«Altrettanto», rispondo.

«Tu sei il ragazzo del compleanno», osserva.

Annuisco. «Già».

D'un tratto si mette a urlare «Offro io!», e poi sbatte le mani sul bancone, esigendo l'attenzione del barista. Lui la guarda circospetto quando gli grida qualcosa a proposito dello Jägermeister.

Rabbrividisco. Penso che quell'alcolico dovrebbe essere bandito dopo i vent'anni.

«È un tesoro», dico a James con un finto accento aristocratico.

«È una birbante», replica lui, sfregandosi il collo.

«Lo vedo bene».

Credo che la mia clausola no-Jägermeister non entrerà in vigore prima dei trentuno. Ci facciamo tutti un bicchierino del disgustoso liquore prima di avviarci al furgone Volkswagen.

Con mia grande sorpresa, c'è solo l'amica di Steph, Nicola, mentre non c'è traccia del suo ragazzo, Aaron.

Resto un attimo indietro e le tiro una manica. «Dov'è Aaron?».

I suoi tratti delicati sembrano stanchi, ma è solo un istante. «È a Los Angeles per il weekend. Sai, un ingaggio».

«Oh, sì. Eccome se lo so», dico in tono scherzoso. «Tutti quei giorni in passerella, a far vedere i gioielli a degli sconosciuti».

Mi guarda strizzando gli occhi, affatto divertita. «Fa il modello, non l'attore porno».

«Certo, certo». Amo prenderla in giro per Aaron, è uno dei miei nuovi hobby preferiti. Il tipo è a posto, direi, ma non è un mostro di intelligenza. In effetti ha tre anni in meno di Steph e ne deve fare ancora di strada. Non che io abbia l'autorità per parlare, immaturo come sono, ma sinceramente non è alla sua altezza. Non credo che qualcuno lo sia.

Ma è l'amico iperprotettivo che è in me a parlare. Lei *sembra* felice.

Mentre mi sferra un cazzotto al braccio, indico Nicola con la testa. «Cosa ci fa qui?».

Steph abbassa la voce, rivolgendo le spalle all'amica che sta salutando Nadine, mentre tutti la raggiungono e si mettono seduti. «Aveva bisogno di uscire».

Nicola non è solo alquanto bigotta e formale, ma anche una mamma single di un bambino di due anni. In passato, prima che quel puttaniere del suo ex la mettesse nei guai e la lasciasse, la vedevo parecchio, anche se non frequentavamo lo stesso ambiente.

Sento il suo fresco profumo fiorito quando Steph si protende e bisbiglia: «E poi è innamorata del suo ginecologo. Perciò sto facendo una specie di attacco preventivo prima che succeda qualcosa; voglio dimostrarle che esistono altri uomini là fuori. Uomini che non sono pagati per guardarti la vagina».

Lancio un'occhiata a Nicola nel suo lungo abito di seta nera e i capelli legati. Sembra assolutamente fuori luogo nel furgone dell'amore, ma sono contento che ci sia lei e non Aaron.

«Devo essere me stesso e infrangere le sue speranze che i bravi uomini esistono?», le chiedo, avvicinandomi di più nella speranza di cogliere di nuovo il suo dolce profumo.

Steph alza gli occhi al cielo. «Sii carino e basta, Cowboy».

Non posso fare a meno di sorridere. Cowboy… sono mesi che non mi chiama così. Mi fa sentire caldo, e forse un po' eccitato. Vorrei crogiolarmi in questa sensazione ma mi rendo conto di non poterlo fare.

Non posso farlo mai.

Mi siedo al tavolo accanto a Nadine, ignorando il lampo nei suoi occhi scuri. Vuole che sappia che è incazzata per chissà quale ragione, probabilmente perché ho parlato con Steph. Forse mi ha beccato mentre cercavo di annusarla. Non sarebbe la prima volta.

James mi porge una birra apparsa dal nulla e me la scolo. Stasera dalla spina esce roba buona e i miei trenta cominciano a farsi sentire.

È un fottuto sollievo essere fuori con i miei amici, specialmente da quando non lo facciamo più così spesso. Con James insieme a Penny e Steph insieme a Aaron, e naturalmente io che sto con Nadine, sto cominciando a temere che questo sia l'inizio del nostro futuro. Man mano che diventiamo più vecchi, che siamo più presi dai nostri compagni, dalle nostre vite, e cerchiamo di approfittare il più possibile di questi anni che passano in fretta, penso che i nostri legami si indeboliranno.

Non voglio avere quarant'anni, essere sposato con Nadine, avere un paio di marmocchi e nessuno intorno a me, solo un paio di persone a cui una volta volevo bene, che conoscevo.

Non voglio perderli. Ma mentre mi guardo attorno, mi chiedo se è così che le cose vanno nella vita. L'età ci ha uniti, l'età ci separerà.

Okay, adesso sono ubriaco e troppo melodrammatico. Sto per proporre di farci un altro bicchierino – niente fottuto Jäger stavolta, mi spiace per Penny – ma Nadine si gira verso di me e si lamenta: «Linden, ho mal di testa».

Di tanto in tanto soffre di emicrania, ma non sono sicuro che non stia solo fingendo per farsi riportare a casa.

«Va bene», le dico a bassa voce. E poi credo che mi stia salvando dai postumi di una massiccia sbornia che dovrei affrontare domani. Guardo tutti quanti, soffermandomi solo brevemente su Steph. «Mi dispiace, sfigati, ma noi dobbiamo andare».

James lancia un grido disgustato. «Ma che diavolo, amico! Siete appena arrivati».

«Più di un'ora fa», gli faccio notare. E comunque è troppo sbronzo per accorgersi del passare del tempo.

«Ho esagerato?», chiede Penny a James, cercando di non farsi sentire, ma invano.

«Nessuno ha esagerato», la rassicuro. «Domani devo vedere i miei genitori, perciò devo chiudere qui la serata».

«I tuoi genitori sono in città?», domanda Steph sorpresa.

Mi giro verso di lei e riconosco lo sguardo nei suoi occhi. È quasi lo stesso che aveva Nadine quando le ho detto che li avrei incontrati da solo. Diamine, anche Steph voleva conoscerli? Ha già conosciuto quella spina nel fianco di mio fratello e adesso vuole vedere il resto della famiglia? D'un tratto i miei genitori sono le persone più popolari in circolazione. Be', con tutti a parte me.

«Sì, è stata una cosa dell'ultimo minuto. Per il mio compleanno».

«Be', fammi sapere come va», dice, e per un momento è come se fossimo di nuovo a casa mia, seduti sul divano a parlare delle nostre famiglie. Sa quasi tutto di loro e del nostro rapporto, proprio come io so dei suoi.

Mi manca questo. Stasera ho avuto la dimostrazione che mi mancano un sacco di cose.

Sento Nadine che mi dà un colpo col gomito, spingendomi ad andare via.

«Senz'altro», rispondo a Steph con un'occhiata complice. Se dovessi aver bisogno di sfogarmi, sarà lei la prima che chiamerò.

Prima che James possa tentare di sgusciare via dal tavolo e bloccarmi, metto un braccio attorno alla vita di Nadine e la conduco via. Saluto tutti con un cenno della mano e sento James chiamarmi "fighetta".

Tornato all'appartamento, dopo che il taxi ha lasciato Nadine a casa sua, mi metto a letto. Odora ancora di sesso, mentre la mia bocca sa di birra e ho già mal di testa. Non sono preparato a domani e mentre sono disteso al buio, la mia mente continua a girare in tondo.

Tutto sta cambiando. Non sono da nessuna parte, ma sono da qualche parte e non è dove voglio essere.

Non so proprio cosa voglio.

Ma so che non ce l'ho.

Capitolo sette

Linden

«Linden Stewart McGregor».

Sì, mio padre, con il suo forte accento di Aberdeen, mi ha appena chiamato con il nome completo. Non penso di averlo mai sentito apostrofarmi così da quando ero un coglioncello che giocava con le sue barchette di legno, cimeli di famiglia, e ne rompeva gli alberi per divertimento.

Riesco a tirare fuori un sorriso, fasullo quanto il suo, ne sono certo.

«Papà», rispondo, non disposto a fare altrettanto. Forse vuole che lo veda come una figura quasi politica e autoritaria, ma resta sempre il mio fottuto padre. Io non sono Bram, non mi relazionerò con lui nel modo in cui desidera, come fanno tutti gli altri.

Mio padre attraversa a grandi passi la hall di marmo dell'albergo, snello e in forma. Ha smesso di fumare qualche anno fa e segue uno stile di vita che prevede un sacco di tennis, racquetball e qualche buca a golf, il tutto innaffiato da troppo scotch. Anche se ho ereditato la sua altezza, non è mai stato muscoloso come me. D'altro canto corre come un pupazzo con la carica, dubito che riuscirebbe a mettere su peso anche se ci provasse.

Mi dà una salda stretta di mano, che io ricambio con maggiore forza. Non batte ciglio, si limita a sorridere come se fosse davvero felice che io sia qui.

«È bello vederti, figliolo», dice, con gli occhi azzurri che quasi brillano. La sua pelle è abbronzata adesso, il che significa che va spesso a St Barts e in altri posti chic dove ricchi e privilegiati fingono di non doversi preoccupare del cancro alla pelle. Chissà se porta la mamma con sé durante questi viaggi o la lascia a casa.

Do una rapida scorsa all'atrio e vedo che lei non c'è. Sono sollevato, ma avverto al petto una familiare fitta di rimorso, come sempre quando sono contento della sua assenza.

«Dov'è la mamma?», chiedo, restio ad assecondare quel sentimento.

La sua espressione si irrigidisce per un momento. «Sta facendo un riposino», dice in tono un po' troppo vivace. Sul suo viso torna un'espressione rilassata. Sempre il politico.

«Vuoi dire che sta ancora dormendo? È ancora mattina».

Mi mette una mano sulla spalla e mi conduce agli ascensori. «Andiamo a mangiare, va bene? Abbiamo parecchio di cui parlare».

Ho un senso di oppressione al petto. Era ciò che temevo, che mio padre avesse qualcosa di serio di cui parlarmi ed è per questo che è venuto. Non ho idea di cosa dirà, so solo che non mi piacerà e per qualche dannata ragione è sempre tutto difficile quando si tratta dei miei genitori.

È parte del motivo, o il motivo stesso, per cui mi sono trasferito a San Francisco.

Con l'ascensore raggiungiamo un ristorante all'ultimo piano. Non è solo su Nob Hill ma è anche un'alta struttura con una vista pazzesca sulla città. Oggi la nebbia arriva dal Golden Gate, coprendo le colline di Marin, ma a parte questo è soleggiato e bellissimo.

Ci sediamo in mezzo a raffinati ospiti che piluccano le loro uova alla Benedict da trenta dollari e mi rendo conto di non essere vestito adeguatamente. Ho jeans grigi e una polo nera con le cerniere ai taschini sul petto, una cosa che mi ha dato un giorno Steph, dicendo di averne troppe in magazzino e che era tardi per rimandarle indietro.

Mentiva, e l'ho adorato. Voleva solo che la avessi. Adesso è la mia maglia preferita.

«Sembri felice», osserva mio padre e mi rendo conto che sto ghignando.

Mi affretto ad abbassare gli angoli della bocca e mi schiarisco la voce. «La vita è bella da queste parti».

Inarca un sopracciglio. «Ne sei sicuro?». Non ho neanche bisogno di chiederlo, so bene cosa significa quell'espressione saccente.

Annuisco e bevo il mio caffè, nero e liscio. «Sissignore».

«E hai una ragazza adesso?»

«Sì».

«Nadia?»

«Nadine».

«Conoscevo una ragazza di nome Nadia un tempo», dice, assumendo uno sguardo sognante. Non ho mai visto prima d'ora mio padre con uno sguardo sognante. È un po' inquietante.

«Già, Nadia», replico, senza disturbarmi a correggerlo.

«La ami?», domanda tornando improvvisamente serio.

«Certo che la amo», rispondo mentre sento che la gola mi si sta chiudendo. Forse me la sono bruciata con il caffè. La verità è che non ho mai detto a Nadine che la amo perché non ne sono sicuro. «Ormai stiamo insieme da sei mesi».

«Questo non significa niente».

Gli scocco un'occhiata; non so dove voglia andare a parare. Quando mai mi ha fatto il terzo grado sulla mia vita amorosa? Se c'è qualcuno che ne ha bisogno, quello è Bram.

«Be', a ogni modo, sono felice», gli assicuro.

«Come mai non è qui adesso?».

Mi tiro distrattamente un orecchio. «Non mi sembrava… opportuno».

«Capisco», dice. Penso che stia attribuendo alla cosa significati nascosti. Poi scuote la testa. «Che maleducato, non ti ho ancora fatto gli auguri di compleanno. Buon compleanno», dice e tira fuori una busta dalla giacca. La fa scivolare sul tavolo. «Da parte mia e di tua madre».

I regali di compleanno non dovrebbero insospettirmi, ma questo mi suscita un brutto presentimento. Guardo la busta e dentro c'è qualcosa. Non credo sia denaro, anche se non sarebbe la prima volta.

«Forza», dice. La spinge avanti con un guizzo del polso e i gemelli riflettono la luce. «Non morde. Trent'anni si compiono una volta sola, sai».

Grazie a Dio, penso. Prendo la busta e la apro con cautela. Una chiave cade sul tavolo.

Guardo perplesso mio padre. «Questa cos'è?»

«Il tuo nuovo appartamento».

Mi faccio confondere di rado ma stavolta mio padre mi ha davvero sconvolto. Comincio a chiedermi se ci stia con la testa.

«Non capisco».

Ridacchia e beve con eleganza un sorso del suo tè, pieno di latte e zucchero. «È il tuo regalo di compleanno. Tua madre e io abbiamo deciso di fare qualche investimento. Uno di questi investimenti è un appartamento, per te. Si trova nell'Upper West Side, a Broadway, vicino al Beacon Theatre. Puoi trasferirti il mese prossimo».

Sento la confusione tramutarsi poco per volta in un tipo di rabbia che ribolle a fuoco lento. «Mi dispiace, ma… io vivo *qui*. Capito? Ho un posto qui».

Mi fissa per un momento. «Puoi sempre venderlo o affittarlo, non è una cosa permanente». Le sue parole sono smozzicate.

«Sì, ma *io* sono permanente», replico. «Il mio lavoro è qui. Sai quanto ho lottato per questo lavoro? Pensi che sia facile trovare un posto come pilota di elicotteri?»

«A Manhattan ne troveresti più che a sufficienza», dice in tono così mellifluo e paternalistico che per un pelo non rovescio il tavolo e me ne vado da qui come una furia. «Non avresti problemi a trovare un altro lavoro, un lavoro migliore. Ci penserei io». Fa una pausa per sorseggiare il suo tè e schiocca le labbra. «E se quella non dovesse più essere la tua vocazione, tanto meglio. C'è un intero mondo là fuori, per il figlio di Stewart McGregor».

Ho la mascella così contratta che mi è difficile parlare. «Sono certo che Bram saprà renderti orgoglioso, allora».

«Oh, andiamo, Linden». D'un tratto nei suoi occhi si accende un lampo e il temperamento velenoso sguscia fuori. «Sai bene quanto me che Bram è un inetto. Sei tu il figlio con il quale abbiamo qualche possibilità, per cui nutriamo delle speranze».

«Speranze di cosa?»

«Di essere nostro figlio».

Tiro indietro la testa di scatto, confuso. «Io *sono* vostro figlio».

«Ma non sembra, vero? Adesso mangia, sta diventando freddo».

Non mi va di mangiare, voglio solo essere lontano milioni di chilometri. Pensavo di esserci riuscito trasferendomi qui, ma credo di essermi sbagliato.

«Prima che cominci ad arrabbiarti», dice, in tono più pacato, «pensa solo a quanto sei fortunato. Ti abbiamo dato una mano a sistemarti qui mentre studiavi ancora. Anzi, fino a poco tempo fa, ti abbiamo aiutato in tutto. Non hai mai detto di averlo apprezzato, ma sono certo che l'hai fatto. E adesso, anche adesso, è un modo per aiutarti. Un grande, bellissimo appartamento a Manhattan, solo per te. Quanti giovani possono dire di avere altrettanto? Solo pochi privilegiati e tu sei uno di quelli».

Mi schiarisco la voce, cercando di mantenere il battito cardiaco sotto controllo. «Non vado via da qui. Apprezzo tutto quello che avete fatto e vi sono grato per l'appartamento, ma non avevo idea che esistessero progetti del genere. Non ho alcun desiderio di lasciare la mia vita qui. È casa mia».

I suoi occhi si incupiscono. «D'accordo. Be', la proprietà è nostra, tua, se mai dovessi cambiare idea. Ora, non penso che sia giusto che siamo venuti fin qui a darti la buona notizia e neanche ringrazi tua madre di persona».

Ecco l'assolutamente ingiusto e inaspettato senso di colpa. «Cosa?»

«Quando avremo finito, andremo su in camera e la ringrazierai. Le dirai anche che sei onorato di avere un simile privilegio e che stai seriamente prendendo in considerazione di trasferirti».

Per poco non schizzo su dalla sedia. «Ma è una bugia».

«Tutti diciamo bugie», dice e allontana da sé il piatto di uova quasi intatto.

Poco dopo, sto affrontando uno di quegli imbarazzanti viaggi in ascensore per andare a trovare mia madre nella loro camera d'albergo. Come sospettavo, le tende sono tirate ed è accesa un'unica lampada. Ma per lo meno lei non è a letto. È seduta invece rigidamente su una chaise longue e tiene tra le mani un bicchiere con del liquido scuro. Sembra caffè, ma so che non lo è.

Il rapporto con mia madre non è migliore di quello con mio padre. Anzi, penso sia un tantino peggio. Durante l'infanzia, è stata la tata a crescermi mentre mia madre allevava cavalli e alzava il gomito. Quando ci siamo trasferiti a Manhattan, ha sostituito i cavalli con altro alcol e pillole e da allora è sempre stato più o meno così.

Almeno mio padre ci ha provato a educarmi, a interessarsi al personaggio che impersonavo, a desiderare il mio successo, anche se a sua immagine. Mia madre... non sono sicuro che sappia chi sono metà delle volte.

Non penso che mi abbia mai abbracciato.

«Maura», dice mio padre mentre va da lei, nascondendole la vista del vuoto su cui tiene fisso lo sguardo. «C'è Linden».

Le ci vuole un momento per guardarmi e un altro perché

sgrani gli occhi in un fiacco riconoscimento. Malgrado sia ubriaca, è bellissima. Forse un po' troppo magra, ma pallida, con un collo da cigno ed elegante, nonostante il pigiama di seta.

«Linden, ragazzo mio», dice. «Buon compleanno». Fa un pausa e sorride. «Quanti anni hai?»

«Trenta, mamma. E grazie».

Lei annuisce educatamente e sorseggia il suo drink, mentre il suo sguardo si perde di nuovo. Credetemi, è molto meglio così, nella sua calma, mite sbornia mattutina che in preda alla rabbia demoniaca in cui piomba quando è ubriaca fradicia e odia il mondo.

«Stavo dicendo a Linden del regalo», aggiunge mio padre, che tira fuori la chiave e la fa dondolare davanti a lei come se fosse una bambina. «Ricordi? L'appartamento? È molto interessato».

Lo sdegno che provavo per la bugia si è dissolto. Alla fine della giornata mia madre neanche si ricorderà di tutto questo.

«È meraviglioso», dice, con voce piacevole ma monotona. Dice le parole, recita la sua parte senza guardare niente, compreso me.

Non resto a lungo. Le impacciate chiacchiere si trasformano in imbarazzati saluti e promesse di restare in contatto, di "pensare" alle cose.

Quando sono fuori dalla porta, mio padre dice in tono serio: «Figliolo, ricorda. Se metti radici da qualche parte, dovresti per lo meno sapere cosa sei in grado di far crescere».

Mi impedisco anche solo di soffermarmi su questo pensiero. Quando torno a casa mia, sono nel caos più totale ed è appena l'una del pomeriggio.

Ho bisogno di sfuggire alla mia mente, a questi dannati ceppi che mi hanno stretto nella loro morsa arrugginita per tutta la mattina. Cammino su e giù per le stanze, guardando le cose che mi hanno comprato in passato. Mando un messaggio a

James e poco dopo lo chiamo, ma risponde direttamente la segreteria.

Battendomi il telefono contro la gamba, penso brevemente a Nadine. Ma non voglio rispondere alle sue domande, non voglio passare una giornata con lei fingendo che vada tutto bene e che sono l'uomo che pensa io sia, l'incallito pilota incurante di tutto. Non voglio che veda la mia faccia e il segno che so che i miei genitori mi hanno lasciato impresso anche dopo un incontro tanto breve.

Faccio per scriverle un messaggio, ci ripenso e poi chiamo direttamente Steph.

Risponde al terzo squillo. «Ehi!», dice in tono vivace e il suono della sua voce sembra un balsamo sulle mie ferite.

«Ehi», dico, e mi schiarisco la voce. «Cosa stai facendo?»

«Stavo per andare al negozio e preparare un po' di roba per domani».

«Oh». Cavoli. Anche se oggi è domenica e i negozi sono chiusi, lei lavora lo stesso. Sono al tempo stesso fiero di lei e deluso che abbia da fare.

C'è una pausa. «Vuoi venire con me?».

Deglutisco. «No, no, nessun problema».

«Non mi avresti chiamata se non c'erano problemi. So con chi sei stato stamattina», replica. «Forza. Passo a prenderti tra mezz'ora».

Anche se non voglio disturbare la sua giornata, mi ritrovo a dire di sì e sono già in strada, aspettandola ansioso e tamburellando le dita sulla coscia. Arriva a bordo della sua Mazda 6 rossa, comprata il giorno in cui ha ottenuto il mutuo per il negozio, e suona il clacson nonostante mi abbia visto. Penso che le piaccia quel suono.

Apro lo sportello dal lato passeggero, vengo colpito dal familiare profumo e vedo una bottiglia di Wild Turkey sul sedile, tenuta ferma dalla cintura di sicurezza.

«Uh», faccio, indicando la bottiglia mentre mi appoggio

allo sportello. «Non pensavo che questo posto fosse già occupato».

«È per te, Cowboy», dice. «So che probabilmente ne hai bisogno».

Le rivolgo un ghigno. «Sei la migliore amica di sempre».

«Ma non mi dire».

Salgo in auto e lei mi guarda mentre svito il tappo e mi faccio un goccio direttamente dalla bottiglia. Poi mette in moto e partiamo. Il pupazzetto a forma di teschio che tiene appeso allo specchietto retrovisore dondola avanti e indietro mentre lei procede tra le strade a senso unico di San Francisco. Non c'è niente di più sexy che guardare una donna che guida bene. E il fatto che indossi una corta gonna a pieghe che le mette in mostra le cosce lucide aiuta. Mi si induriscono le palle mentre immagino come sarebbe far scorrere le mani su quella pelle liscia.

Sento i suoi occhi su di me e rialzo lo sguardo mentre lei riporta il suo sulla strada. Un sorrisetto le curva le labbra. Mi ha praticamente beccato a farle una radiografia.

E pare che non le sia dispiaciuto.

Impiego un istante a rendermi conto che non è un comportamento appropriato. Sapete, lei sta con Aaron, io con Nadine. E poi siamo amici.

Ma sono sempre stato inappropriato.

«Ti va di parlarne?», mi chiede. Per un momento penso che si riferisca alle mie occhiate e quasi *voglio* parlarne. Poi mi rendo conto che si riferisce ai miei genitori.

Fisso la bottiglia che ho tra le mani. «Magari tra un po'».

«Almeno ti sei divertito ieri sera?»

«Mentre ero lì, sì».

Apre la bocca per dire qualcos'altro ma poi la richiude. Le sue labbra hanno un tenue colorito roseo che mi fa venire voglia di morderle. È bellissima e radiosa nonostante anche lei abbia fatto tardi ieri sera.

«Ti trovo bene», mi ritrovo a dirle.

Giurerei che è arrossita e solo questo mi fa venire voglia di dirle altre cose carine. Ma temo che se comincio, non mi fermerò.

«Sai, malgrado l'alcol a fiumi e l'imminente mezza età», mi affretto a chiarire.

«Ah ah. Allora, come ci si sente a essere più vecchi?».

Mi stringo nelle spalle. «Fa schifo».

«Mal di schiena? Femore rotto?»

«Qualcosa del genere».

«Sono impaziente, allora».

Sprofondo nel sedile e guardo dal finestrino man mano che case strette e vetrine di negozi sfrecciano veloci. «Ottobre sarà qui prima che ce ne accorgiamo. Sai che hai, vediamo, sei o sette mesi per cambiare idea su Aaron».

Questo richiama la sua attenzione. Gira di scatto la testa per guardarmi incredula. «Cosa?»

«Il patto. Ricordi?».

Si sfrega le labbra, sbatte le palpebre un paio di volte – ha un'aria così fottutamente adorabile. «Certo che mi ricordo... è solo...».

Faccio spallucce con tutta la disinvoltura che riesco a fingere. «L'offerta è ancora valida, Baby Blue. Hai quasi trent'anni e a quel punto li avremo entrambi. Se per allora ti sarai sbarazzata del bimbetto carino, sai dove trovarmi».

Scruta la mia faccia più a lungo che può prima di evitare per un pelo di tamponare il furgone davanti a noi. Quando si riprende, mi chiede: «E Nadine?»

«Rinuncerei a lei per te», rispondo, fissandola senza battere ciglio fino a che è costretta a incrociare di nuovo il mio sguardo, anche se solo per un secondo. «Rinuncerei a tutto per te». Anche se penso di essere assolutamente serio a tale proposito, non sono sicuro di quanto mi farebbe bene se lei lo sapesse. Perciò le sorrido, un grosso ghigno da stronzo, e alla fine lei ricambia il mio sorriso.

Adesso pensa che sto scherzando. Vorrei che fosse così. Ma almeno sono salvo.

Siamo salvi.

«Che ne dici di continuare a bere il tuo whisky, Cowboy?», suggerisce, e così sento chiudere la porta sulla nostra conversazione. È meglio così. Deve esserlo.

Ed ero felice, giuro su Dio che lo ero, cazzo, fino a che mio padre non ha iniziato a piantare i semi del dubbio nella mia testa. Perché quello che ha detto a proposito delle radici e di avere qualcosa che valga la pena far crescere, be', è vero.

Perché restare a San Francisco se non vedo possibilità per me qui? Non solo in relazione alla carriera, ma al quadro generale: amore, matrimonio, bambini, tutta quella roba che ignori per tutta la cazzo di vita fino a che non sei costretto a farci i conti.

Dopo un po' siamo al suo negozio. Sono appoggiato al bancone, intento a bere piccoli sorsi di questo forte e delizioso whisky, mentre sfoglio un catalogo da uomo. Purtroppo Aaron è il modello su ogni singola pagina. Dopo tutto questo tempo, ancora non capisco cosa ci veda in lui. Cioè, lo so che è attraente, immagino… abbastanza per fare il modello. Ma si veste come un adolescente, come se stia andando a fare surf, di rado indossa scarpe chiuse e ride come una iena.

Steph è una donna intelligente, una che lavora sodo. Impossibile che abbiano qualcosa da dirsi tutti i giorni, il che mi fa pensare che la loro relazione si basi esclusivamente sul sesso. So che in questo non c'è niente di male, ma per quanto sia un pensiero divertente mi fa venire voglia di vomitare.

«Allora, com'è andata? Come sono stati i tuoi genitori?», domanda Steph, guardandomi da sopra un espositore di vestiti. Evidentemente si è accorta della smorfia che ho fatto e ha pensato che avessi in mente loro.

«Oh, sai», rispondo, «è stato orribile».

Aggrotta la fronte preoccupata. «È andata così male?».

Sospiro e mi prendo la testa tra le mani. «Sai qual è la cosa buffa? Quando ero più giovane, pensavo che il rapporto con i miei sarebbe cambiato, si sarebbe evoluto. Sai, ci avremmo dato un taglio con tutte le stronzate. Ma non è così». La guardo, sapendo che posso dirle quasi tutto. «Adesso *io* li vedo in modo diverso. Il modo in cui penso a loro, in cui mi relaziono a loro, è totalmente cambiato. Ma loro continuano a trattarmi come se fossi un teppistello quindicenne. Pensano ancora che non abbia idea di cosa fare nella vita, che abbia bisogno di loro passo dopo passo, e di avere il dannato diritto di interferire e controllarmi».

«Cos'hanno cercato di fare?»

«Convincermi a trasferirmi».

Sgrana gli occhi. «Dove?»

«New York. Mi hanno comprato un appartamento e vogliono che viva lì».

«Ma perché?»

«Immagino perché Bram non si sta rivelando quello che volevano loro», rispondo facendo spallucce. «Non lo so. Mio padre è una di quelle persone che si preoccupano molto dell'immagine della famiglia, delle tradizioni da tramandare e tutte quelle stronzate. È in grado di recitarti il nostro albero genealogico e tutti i nobili scozzesi da cui discendiamo. Tutti nel ramo McGregor sembrano avere avuto un ruolo in politica o altri posti di potere. Evidentemente mio padre nutriva speranze per Bram, essendo il maggiore, ma lui non fa che cazzeggiare tutto il tempo. Perciò adesso si sta accorgendo che resto solo io. Vuole che sia come lui».

Steph mette una giacca sull'espositore e poi viene da me, incrociando le braccia sul petto generoso. Cerco di non guardarle il seno.

«Sai, la maggior parte dei genitori sarebbe entusiasta di avere un figlio pilota di elicottero», osserva.

«Be', i miei non sono come la maggior parte dei genitori.

Non pensano che sia questo grande traguardo, a dire la verità. Non è abbastanza brillante o intellettuale».

«Correggimi se sbaglio, ma sono convinta che ci voglia parecchio cervello per far volare uno di quegli affari».

«Steph, mi stai definendo intelligente?».

Mi scocca un ghigno malizioso. «Da pazzi, eh? Farai meglio ad apprezzare la mia gentilezza finché dura. A proposito…». Si interrompe e scompare nel magazzino sul retro. Mentre va in giro a rovistare, mi godo la breve fantasia di seguirla lì dentro, chiudere a chiave la porta e intrappolarla contro uno degli scaffali. Voglio premermi contro di lei, tanto perché sappia che effetto mi fa, voglio infilarle le mani sotto quella maglia sottile e prenderle i seni, strizzarli fino a farla gemere, poi toglierle la maglia e succhiare quelli che sono sicuro essere perfetti capezzoli rosa.

Voglio dirle tutte le cose sconce che penso, essere vero, crudo e senza filtri. Voglio farla arrossire con il mio linguaggio osceno e farla fremere di desiderio.

Gesù. Vado dietro al bancone per assicurarmi che la mia erezione sia nascosta e per cercare di ignorare il desiderio che cresce. Devo smetterla di pensare a lei in questo modo, ma sono anche anni e anni che continuo a ripetermelo. Ho paura che un giorno non riuscirò a trattenermi e probabilmente rovinerò una delle migliori, se non la migliore relazione che abbia mai avuto.

Ma, cazzo, e se lei provasse le stesse cose? E se mi volesse dentro di sé, impazzendo ventiquattro ore su ventiquattro, sette ore su sette, come me?

Per un unico inebriante momento, giuro che lo farò. Andrò dritto in quel magazzino, la bacerò fino a farla impazzire, la scoperò contro il muro e le farò sapere quello che provo davvero.

Faccio un profondo respiro e mi preparo.

Posso farcela.

Lei esce dal magazzino, con una grossa scatola e un sorriso impacciato. Il momento è svanito. Non farò niente.

Sono un codardo.

Un fottuto codardo arrapato.

«Ecco qui», annuncia, poggiando la scatola sul bancone con un tonfo. «Il tuo regalo di compleanno».

La sollevo. È pesante. «Non dovevi», le dico, sentendomi al tempo stesso in colpa per il disturbo che si è presa e felice che l'abbia fatto.

Lei si stringe allegramente nelle spalle. «Non è niente. È arrivato in negozio un po' di tempo fa e ho pensato a te. Ce l'avevo lì dietro in attesa che arrivasse il tuo compleanno». La guardo mentre dà un buffetto sulla scatola. «Dài, aprila».

Apro i lembi e guardo all'interno. È un giubbotto di pelle nera.

«Porca puttana», esclamo. Lo tiro lentamente fuori come se fosse fatto d'oro. Lo sollevo. È una vera bomba, cazzo, e io non sono uno che segue così tanto la moda. È in stile motociclista con le bande laterali sulle braccia, quel tanto che basta in fatto di particolari per renderlo interessante.

«Guarda la schiena», dice.

Lo giro. Sul collo, ricamato in piccole lettere d'argento, c'è scritto *L. McGregor*.

Alzo gli occhi su di lei, sbalordito dalla personalizzazione.

Lei arrossisce e distoglie lo sguardo. «Non guardarmi così».

«Così come?», mormoro.

«Come se fosse chissà che cosa. Non lo è. Ho visto il giubbotto e ho pensato che fosse adatto a un pilota di elicotteri macho. Così ci ho fatto ricamare sopra il tuo nome. Non so. Ho pensato a qualcosa in stile Top Gun. Magari potremmo cominciare a chiamarti Iceman».

Sta cercando di minimizzare la cosa e forse dovrei lasciarglielo fare ma, dannazione se questo non significa un sacco per me. Il mio cuore fa una capriola nel petto. Adesso sì che ne è valsa la pena alzarsi dal letto in questa giornata della malora.

Come potrei mai allontanarmi da questa donna che è davanti a me?

Deglutisco a fatica e mi sforzo di trovare qualcosa da dire. Ma solo la semplice verità andrà bene.

«Grazie. Significa un sacco».

Lei mi dà un piccolo pugno sul braccio. «Figurati».

Mi infilo il giubbotto, ammirando come mi calzi come un guanto e mi faccio un goccio di Wild Turkey per riportare la mente al posto giusto.

Dove spero che resti.

Capitolo otto
30 anni

Stephanie

So che la giornata non potrà andare bene se ti svegli con l'acqua che ti cola sulla fronte, come una specie di tortura cinese.

Apro un occhio proprio mentre cade un'altra goccia.

«Ma che cazzo?». Mi affretto ad asciugarmi la faccia mentre mi siedo e mi sposto dallo sgocciolio. Guardo il soffitto dove si è formato un grosso rigonfiamento da cui l'acqua ha cominciato a colare, finendo dritta sul mio letto.

Grandioso, cazzo. Ho comprato l'appartamentino a Mission District appena due mesi fa e già cade a pezzi. In passato l'avrei affittato, così mi sarei limitata a chiamare il padrone di casa e avrei lasciato che se ne occupasse lui. Adesso l'appartamento è interamente mio, interamente un mio problema, e sta facendo le spese dei continui temporali autunnali.

Felici fottuti trent'anni a me. Ecco un nuovo decennio pieno di responsabilità per cui non ricordavi di aver firmato.

Sospiro e mi alzo dal letto, desiderando che Aaron sia qui così potrebbe darmi una mano. Poi ricordo la sua tendenza a sparire quando le cose si fanno complicate (ovvero quando vanno oltre il mettersi in posa davanti a un obiettivo) e so che chiamare Linden sarebbe un'idea migliore. Almeno lui è un uomo che le cose le sa fare. Ma non lo chiamo. So che la sua ragazza mi odia a morte e immagino che la mia richiesta di aiuto non andrebbe a buon fine. E poi questo è il mio appartamento, una mia responsabilità. Ho trent'anni adesso. Ho solo bisogno di comportarmi da adulta e risolvere il problema.

La cosa sorprendente del compiere trent'anni, a parte un simile brusco risveglio, è che non è devastante come credevo. Penso che i ventinove siano stati ben peggiori, proprio come penso che i trentanove saranno peggio dei quaranta. Quando quell'anno magico/terribile sarà vicino, ci avrai già fatto pace.

A ogni modo non riesco a far pace con il fatto di aver comprato un appartamento che ha infiltrazioni. Credo che sia colpa mia, visto che mi sono buttata sull'alternativa più piccola ed economica in una zona un po' equivoca del quartiere. Ma acquistare casa a San Francisco è assurdo. Se non fosse stato per la firma congiunta di mia madre sull'atto di mutuo (a quanto pare alle banche non piace chi lavora in proprio) e per il fatto che si trattava di una vendita privata del nipote di un'amica di mia madre, non avrei mai potuto permettermelo.

È casa mia, anche se non esattamente il tipo di casa che immaginavo di avere a trent'anni. Sono sessanta metri quadri, una camera da letto con un piccolo studio e un minuscolo balcone che dà su una graziosa chiesa e senzatetto sulle panchine del parco – parecchio lontana dalla vittoriana dimora storica a tre piani, tutta in sfumature pastello, con un giardino sul retro, nella quale speravo sarei finita. Speravo anche che avrei avuto un mucchio di bambini in giro per casa, un marito e vicini sempre in visita. Magari il fratello sexy di mio marito avrebbe provato con la sua band underground i Beach Boys in garage.

Adesso che ci penso, credo che l'immagine che avevo de i miei trent'anni si basasse su episodi de *Gli amici di papà*. Non proprio realistico.

Recupero un secchio di metallo da sotto il lavandino e lo metto sul letto. La prima goccia cade con un soddisfacente *ping*. Per adesso dovrà bastare.

La sveglia suonerebbe comunque tra mezz'ora, perciò faccio una doccia e mi preparo per la giornata. Ci metto un sacco ad asciugare i capelli e ad acconciarli in morbide onde, ma visto che più tardi andrò al Lion per festeggiare il compleanno, ne vale la pena. Finalmente i miei capelli hanno il miglior taglio e colore di sempre, qualcosa di veramente sofisticato e (spero) sexy. Mi arrivano oltre le spalle e per qualche ragione questo lucido e intenso color cioccolato con riflessi rossi fa sembrare più grandi e più azzurri i miei occhi. Mi fa sembrare più grande, ma non in senso negativo, anche se ho la sensazione che metta ancora più in evidenza la mia espressione da stronza.

È giovedì, perciò vado al lavoro e studio la mia lista di curriculum. Dopo circa un anno dall'apertura del negozio, ho finalmente deciso di assumere un aiuto. L'avrei fatto prima ma non potevo permettermelo mentre cercavo di risparmiare per la caparra dell'appartamento. Inoltre, penso di avere un problema nel delegare.

Ma se continuo a gestire tutto quanto da sola, finirò col rovinarmi la salute. Solo di rado riesco ad andare in palestra dopo il lavoro, perciò adesso il mio corpo oscilla tra l'essere curvy e decisamente curvy. Spesso mangio al bancone durante le ore di lavoro, divorando in fretta cibo da asporto che probabilmente non è sano come sembra, e quando finalmente torno a casa sono troppo stanca anche per scoparmi il mio ragazzo. Un tempo mi piaceva un sacco scopare, questo la dice lunga.

Inoltre, Aaron fa ancora il modello. È, come lo descrive la mia amica Nicola, seeexy – talmente sexy che devi aggiungere qualche "e".

Ultimamente comincia anche a darmi sui nervi, ma penso che sia perché sono così stressata e oberata che scatto per tutto e con tutti. È dura quando ti fai il culo per tutto il tempo, cercando di mandare avanti un'attività e la tua vita (e forse sono un tutt'uno) mentre il tuo ragazzo non ha la più pallida idea di cosa sia il duro lavoro. Fa servizi fotografici forse una volta a settimana e il resto del tempo partecipa a party ed eventi esclusivi, e mostra il suo bel muso e il torso nudo su

Instagram. La maggior parte dei giorni dorme fino alle undici. Voglio dire, ha ventisette anni, non diciassette.

Ma scaccio dalla mente tutte le mie lamentele e mi impegno ad addolcire l'espressione da stronza e cerco di attirare i clienti con tutti gli sconti previsti sui capi autunnali.

Probabilmente sono solo ipercritica perché sono stanca e a nessuno piace lavorare il giorno del suo compleanno.

Per fortuna, mi arriva una scarica di post sulla mia pagina Facebook e SMS e messaggi da ogni sorta di persone che mi fanno sentire coccolata. Ce n'è uno da parte di Penny, la ragazza di James, e poi uno da parte di James stesso. Linden finisce col mandarmi un messaggio nel corso della mattinata, dicendo che voleva chiamare ma non era certo che fosse appropriato. Non capisco se con inappropriato si riferisca al chiamarmi mentre sto lavorando o chiamarmi in generale. Considerando quanto poco ci siamo visti ultimamente, in parte per via della mia stupida tabella di marcia, spero davvero che non sia la seconda ipotesi.

Mia madre mi chiama quando il negozio è chiuso ma mio padre non ha mandato neanche un SMS. A lei non lo dico perché non farebbe che metterla in agitazione, ma mi fa male. Ricordo come mio padre mi teneva sotto controllo quando ero più giovane perché era così iperprotettivo e preoccupato per mio fratello; mi faceva innervosire da matti. Buffo che si apprezzino le cose solo in seguito.

Sono quasi di ritorno all'appartamento, in ritardo come al solito e con la speranza di avere abbastanza tempo per sistemarmi il trucco e trovare qualcosa da mettere prima di andare al bar, quando Aaron mi chiama.

«Ehi, sexy festeggiata», mi saluta. «Sei già a casa?»

«Quasi», rispondo, ignorando il semaforo giallo su Guerrero Street.

«Non andare al Lion», dice in fretta. «Vieni da me».

Cerco di non mostrarmi irritata. Vive dalle parti dello zoo, in una casa che divide con altri due modelli. Puzza di bucato sporco e odio andarci, anche se potrei doverlo fare più spesso se non faccio sistemare l'infiltrazione nell'appartamento.

«Aaron».

«Solo per un drink. I ragazzi vogliono augurarti buon compleanno».

Alzo gli occhi al cielo. Tutti i suoi amici non fanno che guardarmi le tette e il sedere. Probabilmente vogliono regalarmi un giro su un motoscafo. «Perché non possono venire al Lion come tutti gli altri?»

«Per favore, Stephanie», dice. Sembra un bambino. Poi aggiunge piano: «Non ti vedo più. Sarebbe bello stare un po' da soli prima di doverti dividere con gli altri».

Sospiro, non abituata a sentirlo fare appello al senso di colpa, anche se solo qualche istante fa ha parlato dei suoi coinquilini. «Va bene. Sarò lì tra quarantacinque minuti, devo solo darmi una rinfrescata».

«Tu sei sempre fresca, piccola», dice.

«Già, già». Riattacco. Torno a casa, controllo il secchio sul letto e scopro che è quasi pieno. Vado a vuotarlo e lo rimetto al suo posto. È tutto quello che posso fare per il momento.

Poi metto un vestito giallo brillante che mette in risalto la mia abbronzatura e riesce a nascondere tutti i punti che hanno un po' ceduto ultimamente. I capelli hanno in qualche modo mantenuto la piega perciò mi do uno spruzzo di lacca per sicurezza; applico in fretta delle discrete ciglia finte scure e una passata di rossetto magenta. Mi ritrovo a sperare che Aaron non voglia fare sesso così non mi toccherà dovermi preparare di nuovo e subito me ne vergogno.

Ragazzi, pensavo che il desiderio sessuale di una donna aumentasse con l'età, non che calasse. Faccio una smorfia all'idea ma mi avvio alla mia auto e guido nel folle traffico in direzione di Sunset, dove mi fermo tra la Quarantaseiesima e Vicente Street.

La casa di Aaron è a due piani senza ascensore e ha un garage sotterraneo. È semplice, visto che ci vive un gruppo di ragazzi, ma visto che è così vicina allo zoo e alla spiaggia, so che l'affitto è incredibilmente alto, proprio come tutto a Sunset. Ci sono state volte, prima di comprare casa, in cui ho pensato a un eventuale futuro con lui e a un suo trasferimento da me. Mi avrebbe aiutato col mutuo e in prospettiva sarebbe stato più economico per Aaron, ma sinceramente non credo di potercela fare. Non è che voglia vivere da sola per sempre. È solo che non credo che potrei mai vivere con lui.

Questo mi fa riflettere e mi spinge a fermarmi sul primo scalino. A volte quando mi sorprendo a pensare così, mi chiedo perché mi prendo il fastidio di stare con lui se davvero non vedo un futuro insieme. Ma poi all'idea di stare di nuovo da sola e di quello che la città offre in fatto di frequentazioni, specialmente adesso, mi sento letteralmente morire di paura e odio considerarmi un'inconcludente.

Faccio un profondo respiro, mi costringo a fare pensieri più felici, come il bicchiere di vino che non vedo l'ora di bere e gli amici che incontrerò più tardi, e mi avvio su per le scale.

Busso e lui viene ad aprire con una birra in mano.

«Sei sexy, cazzo», dice, squadrandomi dalla testa ai piedi. Mi mette un braccio attorno e mi attira a sé. È già ubriaco, cosa che mi fa incazzare perché significa che dovrò per forza fare da autista per il mio compleanno. Una corsa in taxi da qui costerebbe uno sproposito e non credo che pagherebbe lui.

Mi bacia delicatamente sulle labbra e mi prende per mano, conducendomi in casa. È buio e l'unica luce proviene dalla cucina in fondo al corridoio.

«Perché è così buio?», chiedo, guardandomi attorno nel soggiorno. «Dove sono Chuck e Adam?»

«Siediti», dice, spingendomi letteralmente sul divano. «Vado a prenderti da bere».

Guardo la sua silhouette sparire in corridoio. «Niente di troppo pesante», gli dico. «Visto che mi toccherà guidare».

«No, non lo farai», grida lui.

È troppo buio qui dentro, perfino le tende sono tirate e non entra alcuna luce dalla strada. Mi sporgo sul divano e accendo la lampada accanto a me.

C'è una frazione di secondo in cui i miei occhi si abituano alla luce e poi non riesco a credere a quello che ho davanti.

Sembra che tutte le persone che conosco siano attorno a me, alcune accovacciate, altre con la schiena contro la parete. Linden, James, Nicola, Kayla, Penny. Stanno tutti sorridendo, immobili.

E poi Linden si mette a gridare: «Sorpresa!» e tutti gli altri urlano: «Buon compleanno, stronza!» e all'improvviso vengo travolta da tutti i miei amici.

Penso anche di aver avuto un piccolo attacco di cuore. Mi ci vuole un momento per ricordarmi di respirare e poi di lanciare un urlo, be', di sorpresa.

«Ma che diavolo?!», esclamo con una mano sul petto mentre li guardo tutti quanti. Ho notato che ci sono anche Adam e Chuck, così come Ben, il nuovo fidanzato di Nicola, Caroline e Dan, che lavorano al Lion per James, e Aria, la mia ex collega del negozio All Saints.

Questa è una delle cose più incredibili che mi siano mai successe. Una cosa tanto semplice – mettere nella stessa stanza un mucchio di persone che conosco – ma che per me significa tantissimo.

Nicola mi attira in un abbraccio. «Hai fatto una faccia fantastica».

James mi dà una pacca sulla schiena. «È stato difficilissimo non dire niente, non riesco a credere che ci sei cascata».

Il cuore mi batte forte nel petto per la commozione e Linden mi raggiunge. «Buon compleanno, Baby Blue». Prima che abbia la possibilità di abbracciarmi, o forse non è mai stata quella la sua intenzione, Penny mi afferra per i polsi e mi tira verso di sé.

«Spero che tu non te la sia fatta addosso», dice stringendomi in un abbraccio stritolante e io rido.

«Ci sono andata vicino», scherzo. Poi Aaron è al mio fianco con un bicchiere di vino. Lo guardo con gli occhi che brillano. Non riesco a credere che abbia organizzato tutto questo per me. Mi colpisce una fitta di rimorso per i pensieri che ho avuto prima. Devo essere migliore per lui: a quanto pare è pieno di sorprese.

Qualcuno mette su *Trampled Under Foot* dei Led Zeppelin, una delle mie preferite, e la serata si accende. Adesso il Lion è fuori questione, la festa è qui, secondo i programmi.

Vado in cucina per aiutare Nicola e Aaron con gli stuzzichini. Quando Nicola si allontana con una ciotola di spinaci e salsa ai carciofi, afferro Aaron per la vita e lo tengo stretto a me.

«Grazie», gli dico sinceramente, guardandolo negli occhi. «Grazie, grazie. Non hai idea di quanto significhi per me».

Mi rivolge un sorriso impacciato e infantile. «Non è niente. Ho pensato che fosse una buona idea. Ma ha fatto tutto Linden».

Ho sentito bene? «Cosa?»

«Sì, mi ha chiamato qualche settimana fa e ha detto che aveva un'idea fantastica per il tuo regalo di compleanno, ma gli serviva il mio aiuto. Voleva usare casa mia perché così non ti saresti insospettita e io gli ho detto che non c'erano problemi. Ha fatto tutto lui». Allunga una mano e mi strizza il sedere. «Il mio regalo di compleanno arriverà più tardi, non preoccuparti, piccola».

Sono troppo sorpresa per prestare attenzione a questa promessa.

È stata tutta un'idea di Linden?

Linden ha organizzato tutto… per me?

Mi stacco da Aaron e lo guardo con occhi nuovi. Non sembra minimamente imbarazzato e neanche geloso che un altro uomo abbia fatto tutto questo. Anzi, non ho mai visto Aaron essere geloso di Linden, neanche una volta. Mi piaceva davvero questo di lui ma adesso comincio a chiedermi se un po' di gelosia non sia una cosa salutare.

«Ancora vino?», chiede e tira fuori la bottiglia dal frigo, riempiendomi il bicchiere prima che io possa dire qualcosa. «Ai fottuti trenta, panterona», dice scherzoso. Lo guardo torva e continuo a farlo mentre lascia la cucina per unirsi alla festa.

Resto appoggiata al bancone, sorseggiando il vino per un po', cercando di capirci qualcosa. Linden ha fatto questo per me. Sono sicura che per qualcuno non sia granché, gli amici danno feste a sorpresa di continuo e lui *è* mio amico.

Ma per qualche ragione, mi ha colpita nel profondo, in un modo meravigliosamente tenero.

Decido di andare in bagno e, una volta nel corridoio, giro l'angolo e vado a sbattere contro l'uomo del momento. Linden.

È incredibile come questo contatto di corpi riesca a scatenare un tumulto di farfalle nel mio stomaco.

«Scusa», dice Linden con un ghigno sfacciato, abbassando lo sguardo su di me.

Gli afferro un avambraccio. Adoro le braccia forti in un uomo e il suo avambraccio è perfetto. La pelle ancora abbronzata dall'estate, una leggera peluria lo rende virile e non un gorilla, la citazione tatuata sulla parte interna ("Lei è pazza ma è magica. Non c'è menzogna nel suo fuoco") e i muscoli possenti; posso immaginarlo mentre taglia la legna senza sforzo o mi tiene per i fianchi mentre mi prende con forza da dietro.

Comincio a pensare che forse afferrargli l'avambraccio non sia stata una buona idea. Lo lascio andare e, per quella che sembra la prima volta in assoluto, mi mancano le parole.

«Linden», dico e poi mi fermo, mordendomi il labbro come una sciocca scolaretta.

I suoi occhi azzurro scuro scrutano i miei. Sanno essere così dannatamente intensi a volte e ho paura di quello che sta cercando e cosa sta per dedurre.

«Aaron te l'ha detto?», domanda cauto.

Annuisco. «Sì».

«Non volevo che lo facesse», dice, senza staccare gli occhi dai miei.

«Perché no?».

Fa spallucce, aggrottando la fronte. «Non lo so. Non mi sembrava giusto. Volevo che pensassi che fosse un'idea sua».

Resto interdetta. «Perché?».

Deglutisce, il suo pomo d'Adamo si solleva nel collo largo e immagino come sarebbe mordicchiarlo lì, appena un paio di morsetti. Scommetto che sa di salvia e testosterone.

I suoi occhi si posano sulle mie labbra. «Perché questo è il genere di cose che dovrebbe fare per te l'uomo della tua vita. Non il tuo amico».

Qualcosa nel mio petto si accende, una specie di caldo artiglio. Non so se è tutto nella mia testa, ma qualcosa in questo corridoio buio sta cambiando. L'aria attorno a noi sta diventando elettrica, come prima di un temporale estivo, e la tensione sembra così densa da essere soffocante.

«Allora perché l'hai fatto?», chiedo, con la voce che è appena un sussurro. Qualsiasi cosa stia accadendo, ho paura che se parlo troppo forte, svanirà e l'incantesimo si spezzerà.

Il suo sguardo è così fisso su di me che deve sentirlo anche lui. Mi guarda le labbra come se volesse divorarle. Forse vuole assaporarmi tanto quanto io voglio assaporare lui.

Certo, questo sarebbe impossibile.

Ma adesso sta allungando le mani sul mio viso.

Oh, Signore, abbi pietà.

Con lo stesso sguardo rovente, mi appoggia le dita sugli zigomi e le fa risalire adagio, fino a infilarmi i capelli dietro le orecchie. Il suo tocco è una torcia che fa esplodere fuochi d'artificio e mi accende la pelle.

«È un vero peccato per il patto», mormora, facendomi scivolare i capelli dietro l'orecchio, sfregando le ciocche tra le dita. Sono così contenta di aver abbondato col balsamo stamattina perché, dal sorriso che gli solleva un angolo della bocca, sembra piacergli.

Mi schiarisco piano la voce, così conscia di tutto adesso – di quanto stiamo vicini, del modo in cui mi sta toccando i capelli, del modo in cui mi sto perdendo nei suoi occhi. «Che vuoi dire?».

Mi fa un sorriso triste e allontana la mano. Ma non indietreggia né smette di guardarmi. «Oggi compi trent'anni. E stai con un altro».

«Anche tu. Dov'è Nadine, a proposito?», gli chiedo, pentendomene all'istante. Solo sentire il suo nome fa irrigidire Linden.

«Non è potuta venire. Aveva altri progetti. Mi dispiace».

A me no. Non è venuta neanche all'altro compleanno. Certo, era in ospedale, però…

Linden fa un lungo sospiro e si passa le mani tra i capelli. «Ascolta, Steph…», comincia, e poi si avvicina ancora di più. Il calore tra noi cresce e la tensione si trasforma in una corda tirata al massimo.

«Che sta succedendo?», tuona una voce.

Tutti e due giriamo di scatto la testa e vediamo James, fermo nel corridoio con le braccia incrociate. Non sembra contento. Anzi, sembra pronto a ucciderci entrambi.

Immediatamente ho come la sensazione che stiamo facendo qualcosa di male. Forse perché, nel profondo, volevo fare qualcosa di male. O forse perché James sembra al contempo ferito e disgustato.

«Niente, amico», risponde Linden. «Facevo gli auguri alla festeggiata».

James continua a squadrarci e, consciamente, faccio un passo indietro. «Aaron mi ha detto che è stata tutta un'idea di Linden. Sai, la sorpresa. Perciò lo stavo ringraziando».

Linden mi scocca un'occhiata assassina e per un momento non ho idea del perché.

Poi James assume un'espressione scioccata e dice: «È stata una tua idea?».

Oh. Perciò anche James pensava che fosse opera di Aaron. Mi chiedo perché diavolo Linden non gliel'abbia detto.

Linden lo guarda esasperato. «Non è niente di che». Poi mi rivolge un'occhiata veloce. «Ne parliamo dopo». E così se ne va, tornando alla festa.

Adesso sono da sola con James e non posso fare a meno di ricordare cos'è successo esattamente un anno fa tra di noi. Spero davvero che non sollevi l'argomento.

«Di cos'altro stavate parlando voi due?», vuole sapere James. Sta cercando di fare il disinvolto ma c'è aria di sospetto nella sua voce.

«Niente», rispondo. «Lo stavo solo ringraziando, tutto qui».

Mi guarda con gli occhi ridotti a due fessure e così sbotto: «Cosa c'è, James?»

«Non lo so», dice mentre mi passa accanto per andare in bagno, facendomi ricordare perché sono in corridoio. «Da dove mi trovavo, sembravano molto più che ringraziamenti».

Lo guardo infuriata. «Be', d'accordo allora. Smettila di comportarti in modo assurdo».

«Non sono assurdo», replica sulla difensiva. Adesso vedo quelle rotelline che girano dietro ai suoi occhi marroni. Sta pensando al mio ultimo compleanno, lo so.

«Bene», dico prima che abbia modo di parlarne. So che se ne uscirebbe con "Sempre fortunata il giorno del tuo compleanno" o qualcosa del genere. Non abbiamo mai discusso di quanto è accaduto quella sera e voglio che continui a essere così.

Rinuncio al bagno, lasciando che ci vada lui, e me ne torno in cucina, dove faccio di nuovo il pieno di vino prima di unirmi alla festa. Quando il mio bicchiere è prosciugato, mi sento benone con i miei trent'anni e faccio quello che posso per escludere tutto il resto dalla mia mente.

Non penso a James.

Non penso a Linden.

Per lo meno, cerco di non pensare a Linden. Ma quando più tardi scopro che anche la playlist che stiamo ascoltando è opera sua, con tutte le mie canzoni preferite (Led Zeppelin in abbondanza), non posso farne a meno.

Non riesco a smettere di pensare a lui.

Non riesco a smettere di pensare al patto.

Il mattino seguente mi sveglio con i postumi di una tremenda sbornia. Non è esattamente come pensavo di entrare nei trenta, ma ormai è fatta. Certo, un tempo ero capace di scolarmi una bottiglia di vino bianco e qualche cocktail senza stare troppo male, ma adesso sono a pezzi. Forse i postumi della sbornia sono più feroci dopo i trenta.

Di positivo, però, c'è che non mi sono svegliata con accanto nessuno di cui pentirmi. Aaron sta dormendo profondamente di fianco a me, il suo russare è sommesso, e passo qualche istante con gli occhi offuscati a guardarlo mentre cerco di svegliarmi.

È davvero un bell'esemplare. È come se Dio avesse deciso di creare un uomo destinato a fare da modello per le tavole da surf e i costumi da bagno ed ecco Aaron. È abbronzato e quasi del tutto glabro. Neanche si depila, anche se so che va di moda tra i suoi amici modelli, perché ha i peli biondo scuro e di solito schiariti dal sole, e i suoi capelli arruffati hanno tutti questi riflessi perfetti. Gli occhi sono di quel tipo di verde che ti lascia senza fiato e brillano con la trasparenza della giada.

È pieno di fascino disinvolto, fanciullesco. È divertente e giocoso. È giovane e pieno di possibilità.

Sono fortunata, lo sono davvero.

È sbagliato che debba continuare a ripetermelo?

Mi alzo adagio dal letto e vado in bagno, l'unico in camera di tutta la casa. Mi spruzzo acqua fredda sul viso ed esamino per qualche istante i miei pori, prima di prendere dell'ibuprofene senza bere. Ho alcuni prodotti di bellezza nell'armadietto, perciò metto un po' di idratante colorato e una passata di blush su labbra e guance. Sembro ancora una che è finita sotto un TIR.

Dopo che mi sono infilata una delle sue camicie a quadri e un paio di boxer, scendo di sotto e resto interdetta nel vedere sparpagliato un mucchio di gente svenuta.

L'ultima cosa che ricordo di ieri sera è che continuavo a ripetere a Penny quanto amo Michael Keaton nelle vesti di *Batman*, prima che qualcuno mi portasse di peso a letto.

La stessa Penny sta dormendo su un divano, con James sul pavimento, disteso su un mucchio di giacche. L'altro divano è occupato da Dan. Non vedo Linden da nessuna parte e mi chiedo come sia andato a casa. Non ricordo il momento in cui se n'è andato, solo l'acuta delusione quando l'ha fatto.

Devo dire che sono un po' sollevata. Vista la strana tensione tra di noi ieri sera, non sarebbe stato un bene se fosse rimasto qui. Magari avrei parlato con lui di Michael Keaton invece che con Penny, ma poi cosa sarebbe successo? L'ubriaca, trentenne Stephanie potrebbe essere una potenza con cui fare i conti.

In cucina metto su una quantità industriale di caffè e ho finito di bere la mia prima tazza, tra un morso e l'altro a una banana ormai marrone, quando tutti gli altri cominciano a svegliarsi. Gravitano verso di me come zombie, allungando le braccia verso tazze di caffè, bofonchiando parole incomprensibili, le facce pallide.

Il pesante trucco degli occhi di Penny le ha impiastricciato tutta la faccia ma è comunque più pimpante di tutti.

«Allora, quando si va in campeggio?», mi chiede.

«Cosa?». Mi arrovello per cercare di capire di cosa sta parlando. Vado a rilento.

«Ieri sera abbiamo parlato di quanto è fantastico il campeggio e che dovremmo fare un'escursione a coppie». Guarda James. «Non ricordi?».

Lui annuisce, anche se sembra confuso quanto me. Ragazzi, dovevo essere parecchio sbronza per aver parlato di campeggio.

Penny continua. «E stamattina ho continuato a pensarci».

«Ti sei appena svegliata», le fa notare James.

«E», continua lei, «penso di conoscere il posto giusto. Hai mai sentito parlare di Sea Ranch, poco più a sud di Mendocino?»

«Sì, certo». Sea Ranch è un villaggio appena sopra il furioso Pacifico. Non ci sono mai stata, ma le poche volte che ho viaggiato sull'Highway One sono passata da quelle parti.

«La mia collega ha in affitto un posto per le vacanze e potremmo usarlo senza problemi per un weekend. Penso che dovremmo andarci tutti quanti». Si affretta a guardare Dan. «Tranne te, Dan, perché sei single e non ti conosco. Ma tutti gli altri sì. Tu e Aaron, io e James, Linden e Nadine».

Dan fa spallucce e si versa una tazza di caffè, apparentemente lieto di non essere incluso in questo branco incasinato.

«Non lo so», dice James circospetto. I capelli gli sparano in tutte le direzioni, come se anche loro soffrano del doposbornia.

«Oh, andiamo», insiste Penny, dandogli una leggera gomitata nello stomaco. «Sarebbe davvero economico, magari addirittura gratis, e divertente».

«Ma non è un vero campeggio», osservo. Non so bene cosa penso di tutta questa faccenda.

Lei arriccia il naso, mostrando l'anello da setto che si abbina alla perfezione con quello di James. «Ormai abbiamo tutti superato la fase campeggio. Adesso è così che si accampano gli adulti».

«E il lavoro?», domanda James.

«Dan coprirà il tuo turno, giusto Dan?», chiede e Dan, il taciturno Dan, si limita ad annuire.

«E il lavoro di Stephanie?», aggiunge James, e so che ha ragione. Ci sono solo io al negozio e non potrei mai assumere qualcuno in tutta fretta solo per questo. Non solo mi dovrei affidare a qualcuno che probabilmente non è adatto, ma dovrei lasciargli la responsabilità del negozio. Non esiste.

«Mi dispiace», le dico. «James ha ragione. Ci sono solo io. Mi tocca lavorare».

«Allora chiudi il negozio per il fine settimana», replica Penny. «Quand'è stata l'ultima volta che hai fatto una vera pausa? Anche solo per un weekend?».

Cerco di non pensarci perché conosco la risposta. Vado a trovare mia madre di tanto in tanto la domenica. A parte questo, è un anno che non vado da nessuna parte.

Un intero fottuto anno.

«Lo so. Ma le cose vanno così», ammetto. «Lavorare fa schifo».

Passa qualche giorno e sto per chiudere il negozio quando ricevo un messaggio da Linden. Non lo sento dal giorno del compleanno, non si è fatto sentire neanche quello dopo. Ho saputo che Nadine è passata a prenderlo mentre facevamo il karaoke e immagino che da allora lo abbia tenuto sotto stretto controllo.

Ehi, Baby Blue, Penny mi ha appena mandato un messaggio per chiedermi se a Nadine andava di stare al Sea Ranch con lei e James il prossimo weekend. Penso che dovresti venire.

Questa mi giunge nuova. Non pensavo che ci sarebbero andati comunque senza di me, ma tant'è.

Ehi, tu, Cowboy. Ho detto a Penny che non posso. Lavoro.

Me l'ha detto. Ma penso lo stesso che dovresti. Chiudi il negozio per il fine settimana. Chiudi prima il venerdì e perdi solo il sabato.

Sabato è il giorno di maggiore affluenza. Perderei un sacco di soldi.

Non può girare sempre tutto attorno ai soldi. Devi avere anche una vita.

Facile per te, penso.

Lo so, ma è per questo che ho avviato un'attività. Sapevo che avrei dovuto fare dei sacrifici.

Finirai per ammazzarti di lavoro, Steph. Per favore. Sono preoccupato per te. Hai bisogno di una dannata tregua, un'occasione per rilassarti.

C'è una pausa e vedo che sta scrivendo qualcos'altro. Trattengo il fiato e aspetto.

Compare: Mi renderebbe davvero felice se venissi. Ti prego. Mi manchi.

Il fiato mi viene risucchiato ancora di più in gola. Normalmente Linden non è così. Lui è la solida roccia priva di sentimenti ed emozioni. Non è tipo da dire a qualcuno, chiunque sia, che sente la sua mancanza.

Dopo di questo non dice niente, perciò capisco che sta aspettando la mia risposta. Non ho davvero scelta.

Okay, rispondo. Chiuderò il negozio per il weekend. Solo perché hai ragione, mi serve una pausa.

È quello che volevo sentire.

Espiro lentamente e vedo l'ultima persona lasciare il negozio, a mani vuote. Non aiuterà gli affari chiudere per un giorno, ma immagino che sarebbe un danno maggiore per me se continuerò con questi ritmi. Se riuscissi a superare il senso di colpa, forse fare una pausa mi farà stare meglio nel lungo termine.

Mando un messaggio ad Aaron e lo informo dei piani, senza neanche sapere se potrà staccare dal lavoro. Naturalmente può. Deve solo rinunciare all'ennesimo party. Povero ragazzo.

Perciò immagino che dopo tutto parteciperò a un'escursione di coppie. Una palla di nervi formicolanti mi si forma nello stomaco e capisco che le mie riserve non hanno niente a che vedere con la chiusura del negozio ma con qualcos'altro.

È quasi come se questa sia ben più che una semplice gita. Questo è un weekend in cui potrebbe cambiare veramente tutto.

Capitolo nove

Linden

«Siamo arrivati? Siamo arrivati? Siamo arrivati?»

«Oh, mio Dio, è così carino!».

«Cazzo, dobbiamo fermarci, ragazzi. Ragazzi! Ostriche! Ci servono le ostriche! James, perché non ci fermiamo?»

«Linden, ricordami di nuovo perché non ci hai portati tutti in elicottero? Potevamo risparmiarci questa lunga strada per l'inferno. Mi sento come Chevy Chase alle prese con una famiglia di rompipalle».

Cioè Aaron, Nadine, Stephanie e James che si lagnano l'uno con l'altro mentre viaggiamo lungo la costa diretti al Sea Ranch. Finora il viaggio è stato magnifico, ancora più di quando l'ho fatto volando, ma è una lunga strada estenuante e tortuosa e quando il profondo azzurro del Pacifico incontra le ventose colline fuori dal Sea Ranch, tutti e sei moriamo dalla voglia di fuggire dalla Suburban di James.

A quanto pare non siamo così fortunati con il tempo, ma c'era da aspettarselo. La fine di ottobre è imprevedibile sulla costa e mentre scarichiamo i bagagli dall'auto per portarli nella modesta tenuta con due camere da letto, situata su una bassa scogliera, la nebbia è densa come lo stufato della mia tata e non ti fa vedere a un palmo dal naso.

«Cazzo! Fa freddo», impreca Steph, quando un'umida e gelida folata le agita i capelli attorno alla faccia. Ha già il naso rosso, una cosa fottutamente carina.

«Non sei contenta che non ci accampiamo?», urla Penny, stringendosi nel giubbotto di pelle mentre corre all'auto a prendere altri bagagli.

Il mio giubbotto di pelle, grazie a Stephanie, sta facendo un egregio lavoro nel tenermi caldo, anche se qua fuori sembra di camminare attraverso una nuvola invernale. Sono tentato di togliermelo e metterlo sulle spalle di Steph, ma Aaron esce dalla casa e le dice che penserà lui a portare dentro il resto. Per un momento sono quasi colpito perché deve essere la cosa più galante che ho sentito rivolgerle dal giovane stronzo, ma non mi lascio prendere più di tanto.

Continuo a pensare che non sia il tipo giusto per lei e credo che dopo questo weekend non mi sarà rimasto alcun dubbio.

Non so perché mi importi, tuttavia. A questo punto non posso farci niente.

Una volta portata dentro tutta la roba, comincia la lotta per le camere da letto e la privacy. Aaron rivendica immediatamente una camera e io sto per appropriarmi dell'altra quando decido che dovrebbero prenderla Penny e James, visto che è stata lei a organizzare la gita. Il cottage appartiene a una sua collega e ci staremo gratis per il fine settimana.

Nadine emette un sonoro gemito accanto a me. «Non posso dormire su un divano», bofonchia, indicando quello che in realtà sembra un bel divano letto sotto il lucernario, con vista sull'ampia distesa del Pacifico ammantato di nebbia. «La schiena».

A volte ha problemi alla schiena. Sembrano essere sorti da quando l'hanno operata di appendicite, perciò non ho motivo di credere che a volte sia una balla per averla vinta. Che so, per non fare i piatti o portare fuori la spazzatura o andare al lavoro. Non conto più le volte in cui la lascio a letto e vado a lavorare mentre lei resta a casa; e naturalmente ci sono battibecchi alla società di noleggio perché lei è la *mia* ragazza e a loro tocca assumere un altro interinale per occuparsi della reception.

Nadine neanche voleva partecipare a questa gita. Quando abbiamo iniziato a frequentarci, era molto avventurosa e sportiva. Facevamo un sacco di escursioni, standup paddle e perfino free climbing indoor una volta alla settimana. Ma nell'ultimo paio di mesi, è cambiata un tantino.

Vorrei dire in meglio ma... non è così. È più diffidente nei confronti miei e di ciò che faccio, specialmente quando si tratta di altre donne, specialmente quando si tratta di Stephanie, e il suo lagnometro tocca altissimi livelli. Mi assilla di più riguardo il futuro e più il futuro si avvicina, minori sono le mie certezze.

Voglio far funzionare la nostra relazione. Non voglio che tutto il tempo che ci ho investito vada sprecato. Ho un'età adesso in cui non dovresti essere ancora in cerca di quella giusta. Diamine, a parte la mia cerchia più ristretta, gran parte delle persone che conosco sono già sposate con figli.

Non voglio rompere con Nadine e scoprire che avremmo potuto far funzionare la nostra storia, che era solo un periodo difficile, che lei avrebbe potuto tornare a essere quella di prima, ai giorni felici e scoperecci che avevamo. Non voglio arrendermi.

Non senza un motivo.

I miei occhi si posano su Stephanie e so cosa risponderà alle lamentele di Nadine. Vorrei dirle di no, che non deve farlo.

«Non c'è problema», dice Stephanie, sorridendo a Nadine. «Aaron e io possiamo prendere il divano, a noi non dispiace».

E anche se è Aaron quello ad aver rivendicato la camera, sembra davvero che non gli importi.

Fa spallucce nel suo modo pigro e dice: «Già, nessun problema, ragazzi».

«Grazie», dice frettolosamente Nadine quasi senza guardarla. Stephanie sa di non piacere a Nadine e di solito si fa in quattro per rimediare. Vorrei dirle che è inutile, che Nadine è gelosa del nostro rapporto e potrà leccarle il culo quanto vuole ed essere carina con lei, tanto non cambierà niente.

La cosa buffa è che Stephanie non sta affatto facendo la leccaculo. Vuole solo piacere alle persone. È un atteggiamento che ho osservato in lei nel corso degli anni, che non ha ancora superato. È sicura di sé in tante cose ma continua a ricercare approvazione. A volte vorrei prenderla in disparte e dirle che non ha bisogno di essere la figlia che sta riempiendo il vuoto lasciato da suo fratello, o la proprietaria del miglior negozio dell'isolato o la ragazza più carina della stanza. È già tutto questo e ancora di più e l'unica approvazione di cui ha bisogno è la sua.

Cerco di incrociare il suo sguardo ma è intenta a mettere sul divano la sua sacca metallizzata. Si lascia cadere sui cuscini e rimbalza su e giù, sorridendo a Aaron come per dire che in fin dei conti il divano è la scelta migliore. I suoi seni, che sembrano più spettacolari ogni giorno che passa, ballonzolano invitanti e distolgo lo sguardo prima che qualcuno se ne accorga. Sono più ipnotici di una lampada lava.

Quando ci siamo sistemati e abbiamo messo via la roba, ci raduniamo attorno al grande tavolo accanto alla cucina e apriamo birra e vino. Fuori è già buio – siamo partiti alle cinque e mezza visto che Stephanie doveva chiudere il negozio. Il supermercato più vicino è a Gualala, a soli dieci minuti da qui, ma nessuno vuole uscire con questa nebbia fredda e fitta.

Per fortuna abbiamo preso del cibo da asporto lungo la strada e quindi ci accontentiamo dei vasetti di salsa fatta in casa che ha preparato Nadine e dei sacchetti di nachos.

Per qualche ragione, forse perché tutte e tre le coppie di rado si ritrovano insieme, è un po' imbarazzante starcene seduti attorno al tavolo a bere. Di solito James e io cazzeggiamo, ma anche lui è strano e taciturno. Forse è solo stanco e preoccupato. Di rado lascia il bar per l'intero weekend e so che sta pensando allo staff a cui l'ha affidato.

«Che ne dite di giocare a strip poker?», propongo allegramente.

Nadine alza gli occhi al cielo. «Nessuno vuole vederti nudo».

«Come, scusa?». Inarco le sopracciglia. Questa mi giunge nuova.

«Io sì», dice entusiasta Penny.

Ghigno e brindo con lei. «Ecco una brava ragazza. Grazie, Penny».

«Non hai di che preoccuparti», fa Stephanie a Nadine con un sorriso. «Linden è il re del poker. Semmai sarà lui a farti spogliare».

Nadine sembra irritata dalle sue parole. Lo so perché sente di dovermi conoscere meglio di Steph.

«Io ci sto», interviene James e si dirige al mucchio di giochi da tavolo che sono su una mensola vicino al camino. «O facciamo una partita a Monopoli?»

«Solo se vuoi che tutti se la prendano con tutti», risponde Penny, seguita da un mormorio di consenso generale. Così tante battaglie sono iniziate e così tante amicizie messe alla prova dal movimento di quei cappellini e ditali di metallo.

Guardo Steph e muovo su e giù le sopracciglia. «Peccato che non ci sia il gioco *Happy Days*», le dico, strappandole una risatina. Quando avevamo ventitré o ventiquattro anni, si era rotta la caviglia e le avevano prescritto riposo a letto. Passavo da lei qualche sera a settimana con James e ci facevamo abbuffate di *Friends*, guardandoci tutte le stagioni anche se le avevamo entrambi seguite religiosamente durante l'adolescenza. Uno dei nostri episodi preferiti (insieme a quelli del trasporto del divano e dei pantaloni di pelle di Ross) era quello in cui Joey proponeva uno strip *Happy Days* perché non avevano le carte da poker.

Ahimè, James ha le carte ma mentre le lancia sul tavolo rischiando di rovesciare una birra, ci guarda tutti quanti e osserva: «In realtà questa è proprio una situazione in stile *Friends*. Tre ragazze, tre ragazzi. E la maggior parte di noi sono grandi amici».

«Be', sappiamo tutti che James e Stephanie hanno avuto una storiella quando erano giovani e stupidi», dice Penny, senza che la cosa la infastidisca affatto. Rivolge loro il suo grosso ghigno col diastema e poi rivolge a me gli occhi vivaci. «E tu, Linden? Hai approfittato anche tu?».

Normalmente, quando qualcuno mette in dubbio l'amicizia platonica che ho con Stephanie, è facile smontare tutto con una risata. Ma qui, stasera, è fottutamente imbarazzante. Sento lo sguardo di Nadine penetrarmi, Steph è arrossita e guarda da un'altra parte e James ha la stessa espressione assassina di quando ci ha beccati a parlare al compleanno di Steph.

«Ti riferisci a James, giusto?», riesco a scherzare. Vado sul sicuro con questa battuta.

Penny non è colpita. «No. Anche se a volte mi faccio domande sulle vostre chiacchierate a tarda sera», dice e agita le dita in direzione di James prima di rivolgersi di nuovo a me. «Tu e Stephanie non siete mai stati insieme?»

«No», rispondo, e arriccio il naso. «È volgare».

«Chiudi il becco», ribatte Steph. «Non ce la faresti neanche se ci provassi».

Okay, adesso sono tentato di giocare un po'. «È così?».

Steph tira su il mento e guarda Penny. «Non siamo mai stati insieme. Sono esigente, sai».

«Ahi». Mi artiglio il petto con fare melodrammatico. «Taglia come un coltello».

«Amo Bryan Adams», interviene Aaron, che coglie il riferimento alla canzone *Cuts Like a Knife*. Mi sarei stupito del contrario.

«Magari non sei davvero il suo tipo, ci hai mai pensato?», dice beffarda Nadine. Steph resta per un istante a bocca aperta ma, devo dargliene atto, riesce a non darle peso. Mi piace che la mia ragazza faccia il tifo per me ma c'era un che nelle sue parole che rasentava la stronzaggine.

«Non sono assolutamente il suo tipo», replica disinvolta

Steph, prima di bere un infinito sorso di vino, come per annegare qualsiasi altra cosa avesse in mente di dire.

Intercetto il suo sguardo per un momento e qualcosa passa tra di noi, una specie di scuse da parte mia per Nadine. Vorrei anche poterle dire che *è* il mio tipo. Il mio unico tipo. Ma invece mi concentro sui mazzi di carte. «Be', poteva essere imbarazzante».

James sbuffa ma lo ignoro. «Allora perché non renderlo ancora più imbarazzante? Giochiamo a strip poker».

«Col cazzo», replica Nadine. «Siamo tutti adulti qui, non dovremmo fare giochi da tavolo».

«Solo perché sei "adulta"», dice Steph tracciando virgolette con le dita, «non significa che non puoi divertirti. Cavolo, a me non sembra di avere trent'anni. Certo, li ho appena compiuti, ma me ne sento venticinque. Anzi, no, sento di avere un'età indefinita. E mi sta bene. Odierei sentire la mia età se volesse dire che non posso più divertirmi».

«Probabilmente la penseresti in modo diverso se avessi dei figli», osserva Nadine inclinando la testa.

Steph ride. «E invece no. Solo perché sono una delle poche tra le mie amiche a non avere figli, non significa che sono meno – o più – matura di loro. Adesso l'età non significa più niente. Trent'anni sono i nuovi venti, quaranta i nuovi trenta e così via. Siamo solo esseri umani che fanno un'esperienza istruttiva che non penso finirà mai». Si trattiene e fa una pausa, riprendendo fiato. «Sono una persona molto diversa da quella che ero dieci anni fa, eppure ci sono tante cose che restano uguali. Il mio cervello è lo stesso e possono esserlo anche i miei pensieri. Sono convinta che, tra vent'anni, ripenserò ai miei trenta e avrò la sensazione di non essere cresciuta sotto alcuni aspetti, mentre per altri versi mi sembrerà di non essere stata altro che una bambina troppo cresciuta».

«Ci sentiamo tutti così», la rassicura Penny. «Io ho trentatré anni e non mi comporto secondo la mia età. Pazienza. E non c'entra niente col fatto che non ho figli e non sono sposata».

«E poi neanche tu hai figli», dico a Nadine, sottolineando l'ovvio. Mi sento in colpa per il fatto che sembra aver preso di mira Steph.

Mi rivolge un'occhiata fredda. «Non ancora».

Oh, per la miseria.

«Okay, adesso sì che le cose sono imbarazzanti», dice James, quasi con gioia.

Non potrei essere più d'accordo. Ci dedichiamo ognuno al proprio drink ed è grazie all'ignaro Aaron (che continua a canticchiare Bryan Adams) che la tensione si spezza. «Allora, giochiamo a Monopoli o cosa?», domanda.

Per una volta, mi ritrovo a dire che Monopoli è un'idea eccellente e presto ci trasformiamo tutti in avide mezze seghe che lottano per la migliore proprietà immobiliare. Come la maggior parte delle partite a Monopoli, anche questa si trascina per ore e ore. Penny è la prima a perdere tutto, perciò si dedica a bere e a suggerire strategie agli altri.

Nadine è la prima ad arrendersi.

«Me ne vado a letto, è tardi», dice mentre soffoca uno sbadiglio e si alza dalla sedia.

Do un'occhiata a tutte le case che ha messo in fila sulle proprietà e la gigantesca mazzetta di banconote colorate. «Ma stai vincendo. Sei il Donald Trump della situazione».

«Sono stanca», ribatte brusca e sbadiglia di nuovo. Sembra davvero stanca, i capelli sono ancora più ramati in contrasto con la graziosa faccia pallida. Saranno le undici di sera.

«Posso prendere il tuo posto? Cioè, se questa fosse la vita reale...».

«*Questa* è la vita reale. Tu vieni a letto. Adesso, Linden». Scocca un'occhiata a Steph mentre sottolinea l'ultima parola.

Mi secca davvero quando mi dà ordini, soprattutto davanti

ai miei amici. So che è un po' da cavernicolo e forse stupido prendersela per cose tanto piccole – tipo il modo in cui si rivolgono a te – ma immagino che, dopo tutto, ci sia un tantino di mio padre in me.

Sento che tutti mi stanno guardando, chiedendosi se mi alzerò e seguirò la mia ragazza. Deglutisco e poi la guardo negli occhi. «Io non sono stanco. Penso che resterò alzato ancora un po'. Non faccio tardi».

Sostengo il suo sguardo perché non sono un uomo che arretra. Ma, dannazione, lei me lo rende difficile. La sua mascella inferiore è così contratta che sono certo che mi prenderà a morsi se non si rilassa un po'.

«Bene», dice e si gira di scatto, diretta in camera da letto. Quantomeno non sbatte la porta.

James mi sta guardando con un'espressione che dice "Che cazzo le è preso?". Ultimamente Nadine e io non usciamo molto con lui, perciò non ha assistito all'attuale tracollo della nostra relazione.

Tracollo, è così che si dice, giusto? Cazzo, non lo so più. Aspetto che la partita ricominci e poi mi prendo la testa tra le mani e cerco di pensare.

Sono troppo ubriaco per pensare.

Quando rialzo lo sguardo, vedo che Steph mi sta fissando. Non distoglie lo sguardo. Mi sembra di non riuscire a leggere i suoi occhi, anche se sono così grandi e azzurri che mi implorano di provare a capirla. È possibile che mi stia compatendo, che le dispiacca per me, perché sto con una persona del genere. È possibile che riesca a vedere quanto dannatamente infelice sono in realtà.

O potrebbe essere qualcos'altro. Potrebbe essere rimpianto. I suoi rimpianti per me e per se stessa.

So che è un pio desiderio, ma è ciò che voglio vedere.

Voglio che si renda conto che entrambi non stiamo con la persona giusta.

E se già lo sa, voglio che sappia che non è troppo tardi.
O lo è?

Il mattino seguente ci accoglie con un sole accecante e la promessa di un giorno migliore.

Si è prospettato ancora più piacevole quando Nadine mi ha svegliato con un pompino mattutino per dirmi che le dispiaceva per come si era comportata ieri. È difficile dire di no a un bel pompino e ancora di più ignorare delle scuse sentite. Non è stata esattamente collaborativa in tal senso, abbiamo entrambi un sacco di orgoglio con cui fare i conti.

Purtroppo, malgrado la nebbia sia stata spazzata via e a mezzogiorno ormai il sole incendi il maestoso Pacifico, le vibrazioni positive non durano. Stephanie e Penny vogliono andare a Gualala a fare un po' di spesa e io dico che voglio andare con loro. La strada è un po' impervia e io sono iperprotettivo con le ragazze, anche se non dovrei.

Nadine non vuole andarci ed ecco che cominciano i problemi. Non vuole andare e, automaticamente, pensa che neanche io dovrei.

«Perché vuoi sempre starle attorno?», chiede, trattenendo a stento il volume della voce mentre Steph e Penny escono di casa.

«Non è così», replico, ignorando la fitta di rimorso. Sembra che mi stia trafiggendo i reni.

«Sai che molti ragazzi non sono amici con quelle come lei».

La guardo socchiudendo gli occhi. «Come lei in che senso?».

Resta a fissarmi per un istante e poi distoglie lo sguardo. «Niente. Va', divertiti».

Mi metto al volante, visto che sono quello più abituato a guidare la Suburban di James e Steph prende il posto davanti. Penny è dietro, con la testa fuori dal finestrino come un cane che si gode il sole.

C'è un breve, luminoso momento in cui guardo Stephanie e

sembra che siamo solo io e lei contro il mondo. Posso perfino fingere che Penny non sia con noi. C'è solo il bellissimo viso di Steph e quei grandi occhi indagatori mentre osserva le selvagge colline che si snodano attorno a lei. In un'altra vita, in un sogno, avrei fermato l'auto e l'avrei scopata in uno di quei campi, lasciando che la costa selvatica prendesse il sopravvento e portasse allo scoperto tutti questi desideri nascosti.

Ma questo non è un sogno e la mia fantasia deve restare tale.

Restiamo a Gualala più a lungo del previsto. Non c'è niente in paese, solo un mucchio di costruzioni a entrambi i lati della Highway One, ma possiede quella pittoresca, pigra, ventosa natura comune a tutti i borghi lungo la costa. Facciamo abbastanza provviste per una cena, una colazione e due pranzi, più scorta di birra e snack, e poi diamo un'occhiata ai negozi. Gran parte sono chiusi in vista dell'inverno.

Non ho quasi mangiato a colazione, visto che c'era solo una pagnotta di pane e del burro avanzato, perciò quando Penny comincia a lamentarsi che sta morendo di fame, ci dirigiamo al Bones' Restaurant per una punta di petto affumicata e qualche birra. Anche dalle finestre sporche e coperte di salsedine, la vista sulle case e le scogliere che portano all'oceano è mozzafiato e, senza accorgercene, il tempo ci scorre tra le dita.

Quando torniamo al cottage, mi accorgo che l'atmosfera è un po' cambiata. Anche se le buste della spesa e l'alcol che molliamo sul bancone della cucina sembrano soddisfare Aaron, che ci si fionda come uno scoiattolo famelico, James e Nadine sono incavolati.

«Perché ci avete messo tanto?», vuole sapere James. Pensavo che stesse parlando con Penny invece è rivolto a me.

«Abbiamo mangiato un boccone», spiego con un'alzata di spalle. Non capisco perché sia così seccato. È perché avevo la sua ragazza *e* la sua auto?

«Potevate chiamare». Mi guarda diffidente, come se pensasse che sto mentendo.

«Va bene, *mamma*», replico. «Non c'era campo là fuori. Che cavolo. Vi abbiamo portato da mangiare e da bere, prendine un po' e datti una cazzo di calmata».

Lui alza le mani e tira fuori una birra dalla confezione, come se il suo non sia un comportamento irrazionale. «Stavo solo chiedendo».

Nadine, nel frattempo, è taciturna. Una cosa terrificante. So che scoppierà da un momento all'altro. So anche che non succederà in presenza di altri, perciò agguanto una birra e mi metto seduto su uno sgabello, con l'intenzione di non lasciare questo posto finché vivo.

Subisco il suo trattamento del silenzio per un'ora, mentre Aaron prepara degli hot-dog per sé e James, ma poi devo andare in bagno. Ho due birre in corpo e sono al punto di rottura. Aspetto fino a che vedo Nadine parlare con Penny fuori sul patio, con le facce rivolte al sole, e poi mi alzo e vado.

Posso essere un lampo a pisciare. Queste cose si imparano quando vivi con un fratello come Bram, che si pavoneggiava per ore in bagno e ti tormentava con lo scopino del water se provavi a metterti di traverso.

Mi tiro su la lampo mentre esco ma, eccola qui, la mano su un fianco, la camicia a scacchi bianchi e rosa annodata in vita, i capelli rossi legati, con ben in mostra la ruga tra le sopracciglia e la piega sdegnosa delle labbra.

«Ehi, piccola», le dico, rivolgendole il mio solito sorriso.

Questo non fa che irritarla ancora di più. Comincia a inveire contro di me, alquanto rumorosamente, dicendo che la sto evitando, che mi comporto come se lei fosse un peso e che non le mostro mai rispetto. Non so bene quali parti non siano vere, ma una deve esserlo. E per questo motivo, mi sento un idiota. E neanche protesto più di tanto.

«Quando torniamo a casa, dobbiamo parlare», dice prima di andare via come una furia, quasi schiaffeggiandomi con la coda di cavallo.

Non posso obiettare. Abbiamo davvero bisogno di parlare, solo che non so davvero come andrà a finire né cosa dirò. Mi chiedo per quanto tempo potrò vivacchiare continuando a negare la realtà.

Quello che so è che ho bisogno di allontanarmi per un momento dalla situazione. Prendo un'altra birra ed esco; i piedi mi portano lungo un sentiero di ghiaia, attraverso campi schiariti dal sole e fiori appassiti, fino a che l'erba delle dune mi arriva alle ginocchia e il vento quasi mi solleva di peso. Sono sull'ampia, apparentemente sconfinata distesa di sabbiosa spiaggia grigia che si dissolve nella foschia oceanica, come se fosse solo un'apparizione.

Mi siedo su un tronco e stappo la bottiglia contro una sporgenza del legno. La mia mente scivola in uno stato quasi meditativo mentre osservo le onde abbattersi sulla spiaggia, una dopo l'altra, di continuo. Questo suono, questa forza mi intorpidiscono e mi trasportano in un posto in cui voglio stare.

«Mi metterò nei guai se parlo con te?». Una voce familiare si insinua nei miei pensieri senza senso.

Alzo gli occhi e vedo Stephanie in piedi accanto a me. Il sole sta scendendo sull'orizzonte alle sue spalle. È in controluce e risplende come un angelo; non riesco a trattenere il sorriso spontaneo che si allarga sulla mia faccia.

«Probabile», rispondo e poi le indico il tronco. «Siediti. Cosa ci fai qua fuori?».

Alza una mano e vedo che ha nel palmo il suo telefono. «Scattavo foto. Sai, per il negozio. Che so, ispirazione per allestimenti futuri e cose del genere». Si siede accanto a me e comincia a scorrere le foto. Vedo alcuni scatti artistici di conchiglie, pozze di marea e legno portato dal mare guizzare sullo schermo e poi mi ritrovo a fissare il suo profilo, mentre ciocche di capelli color cioccolato si agitano attorno alle sue guance. Muoio dalla voglia di spostarle dietro l'orecchio così posso guardarla meglio.

È una donna così bella. E così donna. In un certo senso, è strano pensarla così visto che la conosco da quando avevamo ventuno anni. Eravamo ragazzi all'epoca, lei con i suoi capelli azzurri e io un vero e proprio coglione. Adesso si è riempita, con vere curve che ti fanno venire voglia di afferrarle, stringerle e giocarci, e una faccia che è più scolpita e in pace di quanto fosse prima. Ogni giorno, ogni anno sembra un'evoluzione della persona che è adesso, la donna seduta accanto a me, specialmente tornando indietro con la mente a quando tutto è cominciato.

Non riesco a credere di far parte della sua vita da così tanto.

Alza lo sguardo su di me, strizzando gli occhi per via della luce. «Cosa ne pensi?».

So che si riferisce alle foto ma rispondo: «Penso che sono fortunato a conoscerti da così tanto tempo».

Resta interdetta ma poi sorride. «Davvero?»

«Davvero».

«È sorprendente», osserva.

«Perché?».

Tira su una spalla. «Non lo so. A volte mi chiedo se sai quanto sei fortunato». La guardo perplesso e lei continua. «Non mi riferisco a me. Parlo della tua vita, sai. Di ogni cosa».

«Anche della mia ragazza?». È una domanda spinosa.

Si sfrega le mani e si china in avanti per giocare con la sabbia, facendola scorrere tra le dita. «Forse. Se sei felice, allora sei fortunato».

«E se non fossi felice?».

Lei si sofferma a pensarci. «Allora puoi cambiare le cose».

«Non sono sicuro di poterlo fare».

Mi guarda. «So di non piacere a Nadine. Ma so anche che di rado riesco a vedervi insieme. E tu e io… be', ho avuto così tanto da fare. E anche tu. Non so cosa sta succedendo nella tua vita. Non so come ti tratta. Una volta parlavamo di queste cose… ma adesso non so niente della tua relazione. So solo che non si possono trarre giudizi affrettati sulle persone. Alcuni sembrano degli stronzi assoluti agli altri, ma possono essere estremamente umani, gentili e leali con quelli che amano. Se Nadine è così con te, io potrei non saperlo, ma spiegherebbe perché stai ancora con lei».

Quando ha finito di sproloquiare, ritorna a osservare l'oceano. «O forse sto solo parlando a vanvera».

«No», dico piano. «Ha senso. Ma… non so davvero cosa dire. Spero solo che questa sia solo una sua fase passeggera, sai? Un periodo difficile. E ne verremo fuori. Sento che… a questo punto della vita, devi essere pronto a fermare i giochi e fare sul serio. Devi sapere se ogni persona che entra nella tua vita, ci resterà a lungo termine».

Sembra paralizzarsi a queste parole. «Fai sul serio con lei? Matrimonio e tutto quanto?», chiede in tono sommesso.

«No», mi sfugge. E non posso rimangiarmelo perché è assolutamente vero.

«Anche se scoprissi che è solo un periodo difficile?».

Mi ci vuole un lungo, difficile respiro mentre il peso di un milione di decisioni mi piomba addosso. «Non lo so», rispondo. Mi alzo, sentendo il bisogno di allontanarmi da lei e dalla piega che potrebbe prendere la conversazione. «Ma so che le cose sarebbero migliori se fossero andate in modo diverso». Deglutisco e la guardo negli occhi. «Per tutti e due».

Poi la lascio lì sul tronco, sulla spiaggia, il vento nei capelli, prima di fare qualcosa di cui mi pentirei.

Capitolo dieci

Stephanie

«Un penny per i tuoi pensieri?», mi chiede Aaron prima di scoppiare a ridere. Guarda Penny, quasi collassando sul tavolo da picnic, e dice: «Scusa, Penny, lo sentirai di continuo e penserai che ce l'abbiano con te».

«Non così spesso quanto credi», replica sarcastica e dalla sua espressione capisco che ritiene Aaron un imbecille.

Vorrei non pensarlo anch'io metà delle volte.

Siamo tutti seduti al tavolo da picnic fuori dal cottage, davanti a un falò. È buio, birra e vino sono sparpagliati in giro, così come i pasticciati ingredienti per gli svogliati tentativi di marshmallow e biscotti abbrustoliti. Il vento si alza in folate discontinue e anche se si sta bene di fronte al fuoco, non appena ti allontani senti il gelo dell'autunno inoltrato provenire dal Pacifico.

Dovrei essere completamente rilassata e a mio agio. Amo stare vicino all'oceano. Amo la sensazione confortante e rigenerante delle onde, il modo in cui sembrano purificarti a ogni flutto. Amo il vento nei capelli e l'aria fresca nei polmoni e quel felice, quasi surreale senso di libertà che ti assale quando sei fuori e alzi lo sguardo su un cielo scuro pieno di stelle.

Ma non sono rilassata, neanche un po'. Avevo pensato che questo weekend mi sarei distratta dal lavoro, dal senso di colpa per aver tenuto chiuso il negozio e per il denaro non guadagnato. Ma questo non mi è passato per la mente neanche per un istante. Be', appena un istante.

Invece non faccio che pensare a Linden. Letteralmente, agognando ogni singolo sguardo, tocco o parola. Ed è proprio per questo che non darei mai i miei pensieri a Aaron, sia in cambio di un penny di rame che una mazzetta di migliaia di dollari. È sbagliato ed è brutto, ma non posso farci niente.

Non riesco più a capire il mio migliore amico.

A volte, quando mi guarda, giuro che qualcosa in lui è cambiato. Gli sguardi sono più intensi, i suoi occhi sembrano ardenti e carichi di tensione. Sessuale.

E mi piace. Lo amo. Lo voglio. Voglio che ci sia questo cambiamento, che sia reale perché allora forse, forse agirei di conseguenza. Forse approfitterei di questa possibilità e lo trasformerei in qualcosa di più che un amico.

Ma è questo il problema. Come ti accerti che qualcuno ricambi i tuoi stessi sentimenti senza dirgli nulla? Non siamo alle elementari. Non posso passare un bigliettino a James e dirgli di indagare. Innanzitutto, ho come la sensazione che James sia ostile a una relazione tra me e Linden e so che non la accetterebbe mai, malgrado tutto.

E se dicessi a Linden cosa provo e lui non contraccambiasse, la nostra amicizia sarebbe rovinata. Rovinerebbe tutto quello che abbiamo insieme, per non parlare delle rispettive relazioni.

Arrivati a questo punto, non sono sicura che potrò mai fare qualcosa. Sto solo vedendo cose che voglio vedere e vivendo una fantasia. La realtà è totalmente diversa. La mia realtà è Aaron, il dolce ma stupido Aaron, con la sua pelle abbronzata, i riflessi assassini e l'eterno atteggiamento di chi vive una perenne estate. La realtà di Linden è Nadine.

…e proprio non riesco a trovare aggettivi positivi per questa ragazza, perciò mi asterrò. Ma adesso mi chiedo se Linden resterà con lei se scopre di essere realmente infelice. Per alcuni versi, non riesco a credere che me l'abbia confessato. Un tempo parlavamo delle nostre vite amorose, ma nell'ultimo anno è tutto cambiato. Adesso è come se fosse zona vietata e questo non ha fatto altro che aggiungere un altro chilometro di distanza tra noi.

Non è che abbia voglia sentire di lui e Nadine, in particolare se sono felici. E non voglio sapere nulla della loro vita sessuale. Linden è noto per essere particolarmente loquace al riguardo e stamattina ho sentito segni di attività sessuale provenire dalla loro camera e culminare con i suoi gemiti, suono che mi ha eccitata e costretta a correre in bagno per venire prima di infradiciarmi le mutandine.

Ma anche se non voglio sapere della loro relazione, voglio sapere che è felice. Che sta bene. Voglio sentirlo di nuovo vicino.

E, immagino, voglio sapere se ha mai preso sul serio la faccenda del patto. Chissà se avrà valore quando saremo entrambi trentenni e di nuovo single. Se rompessi con Aaron e lui rompesse con Nadine, tutto secondo il naturale corso delle cose, significherebbe che il patto è ancora valido?

Prenderebbe seriamente in considerazione l'idea di sposarmi? E io farei altrettanto?

Non potremmo almeno scoparci fino allo sfinimento mentre capiamo cosa fare?

Perché quello, *quello* sembra il patto migliore di tutti.

«Terra a Stephanie», sta dicendo James, agitandomi una mano davanti alla faccia. È seduto di fronte a me, Penny da un lato e Linden dall'altro. Aaron è accanto a me, Nadine accanto a lui e di fronte a Linden. Quella parte del tavolo sembra un po' tesa, ma mi rendo conto che la loro relazione è così. Ho evitato spesso il contatto visivo con Linden, tuttavia. Da quando siamo andati a Gualala insieme, ci sorveglia come un falco. Mi sorprende che non ci abbia spiati mentre eravamo sulla spiaggia.

«Scusa», rispondo schiarendomi la voce. «Mi ero un po' persa».

«Pensavi al lavoro?», chiede con aria comprensiva.

«Già», dico. Non mi piace mentire a James ma è più semplice così.

Penny si sporge sul tavolo e annuncia: «Giochiamo a obbligo o verità. Ci stai?».

Inarco un sopracciglio e bevo un sorso della mia birra troppo amara. «Sentite, ho detto che l'età non è altro che un numero, ma…».

«Oh, sarà divertente», insiste. Tutto sembra divertente a Penny. Tra tutti quelli seduti al tavolo, spero – e scommetto – che lei e James vadano lontano. Avrebbero un matrimonio molto rock 'n' roll.

Faccio spallucce. «Va bene, spero solo che abbiamo abbastanza birra per seppellire tutta la vergogna che verrà dopo».

Linden dà un buffetto alla cassa di birra a terra vicino al tavolo. «Di questo non devi preoccuparti».

Incrocio il suo sguardo per un secondo e subito mi affretto a guardare altrove. È più imbarazzante che limitarsi a fissare la sua faccia meditabonda al buio, la mascella virile illuminata dal fuoco guizzante.

La partita, come immagino accada sempre, comincia in modo abbastanza innocente. Quando scegliamo l'obbligo, facciamo il verso della gallina (io) o ci scoliamo un'intera birra (Penny) o mostriamo le chiappe a tutti (James). Quando scegliamo la verità, sveliamo che ci hanno beccati a rubare in un negozio in quinta elementare (io), che abbiamo finto orgasmi quando eravamo troppo sballati per venire (Aaron, cosa che non mi sorprende molto) e imbrogliato al college (Nadine).

Poi le cose prendono una piega alcolica.

«Aaron», dice James. «Se dovessi scoparti una delle ragazze presenti, non la tua, chi sarebbe?».

Strabuzzo gli occhi. Sono curiosa di sapere cosa dirà, ma è pur sempre una domanda indiscreta.

Ma Aaron ride, strizzandomi la coscia come per rassicurarmi, e risponde: «Questa è difficile, amico. La tua ragazza è super sexy. Davvero». Penny arrossisce imbarazzata. Non penso di averla mai vista in imbarazzo. «Ma Nadine ha un gran senso della moda».

Cosa? Ehi, aspetta un attimo. Da quando in qua vestirsi come una boscaiola equivale a un buon senso estetico? Io possiedo un dannato negozio di abbigliamento.

«E poi trovo eccitante l'atteggiamento da stronza», aggiunge.

Adesso Nadine, che sembrava alquanto compiaciuta per il commento sulla moda, lo gela con lo sguardo. «Non sono una stronza. È solo che so cosa voglio».

«Sicuro», dice Aaron. «Ma probabilmente potresti avere modi più carini».

Guardo Linden per vedere la sua reazione, non posso farne a meno. Sta sorridendo. Anzi, sta ridendo. Per una volta Aaron ci ha preso.

«Ma non hai risposto alla mia domanda», osserva James.

«Non posso dire che me le farei entrambe, possibilmente insieme?».

James alza gli occhi al cielo. «Mi tiro fuori».

«Okay, è il mio turno», dice Nadine, anche se non tocca affatto a lei. «Ho un obbligo per te, Aaron. Voglio che baci Penny, con la lingua».

«Un momento», esclama James, pugnalandola con lo sguardo. «Così è un po' troppo, non credi? E non è così che funziona il gioco».

«Hai paura che possa piacerle», ribatte lei sprezzante.

«Ci sto», interviene Penny. Dà una gomitata nel fianco a James. «Ehi, cresci. È solo un giochetto di tonsille».

«Il livello di maturità a questo tavolo mi sconvolge», dichiara Linden.

Adesso tutti guardano me, aspettandosi che protesti o almeno trovi la cosa strana e inaccettabile. Il fatto è che, se immagino Aaron che bacia Penny, o si fa lei e Nadine come ha prospettato prima, non provo neanche un briciolo di disagio. Niente gelosia, niente di niente.

«Perché guardate tutti me? Non è un problema», dico a tutti. Probabilmente non è la mia migliore dimostrazione di amore nei suoi confronti, ma chi se ne importa. «Bacialo pure. È bravo». Aggiungo quest'ultima parte per Penny e le strizzo l'occhio, soprattutto per fare incazzare James.

Penny fa per sporgersi sul tavolo verso Aaron, ma Nadine strilla: «No, fatelo bene! Dovete alzarvi».

Sia Penny che Aaron sospirano, entrambi seccati dal fatto che devono muoversi. Si mettono a un capo del tavolo, proprio accanto a me così mi aggiudico un posto in prima fila. Aaron la afferra per la vita e Penny gli prende la faccia. Entrambi ridacchiano nervosi, guardandoci timidamente prima di baciarsi.

Comincia lento e imbarazzato, si fa un po' più animato quando capisci che le lingue sono entrate in azione, e poi finisce in modo dolce.

«Non male», dichiara Penny, asciugandosi la bocca con il dorso della mano. «Deciso ma tenero».

«Quindi baciare Aaron è come baciare una bistecca?», scherza Linden.

Aaron rivolge i pollici in su a James. «Hai una gran signora».

«Signora?», ripete Penny. «Oh, ragazzi».

Ma tornano a sedersi e il gioco riprende. James non sembra più seccato e io, a essere sinceri, non ho provato niente mentre assistevo alla scena. È stato solo strano, come osservare una specie di esperimento e non ottenere i risultati sperati.

Volevo che gli piacesse, che desiderasse baciare Penny? Volevo usarla come scusa per rompere, per dire che non siamo fatti per stare insieme?

Per un po' si ritorna solo a dire la verità, immagino per il carattere estremo dell'ultima sfida. Adesso andiamo tutti sul sicuro, facciamo le domande facili, quelle a cui non ti dispiace rispondere con sincerità visto che sei tra amici.

Poi è la volta di Penny.

Batte le mani tutta felice e si agita sul suo posto. «Oh, sarà un vero spasso», dice. E mentre lo dice sta guardando me. Vedo il riflesso del fuoco nei suoi occhiali.

«Voglio che tu, Stephanie», annuncia, indicandomi, «baci Linden». Il suo dito si sposta su di lui.

Sono troppo sbigottita per parlare ma Nadine no.

«Lui non bacerà quella!», esclama disgustata.

«Ehi», non posso fare a meno di protestare, stanca del modo in cui si riferisce a me ultimamente.

«E, ripeto», interviene James in tono stufo, «*non* è così che si gioca».

Penny sbatte le mani sul tavolo e si protende per osservare i presenti e guardare Nadine negli occhi. «Perché non può baciarlo? Tu mi hai fatto baciare Aaron, il *suo* ragazzo. Adesso penso che lei dovrebbe baciare il *tuo* ragazzo».

So cosa sta facendo Penny. Sta cercando di pareggiare i conti e penso che al tempo stesso voglia far innervosire Nadine. La bacerei per questo, ma penso anche di odiarla, cazzo, per avermi sfidata a baciare Linden.

Perché, voglio dire… non posso farlo.

Non riesco neanche a pensarci.

Ma d'un tratto qualcuno mi bussa sulla spalla ed è Linden. Si è alzato e si è messo dietro di me, aspettandomi.

«Un momento», dico e mi giro a guardare Aaron, perché almeno lui protesterà tanto quanto ha fatto Nadine.

Ma Aaron mi sta fissando, anzi sta sorridendo, con quel dannato ghigno ebete e annuisce come se questa fosse l'idea più fantastica del mondo. «Forza», mi esorta con il gomito.

Grazie davvero, cazzo, penso e mi alzo lentamente, cercando nel frattempo di non guardare Linden. Ma non posso neanche guardare Nadine perché tiene le braccia incrociate sul petto e ho il terrore che possa prendere la bottiglia vuota accanto a sé e lanciarmela addosso. So che se lo facesse, Penny interverrebbe in un istante. Tuttavia potrebbe rompermi il naso e il mio naso è carino.

Linden mi afferra una mano – nel vero senso della parola, come se fosse una cosa che facciamo di continuo – e mi tira verso di sé.

«Andiamo», mi dice con quel sorrisetto che è il suo marchio di fabbrica. «Non sono così orribile, no?».

No, penso mentre lo guardo in faccia e sento il calore della sua mano trasferirsi alla mia e scaldarmi l'intero braccio, poi il petto, poi il corpo. *No, non sei affatto orribile. È questo il problema.*

Penny applaude eccitata. «Bene, bene, dateci dentro».

Non riesco neanche a guardarla, i miei occhi sono fissi su quelli di Linden. Mi sta fissando con tale sincerità che è difficile credere quale sia davvero la verità. Questo è un gioco e noi siamo solo amici. Noi non facciamo queste cose, malgrado tutte le volte che l'ho sognato, ci ho pensato e mi ci sono masturbata, noi non facciamo *queste cose.*

Ma le sue mani mi arrivano sul viso, mi avvolgono le guance, e i palmi sono così grandi e caldi che sento i miei nervi fare scintille e accendersi in tutto il corpo. Mi sta tenendo nel modo più tenero e disarmante, come se fosse suo compito proteggermi, prendersi cura di me. Ma i suoi occhi, i suoi occhi sono tutto fuorché teneri. Sono scuri e selvaggi e perfino preoccupati; forse pensa che sia sbagliato e non dovremmo farlo.

O forse è preoccupato di scoprire che dovremmo.

E sotto tutta questa preoccupazione, c'è desiderio, brama e un milione di altri sentimenti roventi che ho agognato, voluto, sentito necessari.

Chissà se riesce a vedere la paura nei miei occhi. Chissà se riesce a vedere la verità.

Si sta avvicinando adesso, i suoi occhi lasciano i miei e si fissano sulla mia bocca, che sta per raggiungere.

Non so cosa fare con le mani. Non so cosa fare.

Perciò resto così e chiudo gli occhi e aspetto di sentire le labbra di Linden sulle mie.

Premono sulle mie. Sono tanto morbide, come un cuscino in cui sto sprofondando, come se non avessero fondo. Le labbra di Linden implorano, con assolutezza, di essere prese, di prendere lui. E poi la sua bocca si schiude e io sto ricambiando il bacio, sto baciando il suo sapore, che non è solo di birra. È speziato e selvaggio, come il suo odore, ed è irresistibilmente dolce.

La sua bocca aderisce perfettamente alla mia, le nostre labbra si muovono seguendo un ritmo comune, quella morbida, bagnata, ricca carezza di pelle contro pelle. Mi fa desiderare altro.

Così tanto altro.

Adesso so cosa fare con le mani, o forse sono le mie mani a sapere cosa fare con Linden. Penso che l'abbiano sempre saputo. Lo prendo per la vita, per i lati del giubbotto di pelle, quello che gli ho comprato per il suo compleanno. So che non dovrebbe fare parte del bacio, ma non riesco a trattenermi. Lo voglio più vicino a me e voglio ancora di più.

E lo ottengo. La sua lingua mi guizza nella bocca, scivolando adagio sulla mia e poi le nostre bocche si fanno più aperte, le labbra più ferme, il bacio più famelico, più bagnato, più intenso.

Voglio continuare a baciarlo, a sentirlo, a sentire questo. Sta facendo nascere farfalle dalle ali dorate nel mio ventre, mi sta facendo serrare le cosce, mi sta facendo venire voglia di mordergli il labbro inferiore, di tirargli i capelli, di sentire il suo corpo eccitato sotto le dita.

Questo bacio è mozzafiato e mi sta facendo desiderare tutte le cose che non posso avere.

Non posso averti, penso per un momento, cercando di tornare alla realtà, al presente, a quello che siamo davvero l'uno per l'altra.

Questa è solo una sfida.

E poi vengo spinta all'indietro, con forza, da piccole mani contro il mio petto. Mi stacco da Linden e resto senza fiato mentre per poco non cado nell'erba.

«Togligli le fottute mani di dosso!», mi urla Nadine.

Per un momento sono furiosa per la sua aggressione e poi inorridisco al pensiero di cosa possa aver visto.

È impossibile che sia stata una cosa *decorosa*.

Mentre Penny si alza dal suo posto per venire da me, dicendo a Nadine: «Ehi, datti una calmata, era solo un gioco», io guardo Aaron. Non sorride più. È corrucciato, forse confuso, ma comunque non sembra arrabbiato.

Ma James, James sembra arrabbiato. E Linden, Linden mi sta fissando con così tanto dannato dolore che non so cosa fare. Sento di aver rovinato qualcosa, di essermi fatta trasportare troppo.

«Scusate», dico, sottraendomi alla presa di Penny. Me ne torno in casa. Non posso stare qua fuori con queste persone. Mi hanno visto baciare Linden, mi hanno vista prenderci troppo gusto. Spero di poterlo spiegare dicendo che ero troppo ubriaca e che era tutto un gioco, oppure posso ridacchiare e dire che Linden è così bravo a baciare che non sono riuscita a trattenermi. Oppure, ehi, non è divertente fare ingelosire il tuo ragazzo e poi strizzare l'occhio a Aaron.

Ma ho bisogno di ricompormi prima di uscirmene con frasi del genere. Ho bisogno di calmare il respiro, schiarirmi le idee e confinare quel bacio nel passato a cui appartiene.

È stata solo una fottuta sfida. Non significava niente.

Significava tutto solo per me.

Una volta in casa, mi riempio subito un bicchiere d'acqua. Ne bevo un altro e poi mi sento come sul punto di vomitare.

Sento la porta d'ingresso aprirsi e mi pietrifico, tornando a respirare solo quando Penny entra in cucina.

«Stai bene?», mi chiede con aria preoccupata.

Come le rispondo?

«Ti ha fatto male?», aggiunge.

«Oh», esclamo, abbassando lo sguardo sul punto in cui Nadine mi ha dato uno spintone. «No. No, sto bene».

«Cavoli, c'è mancato poco che la prendessi a cazzotti», dice Penny. Si appoggia al bancone e mi studia. «Sei davvero sicura di stare bene? Sembri davvero scossa».

Deglutisco, a disagio. Tutta quell'acqua non è servita a niente. Mi sento ancora la bocca secca, sono in preda al panico e ho la nausea.

«Non me l'aspettavo, tutto qui», rispondo. «Non pensavo che se la prendesse tanto». Osservo Penny attentamente.

Lei fa spallucce. «Non le piaci. Diciamo che è per questo che ti ho fatto baciare Linden. È colpa mia. E poi ho pensato che fosse divertente veder limonare due amici che non hanno mai scopato. Sei sicura di non essere mai andata a letto con Linden?».

Scuoto energicamente la testa. «Mai».

«Be', è un vero peccato. Quello sì che era un bacio».

«Davvero?»

«Già», risponde. «Giuro che perfino James si è ingelosito a un certo punto. È stato davvero da urlo. Ma era anche una sfida. Voglio dire, Nadine mi ha fatto baciare Aaron, è stato giusto così. Quella dannata ragazza è bella, ma non balla». Si infila la mano nel reggiseno e ne tira fuori un rossetto rosso, passandoselo sulle labbra prima di offrirlo a me. Rifiuto educatamente.

«Penso che andrò a fare due passi», dico.

«D'accordo», replica cauta. «Ma non allontanarti. E non ignorare troppo il gruppo. Siamo tutti tuoi amici là fuori. Nadine no. Lei non conta, perciò ignorala come facciamo noi altri».

Faccio di sì con la testa ed esco. Il vento si è alzato di nuovo e mi chiudo la giacca fin sul collo. Non ho alcuna intenzione di allontanarmi; infatti arrivo alla Suburban e mi appoggio all'altra fiancata, così sono al riparo dal vento. In lontananza sento il crepitio del fuoco quando il vento rinforza e la risata di Aaron. Dovrebbe farmi sentire meno sola, ma non è così.

Ma che cazzo è successo là fuori? Quel bacio c'è stato davvero o è solo nella mia mente? Chiaramente Penny ha visto qualcosa tra me e Linden, come Nadine, ma quanto è dovuto al fatto che mi sono lasciata trasportare? Quanto di quel bacio era opera mia, un mio desiderio, un mio bisogno?

E adesso cosa diavolo penserà di me Linden?

Chiudo gli occhi e appoggio la testa allo sportello del lato passeggero. Voglio solo andarmene a casa. Voglio salire in auto e tornare a San Francisco, andare al mio negozio e continuare con la mia piccola vita. Lavoro duro e non ho tempo per niente, ma è una sicurezza. Aaron è una sicurezza. Tutto è una fottuta sicurezza.

Qui, su questo promontorio, su questa costa, tutto è incerto.

Sento la ghiaia scricchiolare dall'altro lato dell'auto e, dalla lunghezza dei passi, capisco che è Linden prima ancora di vederlo.

«Ehi», dice, facendo il giro dell'auto. Resta lì, con il vento che gli scompiglia i capelli, leggermente illuminato dalle luci del cottage.

Cerco di parlare ma non ci riesco. Mi stringo le braccia attorno al petto e abbasso lo sguardo sugli stivali. Sono belli, arrivati in negozio appena una settimana fa. Tacco medio, suola a carro armato, tomaia in pitone nero. Questi stivali sono sicuri e reali e ciò che voglio.

Non conosco quest'uomo che mi sta guardando.

Adesso sta venendo verso di me.

«Stephanie», dice e in quel momento il suo accento è così forte e pesante e ruvido che non ho altra scelta che guardarlo. «Dobbiamo parlarne».

Risucchio una boccata d'aria e cerco di disinnescare la bomba. «È la tua ragazza, Linden, non la mia».

Mi fissa per un istante e poi la sua espressione si addolcisce. «Sì. Mi dispiace per prima. Ti ha fatto male?».

Gli scocco un'occhiata. «Per favore. Non sono mica di vetro». E allora perché mi sento sul punto di cadere in pezzi?

«Lo so», replica. «Ha dato di matto, ma non era una giustificazione per metterti le mani addosso».

Sospiro e distolgo lo sguardo. Non sono sicura di volerne parlare. Voglio fingere che niente di tutto ciò sia accaduto, ma non so se posso. Non so se potrò più stare con Linden come amico, adesso che so com'è stare con lui in un altro senso.

«È tutto a posto», dico. «Immagino di essermi fatta trasportare un po'». Be', quella parte era difficile da ammettere. «Sono ubriaca», aggiungo. «Scusa se ti sono sembrata, ehm... non la Stephanie di sempre».

«Quella non eri tu?», chiede, facendo un altro passo verso di me. La punta delle sue scarpe tocca quasi la punta delle mie e siamo praticamente attaccati. Tengo il mento abbassato, lo sguardo a terra. Non posso guardarlo adesso, non così, non quando stare così vicina a lui rievoca il ricordo di ciò che è appena successo. Le labbra mi formicolano e voglio toccarle per farle smettere.

«Quella sembravi tu, Baby Blue», continua. «Ed è stato bello».

Resto senza fiato e il mio cuore comincia a battere più forte, più lento.

Mi prende una mano e lo lascio fare perché sono debole e non ho forza di volontà. Non con lui. Nessuna.

«Non lo so cos'è stato», sussurro. «Era solo una sfida».

Mi stringe forte la mano e inizia a intrecciare le dita alle mie. Adesso sto guardando le nostre mani intrecciate, la sua grande sulla mia piccola, e resto colpita da quanto sembri naturale, quanto sia spontaneo. Sono fatta per tenere la mano di quest'uomo. Sono fatta per baciarlo.

«Guardami», dice. Non lo faccio. Alza l'altra mano e mi mette le dita sotto il mento. Lo solleva fino a che sono costretta a incrociare i suoi occhi, quegli occhi blu e tempestosi. È come se le mie ginocchia fossero fatte di gelatina e non sento altro che il battito del mio cuore.

«È stata più che una sfida», mormora. La sua voce è così roca e bassa che non riesco a trattenere i brividi lungo la schiena né il calore tra le gambe. «È stato reale. È stato vero. Dimmi che hai provato qualcosa, che hai sentito quello che ho sentito io».

«Cosa hai sentito?», sussurro.

Mi passa un pollice sulle labbra. «Ho sentito te. La *te* che ho sempre voluto».

Oh, Dio. Cosa sta dicendo? Mi guarda così famelico e io bramo quello sguardo, quel desiderio, così tanto che un altro bacio è inevitabile. Se non lo fa lui, lo farò io.

Ma in sottofondo, al di sopra del crepitio delle fiamme, sento ancora le voci dei nostri amici. Sento ancora la risata di Aaron. Potrà anche non essere il ragazzo per me, ma è un ragazzo carino e di buon cuore e non potrei tradirlo. Non posso fargli una cosa del genere, non quando è già stata fatta a me.

«Non è sbagliato volermi, sai», dice Linden con la voce impastata.

Ho un fremito nello stomaco. Riesco a scuotere la testa e adesso le sue dita stanno scorrendo sul mio collo, all'attaccatura dei capelli e mi sfugge un altro brivido.

«Da quando in qua è giusto volere il proprio migliore amico?», dico piano, quasi soffocandomi con le parole. Perché lui è questo ed è sempre stato questo.

Sorride dolcemente, con gli occhi che si increspano agli angoli. «Non è la persona migliore da desiderare? La persona che ti conosce come nessun'altra? La persona che ti ha visto al peggio e al meglio e ancora vuole stare con te. La persona che crede in te e ti sostiene, malgrado tutto». Poi il suo sorriso sbiadisce e la fronte si aggrotta. «Sei sempre stata più di un'amica per me, Steph. Sempre. Non hai idea di cosa ho provato, di cosa continuo a provare per te».

Resto interdetta, cercando di assimilare ciò che sta dicendo. In che senso sono sempre stata più di un'amica per lui? Com'è possibile, per tutto questo tempo?

«Non hai idea di quanto ti voglio». Fa un altro passo verso di me e adesso la mia schiena è contro l'auto e il suo corpo duro e forte è contro il mio. «Lo senti?». La sua voce è roca mentre si preme contro di me, rubandomi il respiro. «Ecco quanto sono duro per te. Per tutto il fottuto tempo».

È duro come l'acciaio. La sua grossa erezione è schiacciata contro la mia coscia e non riesco a deglutire né a pensare o ad agire. Sono solo questo guscio morbido con un cuore che batte e gli ormoni in fiamme, e non credo di aver mai voluto tanto che un uomo mi prendesse e mi scopasse fino a farmi perdere i sensi, che mi penetrasse, che mi rendesse totalmente sua.

Chiudo gli occhi quando le sue labbra scendono sul mio collo e mi bacia lì, tenero e dolce, bagnato e caldo.

Voglio di più.

Non posso avere di più.

«Non posso farlo», riesco a dire e le mie parole si dissolvono nella notte. Parte di me spera che Linden non le senta, che continui a baciarmi e a premere il suo uccello contro il mio corpo. Voglio che le sue mani, quelle lunghe dita forti, scompaiano nei miei jeans, nei miei slip, e scoprano quanto sono bagnata, perché so di essere fottutamente bagnata per lui. Voglio la sua lingua nella bocca, sui miei seni, voglio che i jeans mi vengano strappati via e voglio avvolgere le gambe attorno a lui mentre mi scopa contro la fiancata dell'auto.

Sarebbe così facile. Sarebbe così bello, cazzo.

Ma lui sente le mie parole.

E si ferma.

Fa un passo indietro e vedo che anche il suo cuore sta battendo forte. Il battito è visibile sul collo, il respiro affannoso e irregolare. «Non puoi farlo?», chiede. «O non vuoi?».

Mi lecco le labbra e il sangue riaffluisce alle mie gambe. Mi sento un po' più forte. «Entrambe le cose. Aaron. Non posso fargli questo. Non è giusto».

«Allora lascialo».

«Tu stai ancora con Nadine», non perdo tempo a rammentargli.

«Farò lo stesso. Ascolta, Steph, se hai provato qualcosa per me, anche la più minuscola *contrazione* tra le gambe, sai che non dovresti stare con lui. Sai che è finita».

Impiego un momento per non pensare al modo sconcio in cui ha detto "*contrazione*" e so che ha ragione. Non dovrei stare con Aaron se provo questo per Linden. Forse non avrei mai dovuto mettermi con lui. Ma ho pensato che fosse parte della vita. Se non puoi stare con chi ami, ama quello con cui stai. Non è così che dice la canzone? Non è questo che significa crescere, capire che prima o poi dobbiamo sistemarci, che non possiamo sempre avere ciò che vogliamo? Dannazione, perché sembra di stare in una canzone degli anni Settanta?

«Stephanie!». È Penny che grida.

Guardo Linden, con la sensazione che un ceffone mi abbia riportata alla realtà. «Dov'è Nadine?», chiedo, d'un tratto timorosa di vederla arrivare da dietro l'auto con l'intenzione di strangolarmi con la sua coda di cavallo.

«È andata a letto presto», spiega Linden, lanciando un'occhiata in direzione del cottage. La ghiaia scricchiola e dopo qualche istante compare Penny che gira attorno al cofano dell'auto.

«Oh», esclama sorpresa, guardando entrambi con un eloquente inarcarsi delle sopracciglia. «Ho interrotto qualcosa?».

Scuoto la testa e passo accanto a Linden, raggiungendola in tutta fretta. «No, stavamo solo parlando di quanto sono pessima a baciare».

Lei fa un sorrisetto. «Uh uh. A ogni modo, me ne vado a letto, volevo solo assicurarmi che stessi bene». Guarda Linden da sopra la mia spalla. «Immagino che ti stessi prendendo cura di lei».

«Solo il meglio», è la ruvida risposta di Linden.

Non mi giro a guardarlo. Non posso. Dico a Penny che sono stanca e troppo ubriaca e che me ne vado a letto anch'io. James e Aaron sono ancora fuori a bere quando mi raggomitolo sul divano letto e mi rifugio sotto le coperte. Sento Penny prepararsi per andare a dormire, poi sento Linden entrare in casa. So che è lui, sento la sua presenza. Sempre.

Si ferma nel soggiorno, a poca distanza dal divano, e cerco di respirare più regolarmente e profondamente possibile, fingendo di essere addormentata. Non voglio che dica niente o faccia niente. Voglio solo che se ne vada.

Alla fine lo fa. Sento chiudersi la porta della sua camera.

Ma non riesco ancora a dormire.

Neanche quando James va a letto e Aaron si infila sotto le coperte insieme a me.

Non riesco a dormire.

Sento solo il corpo di Linden contro il mio, labbra contro labbra, e mi chiedo cosa succederà.

Capitolo undici

Stephanie

«Hai baciato Linden?», esclama così forte Nicola che la sua bambina, la dolce piccola Ava, guarda la mamma e fa un faccino triste.

«Devo ricordarti che si trattava di un gioco?», dico, spostando un mucchio di quelle che sembrano Barbie ultrastilizzate con le teste gigantesche, così da potermi sedere sul suo divano.

«Tuttavia», replica, spingendo distrattamente un camioncino sul pavimento verso Ava, che è passata ad altri giochi, «è una grossa notizia».

«Non siamo al liceo».

«Questa è una grossa notizia», ripete. «Grossa».

È domenica sera e dopo che siamo tornati dal cottage non ero in vena di stare con Aaron né da sola. Il viaggio in auto è stato un calderone di tensione sessuale e vibrazioni negative e avevo il disperato bisogno di raccontare a qualcuno quello che era successo.

Penny è troppo legata a James, perciò non posso fidarmi di lei riguardo a Linden e ovviamente non potevo andare da Linden. Perciò restava Nicola.

Mi sono sentita in colpa a piombare qui in questo modo, soprattutto perché il suo fidanzato resta a dormire da lei, ma lui è stato così gentile da andare a bere qualcosa al bar vicino così da lasciarci sole per un po'. Siamo con sua figlia, naturalmente, ma Ava è uno zuccherino, una di quei bambini che si accontenta di poco e ti illudono che la maternità sia una passeggiata.

«A ogni modo», vado avanti, «ovviamente per me ha significato qualcosa. E forse anche per lui. E adesso non so cosa fare».

«Tu sai cosa fare», dice decisa.

«No, non è così. Non so cos'è… voglio dire, mi sto comportando come una fottuta cagna in calore perché ultimamente lo faccio poco? Mi sento attratta da Linden perché è nuovo ed eccitante?»

«Prima di tutto», risponde lei, sedendosi sui talloni, «Linden non è nuovo ma è eccitante. E non penso che tu stia facendo la cagna in calore. Penso solo che sia ciò che a volte succede quando un uomo e una donna sono amici da troppo tempo. E voi, merda, Stephanie, sapevate che sarebbe successo».

«Non è successo niente», ripeto.

«Qualcosa sì. Qualcosa è cambiato. Sei seduta qui come se fossimo di nuovo a scuola. Ti ricordo di Joey Pines? Ti eri presa una cotta colossale per lui. Adesso hai la stessa espressione».

«Ma quasi non ci parlavamo a scuola».

«Eppure ricordo quanto ti piaceva».

«Ma non hai finito per baciarlo tu a un certo punto?».

Scaccia via l'insinuazione con un gesto della mano. «Non si tratta di questo. Il punto è che sei attratta da Linden ed è dolorosamente palese che lui è attratto da te».

«Cosa intendi con "dolorosamente"?», chiedo, ricordando quanto duro fosse il suo pene contro la mia coscia.

Alza gli occhi al cielo. «Penso di aver bisogno di un po' di vino per affrontare la tua inconsapevolezza, Steph. Linden non ti ha mai guardata come farebbe davvero un amico, come un fratello guarderebbe sua sorella. Ti guarda come un uomo che vuole una donna. Se vuoi provarci con lui, scommetto che sarebbe più che disponibile».

Non lo so più, davvero. Ha detto che avrebbe rotto con

Nadine. Ma poi? Se entrambi lasciamo i nostri fidanzati, cosa ne sarà di noi? Andremmo a letto insieme e dopo ci sarebbe altro oltre a quello? Vorremmo che ci fosse?

Saremmo entrambi disposti a sacrificare la nostra amicizia per il sesso?

Purtroppo credo che la nostra amicizia sia già cambiata. Mai e poi mai dimenticherò la sensazione delle sue labbra sulle mie, la dura lunghezza del suo pene né il modo in cui ha sottomesso il mio corpo nel giro di pochi istanti. Non sarò capace di guardare oltre, di vederlo esclusivamente come un amico, anche se non l'ho mai fatto, a dire la verità.

E so che qualsiasi cosa accada adesso, dovrò lasciare Aaron. È la cosa giusta da fare, ormai è nell'aria da tempo.

Ne parlo a Nicola e mi aspetto la sua disapprovazione perché pensa che Aaron sia così "seeexy", ma lei si limita ad annuire. «Penso che sia meglio così. È un bravo ragazzo ma non va bene per te. Non quando c'è di molto meglio».

Mi metto a sedere più dritta. «Pensi davvero che Linden sia giusto per me?»

«Per favore. È uno dei tuoi migliori amici. Sai già che è giusto per te».

«È un donnaiolo».

«E scommetto che non lo sarebbe con te».

«Le cose potrebbero andare terribilmente male».

«Hai ragione», conviene. «Potrebbero. Potresti dire che sono andate malissimo quando ci ho provato con Phil. Ma adesso non avrei Ava. Ne è comunque valsa la pena».

Non sono sicura che mi faccia piacere sentire Nicola paragonare Linden a quel colossale stronzo che è il padre assente di Ava, ma ha ragione. Credo.

«Ascolta», continua, prendendosi in grembo Ava e cominciando a intrecciarle i lunghi capelli, «tu potrai anche non pensare che quello giusto esista, ma io credo di sì. So che è così. Fino a ora non ti sei mai accontentata di niente, Steph, e non comincerai adesso, solo perché la società vomita le sue stronzate e ti dice che devi già avere una vita perfetta. Provaci con Linden. Questo non è accontentarsi. Questo è aprirsi a qualcosa che potrebbe rivelarsi incredibile. Non lo sai che il sogno di ogni donna è scoprire che l'uomo di cui è segretamente innamorata è a sua volta innamorato, da sempre, di lei?».

Scuoto la testa. «Non ho mai detto di essere innamorata di lui».

«Ma tu lo ami», dice. «Come lui ama te. E quell'amore può tramutarsi in qualcosa che ti sbalordirà».

«E se non funziona?»

«Per lo meno lo saprai. Vivi senza rimpianti, ecco cosa dico».

«Se non funziona, me ne pentirò. Alla grande». Se non funziona, potrei perdere una delle persone più legate a me. Mi frantumerei come sottilissimo vetro satinato e non ci sarebbe nessun Linden ad aiutarmi a raccogliere i pezzi.

Più tardi vado a casa e mi preparo per una frenetica settimana lavorativa. Adesso sono più determinata a trovare qualcuno da assumere. Sono anche determinata a seguire il consiglio di Nicola.

Ma prima le cose importanti. Devo occuparmi di Aaron.

Non sono mai stata brava a rompere con le persone. Odio fare la parte della cattiva e odio rovinare ciò che di buono hanno pensato di me. L'ho fatto, ovviamente con James e in seguito con Owen. Ma il tradimento di Owen me l'ha reso facile. Con tutti gli altri è stato più un "ignorali e se ne andranno".

Ma Aaron non è così. Cioè, ho la sensazione che in teoria potrebbe funzionare. Non credo che Aaron si accorgerebbe più di tanto se uscissi dalla sua vita. Ma gli devo molto più di questo.

Martedì sera gli dico di venire da me, "dobbiamo parlare".

Benedetto ragazzo, non è sembrato preoccupato dalla scelta delle mie parole e quando si è presentato alla porta, con una confezione da sei di birre, si è capito che non ha idea di ciò che sta per succedere.

Quando sgancio la bomba, è ancora più comprensivo. Mi ricorda un episodio di *Seinfeld*, in cui uno dei personaggi rivede le ragioni che lo hanno portato a interrompere una relazione, poiché la rottura è andata così bene. Aaron mi ha reso le cose davvero facili e per un momento mi chiedo perché sto rompendo con un ragazzo in grado di affrontare tutto ciò che la vita gli riserva.

Poi mi rendo conto che vorrei almeno una specie di reazione, qualche calcio, qualche urlo, magari una lacrima o perfino un sincero "Possiamo farcela, dacci un'altra possibilità". Voglio dire, ormai è più di un anno che stiamo insieme. Invece mi becco un "Cavolo, mi mancherai, piccola". Tutto qui!

Gli ho detto che passerò da lui in settimana per prendere le mie cose, anche se a casa sua non ho lasciato quasi niente, e Aaron ha risposto: «Perfetto, le lascio a Chuck se non sarò a casa. Vado di nuovo a Los Angeles». Ed è finita lì.

Adesso sono da sola nel mio appartamento, a letto, e mi sento incredibilmente vuota dentro. Guardo il soffitto, il pessimo lavoro di intonacatura che ho fatto l'altro giorno, quando ho cercato di riparare la perdita per conto mio, e quasi vorrei che mi crollasse addosso.

Ma provo anche un senso di sollievo, per aver fatto la cosa giusta. So che è così ed è meglio anche per Aaron. Se la rottura non l'ha sconvolto neanche un po', allora non eravamo fatti per stare insieme. Mi chiedo quante coppie vegetino così e finiscano per sposarsi perché è la cosa più comoda da fare. Perché sentono di essere state insieme abbastanza a lungo, che è ciò che ci si aspetta da loro.

Spiegherebbe un sacco di divorzi, questo è sicuro. E mi ritrovo a sperare che qualsiasi cosa accada in futuro, con Linden o chiunque altro, non mi accontenterò, voglio i fuochi d'artificio.

Chiudo gli occhi e mi raggomitolo sulle coperte. Continuo

a rivedere nella mia mente quel bacio, quello sguardo, a ripensare a quelle parole. Adesso che posso farlo senza sensi di colpa, le mie dita scivolano sullo stomaco e poi sotto gli slip. Ho un disperato bisogno di un nuovo vibratore, ma adesso mi accontento delle dita e poco dopo sto mordendo il cuscino, in preda a un orgasmo.

Non devo fare altro che ricordare quanto duro, grosso e lungo fosse mentre si premeva contro di me, ansioso di mostrarmi quanto lo eccitavo. Voglio mostrargli quanto lui eccita me, quanto solo il ricordo delle sue labbra e della lingua che si fonde con la mia, la sensazione della sua mano sul mio collo, il modo in cui ha detto di volermi mi facciano venire in pochi secondi.

È cambiato così tanto in così breve tempo e la mia mano ritorna tra le gambe.

L'ora di pranzo non esiste se sei il capo di te stesso. In realtà non esiste nessuna delle cose che chi fa un lavoro normale dà per scontate. Non c'è cartellino da timbrare in entrata né in uscita. Se non sono in negozio, sono a casa a organizzare il lavoro. Ormai non riesco neanche a fare più shopping online per divertimento – e questo è un brutto colpo – perché tutto finisce sempre per essere destinato al negozio.

Per lo meno posso ammortizzare il mio guardaroba, l'unico vantaggio di tutta la faccenda. Ma pranzo e pause? Neanche per idea.

Passo l'ora di pranzo come al solito: in piedi dietro al bancone a riempirmi la bocca di patatine fritte. So che dovrei mangiare in modo più sano; mi ero ripromessa di curare la mia alimentazione una volta arrivata ai trenta, che mi sarei fatta centrifughe di cavolo e insalate con semi di zucca e kombucha o come si chiama. Ma si dicono un sacco di cose per convenienza e quando ho un solo momento per mangiare un boccone o mi trasformo in una stronza furiosa, le patatine vincono.

È un vero peccato che al mio sedere non piacciano quanto al mio palato.

Oggi fa freddo e piove e non c'è quasi nessuno in negozio. Giornate così mi terrorizzano, mi fanno credere che anche domani non verrà nessuno e il negozio fallirà e io non avrò più niente. Ma poi ricordo che è stato così anche l'anno scorso. Infatti ho aperto in uno dei periodi peggiori e alla fine tutto si è appianato. Ho chiuso in perdita ma non è stata così catastrofica. Quest'anno si prospetta già migliore.

Sto pensando al tetto dell'appartamento e se questo nuovo scroscio di pioggia causerà altri problemi, e se è il caso di stringere i denti e chiamare Linden, giusto per vedere se può venire a ripararlo (non è un eufemismo), magari vedere se ha rotto con Nadine, ma poi su Facebook leggo una cosa.

Si dà il caso che sia scritto proprio da Nadine. Per una frazione di secondo, ci sono così tanti punti esclamativi nel suo stato che penso a un aggiornamento del tipo "Ti odio Linden! Gli uomini fanno schifo!" che tanto aspettavo. Sono poche le donne che riescono a superare una rottura senza vomitare odio su Facebook.

Ma a un'occhiata più attenta, non è affatto così. Per poco non mi cade il telefono e mi strozzo con una patatina quando leggo cosa scrive:

Grazie Dio per gli angeli custodi!!! So che il Signore stava vegliando su di me quando mi ha dato un uomo come Linden McGregor. Grazie al mio lui, mi trasferisco a casa sua domani. Sarò a Russian Hill, stronzi, perciò scrivetemi in privato se volete il mio nuovo indirizzo!!!

Ma. Che. Cazzo.

No, sul serio.

Ma.

Che.

Cazzo.

Finisco per far cadere il telefono mentre il cuore mi balza in gola. La stanza gira e vengo assalita da un'insostenibile ondata di rabbia e umiliazione.

Rompere con Nadine? L'idiota le ha appena chiesto di andare a vivere insieme!

Sono così dannatamente furiosa che attraverso il negozio, chiudo a chiave la porta e giro il cartello su CHIUSO. Il negozio è vuoto e voglio che resti così. Non riuscirei ad affrontare neanche un solo essere umano senza desiderare di staccargli la testa.

Torno al telefono e rileggo. La gente ha commentato con "Ehi, che fortuna!" e tutte quelle fottute stronzate, e sono tentata di scrivere "Ma non doveva mollarti, cos'è successo?!". Ma non lo faccio. Mi resta almeno un frammento di dignità e dovrei sforzarmi di conservarlo.

Ma non sono perfetta. Invece di scrivere a Nadine, mando un messaggio a Linden.

Fottiti.

E poi spengo il telefono e lo scaglio contro il muro.

Capitolo dodici

Linden

Sapevo che era uno sbaglio. L'ho capito nel momento in cui ho aperto bocca e l'ho capito ancora di più nel momento in cui Stephanie mi ha mandato un messaggio che dice "Fottiti".

Sa cosa è successo. Ho mandato tutto a puttane, alla grande.

Tutto perché sto cercando di essere una brava persona.

È iniziato tutto con quel dannato gioco.

Quando ho baciato Stephanie, neanche mi importava che ci guardassero tutti. Per me non erano lì. C'eravamo solo io e lei. Non c'era altro in quel momento, solo noi due, solo le sue dolci labbra rosa che sanno di cannella e i suoi capelli setosi, e il modo in cui il suo corpo viene così facilmente attratto dal mio, come se fosse quello il posto a cui appartiene.

Non ho visto altro e non ho mai voluto altro.

E poi tutto si è amplificato e ho capito che mi stavo eccitando ed era così inappropriato, la situazione mi stava sfuggendo di mano, e d'un tratto la mia ragazza era lì, che spintonava via Stephanie.

Non posso biasimare Nadine per aver agito così, ma vorrei che se la fosse presa con me. Ero io il maiale, l'imbecille. Non è stata colpa di Stephanie. Ero io a volere disperatamente più di quanto mi stava dando.

Ma almeno mi stava dando qualcosa, quello che era nei miei sogni più segreti.

Stephanie è corsa via e Penny l'ha seguita. Nadine mi ha gridato che avevo spinto le cose troppo oltre e io non potuto fare altro che convenire con lei, dicendo che ero ubriaco – perché ero ubriaco e di certo questo ha contribuito a farmi comportare così. Poi mi ha schiaffeggiato, e me lo sono meritato, e se n'è andata via come una furia, lasciandomi con Aaron e James.

La cosa strana era che Aaron non sembrava poi così sconvolto e quando sono tornato al tavolo e mi sono seduto accanto a lui, dicendo: «Ehi, scusa per prima, sono un po' ubriaco», Aaron si è limitato a ridere e ha risposto: «Nessun problema, amico!». E poi mi ha chiesto di passargli una birra.

Ma James… James aveva scritto in faccia "ti uccido, ti uccido, ti uccido, muori, muori, muori". Sono quasi riuscito a vederlo trasformarsi in *Jason* e segarmi in due. Ma la cosa non mi ha sorpreso più di tanto, considerando le vibrazioni che emana ultimamente.

Non mi ha sorpreso, ma mi ha preoccupato. Possibile che anche se sta con Penny e sembra molto felice, James sia ancora innamorato di Stephanie? E in tal caso, cosa significa questo per me?

Non lo sapevo e ancora non lo so. Se Stephanie e io ci mettessimo insieme e James mi dicesse di essere ancora innamorato di lei, farei un passo indietro. Non voglio essere quel tipo d'uomo, perché non dovresti andare dietro alla ex del tuo migliore amico.

Ma anche se James ha cercato di uccidermi con lo sguardo, non ha detto niente e non ho voluto indagare. È meglio se nego la realtà.

Perciò sono andato a cercare Steph e l'ho trovata dietro l'auto. Sembrava si stesse nascondendo. Da me? Nadine?

Uno sguardo ai suoi occhi e ho capito che era pentita di quanto era accaduto, che anche lei si era lasciata trasportare. Avevo bisogno di dimostrarle che andava bene così.

Volevo dirle tutte le cose più indecenti che sogno da anni.

Ma lei è stata brava. Ha pensato a Aaron. E io ho pensato a Nadine.

Sapevo di dover chiudere con lei. Non potevo continuare a stare con Nadine quando potevo stare molto meglio con Steph. Un solo bacio e il mio mondo si è riempito di colore.

Il mattino seguente e per tutto il viaggio di ritorno, ho pensato a quando farlo, come farlo. Nadine non l'avrebbe presa bene e mi avrebbe immediatamente accusato di stare con Stephanie, anche se ormai è un po' che le cose non vanno tra di noi.

Avevo anche pianificato tutto. Mi sarei presentato a casa sua con una bottiglia di vino lunedì sera, giusto per fare breccia, e poi le avrei spiegato che ho la sensazione che lei cerchi un futuro che non sono disposto a darle, che ho bisogno di stare da solo e ritrovare me stesso e capire ciò che voglio veramente.

Ma quando si è presentata in ufficio lunedì mattina, dopo aver passato la domenica sera da sola per "avere tempo per pensare", era in lacrime.

È venuto fuori che quella mattina, prima di uscire per andare al lavoro, ha saputo che il palazzo in cui vive è stato dichiarato inagibile e che deve lasciarlo immediatamente. Vive a casa del diavolo, a Emeryville, in una vecchia casa vittoriana divisa in sei appartamenti. Era in affitto, perciò la notizia è stata un colpo anche per i padroni di casa, ma purtroppo non c'è niente da fare, per lo meno non fino a quando l'integrità strutturale dell'edificio non verrà analizzata meglio e saranno effettuate le riparazioni necessarie, sempre se ciò sarà possibile.

Be', cazzo, non potevo rompere con lei in quel momento, quando non aveva più un tetto sulla testa. Perciò le ho accarezzato la schiena mentre piangeva alla sua scrivania, prima di essere chiamato per portare un uomo da Oakland fino a Redding. Quando sono tornato, ha detto che nessuno dei suoi amici poteva ospitarla e che non aveva abbastanza soldi da parte, andare dai suoi genitori era fuori questione, visto che vivono a Livermore, troppo lontano per fare la spola.

In poche parole, lei era fottuta e io pure.

Perciò ho dovuto fare quello che farebbe ogni fidanzato, per non dire qualsiasi persona perbene, e le ho detto che poteva trasferirsi da me fino a che la situazione non si fosse risolta.

Avevo sottolineato il "fino a che", ma la cosa non l'ha sfiorata minimamente. All'improvviso si è messa a chiamare tutti quelli che conosce dicendo che si trasferiva da me.

Volevo bloccarla prima che lo scrivesse su Facebook, ma l'aveva già fatto.

Ed è stato allora che ho visto il messaggio di Steph.

Penserà che ogni cosa che le ho detto, il fatto che voglio stare con lei, sia una totale menzogna. Faccio del mio meglio per instaurare una conversazione, scrivendole Parlami e Lascia che ti spieghi, ma i messaggi non vengono letti.

Entro metà settimana, Nadine si è sistemata un po' troppo comodamente a casa mia. Pare che metà delle mie foto in bianco e nero di elicotteri siano state sostituite da stampe dell'Ikea di Audrey Hepburn e il ponte di Brooklyn. Riesco a sgattaiolare al Lion per una bevuta. James è preso dal lavoro ma Penny è al bancone, perciò finisco col parlare con lei.

«Quindi si è trasferita da te, eh?», dice asciutta mentre succhia una ciliegia al maraschino.

«Non ho avuto scelta», sospiro. «Non aveva un posto dove andare».

«Davvero nobile da parte tua». Fa una pausa. «Hai saputo che Steph ha rotto con Aaron?».

E a quel punto mi si gela il cuore. «Ha fatto cosa?»

«Già. L'ha mollato domenica sera. Pare che il nostro piccolo weekend abbia piantato l'ultimo chiodo sulla bara. L'avevo previsto, naturalmente, ma non pensavo che Aaron fosse poi così seccato dalla vostra piccola limonata. O forse non si è trattato affatto di quello…».

Mi sporgo oltre il bancone, cercando una bottiglia qualunque. Il mio bicchiere è vuoto e non riesco a pensare.

Penny fa scivolare verso di me il suo Manhattan. «Ecco, questo ti farà bene».

Lo vuoto in un sorso solo e cerco di respirare. «Ha davvero rotto con lui?».

Lei annuisce. «Già. Ma voi due non avevate una specie di patto?».

Quel fottuto patto.

Si riprende il bicchiere. «Ma immagino che non conti visto che tu stai ancora con Nadine. Buffe le pieghe della vita, certe volte».

Poi si alza e va alla toilette. James è impegnato a parlare con dei clienti perciò mi alzo in fretta e me ne vado. Non posso parlare con lui in questo momento. Non posso proprio parlare con nessuno.

Ma so cosa devo fare, anche se sarò più stronzo di quanto già non sia.

La sera seguente rompo con Nadine, ma solo dopo averle trovato un posto dove stare. È a Marin County, così sarà vicina al lavoro; ho pagato un mese d'affitto perciò non dovrà preoccuparsi e le dico che ho chiamato un furgone per i traslochi che andrà a prendere tutte le sue cose al magazzino.

Mi prendo un cazzotto in faccia. Cioè, proprio su un fottuto zigomo.

Immagino di meritarmelo, ma non so cos'altro dire. So di essere un fottuto stronzo per aver rotto con qualcuno che è appena stato sfrattato. Lo so, ma non posso farci niente. Non posso lasciare che Stephanie, l'opportunità di stare con lei, mi sfugga dalle dita. Non adesso, non dopo tutti questi anni di imprevisti o pessimo tempismo.

Nadine non si trattiene quando si tratta di dirmi cosa prova. Le sue parole sono più violente del pugno.

«Pensi di potermi comprare?», urla, prendendo una nostra foto incorniciata. «Pensi che siccome sei un ricco moccioso con dei genitori importanti puoi comprarmi un appartamentino e mettermi da parte?»

«Sto solo cercando di aiutarti», spiego, alzando le mani in

segno di resa. Ho la sensazione che quella foto stia per volare dritta verso la mia faccia.

«Aiutare?!», ripete in tono di scherno. Scoppia in una risata caustica. «Non sei capace di aiutare nessuno a parte te stesso. Il povero ragazzino ricco finge che gli freghi qualcosa di chi gli sta intorno. Sai, dici che i tuoi genitori non ci sono stati per te, che sono senza cuore e freddi, e lo vedo. Vedo che assomigli alla tua famiglia. Sei proprio come loro, interrompi le relazioni quando le cose si fanno difficili, con la speranza che un po' di soldi e gioielli risolvano il problema».

Le sue parole mi fanno andare nel panico. «No, le cose non stanno così. Io non sono così». Ma ho comunque paura perché era questa la cosa che temevo, che stavo gettando via una relazione che forse si poteva salvare.

Ma non importa, il danno è fatto. La foto vola per aria e mi abbasso mentre colpisce la parete dietro di me. Poi si mette a sfasciare tutte le foto nella stanza, anche le sue, scagliandole contro il muro e sbattendole sul pavimento. È vero quello che dicono delle rosse, sapete, hanno tutte un briciolo di pazzia.

Ma viene fuori che Nadine ne ha proprio parecchia.

Esco vivo per un pelo dalla serata e nei giorni successivi non vado neanche al lavoro, perché anche vederla lì sarebbe una tragedia. Ma quando arriva sabato, i tizi del trasloco prendono le sue ultime cose e lei non c'è più, esce dalla mia vita.

Almeno fino a lunedì, quando la rivedrò al lavoro.

Sono seduto in cucina, bevendo un litro di succo d'arancia direttamente dal cartone, e lascio che cali il silenzio. Comincio a sentirmi di nuovo padrone della mia vita. Mi sento ancora un completo stronzo per aver rotto con lei in un momento come questo, ma almeno ho fatto il possibile per trovarle una sistemazione confortevole.

È interessante come questo mi faccia sentire meglio. Mi chiedo se è così che si sentivano i miei genitori, quando venivano assaliti da un brandello di rimorso per non essere mai presenti, per non essere mai amorevoli, e risolvevano il problema usando i soldi.

Io ero il problema, naturalmente, e non credo che i soldi abbiano mai tappato tutte le voragini che loro hanno provocato. Non riempivano il senso di vuoto che provavo non avendo una famiglia amorevole.

So che sto per piombare in un abisso di autocompatimento, perciò mi metto le scarpe da ginnastica ed esco. Corro all'infinito, lungo l'Embarcadero fino al Presidio e ritorno. Lombard Street per poco non mi uccide le cosce e le ginocchia esplodono dal dolore quando corro in discesa, ma proseguo fino a che non ho più la sensazione di annaspare.

Poi faccio una doccia, mi vesto e chiamo un taxi. Vado al Burgundy Lion e non ho intenzione di tornare a casa sobrio.

«Cosa ci fai qui?», mi domanda James quando mi siedo al bancone.

Faccio spallucce e mi tolgo la giacca. «Sono un uomo libero adesso, posso andare dove mi pare».

«Quindi se n'è andata davvero, eh?», chiede mentre mi versa automaticamente una pinta. La indica con un cenno del capo. «È Longboard, la migliore».

Prendo riconoscente la birra e la sollevo in un brindisi. «Grazie». Finisco metà bicchiere e caccio un sonoro sospiro. «Già. Se n'è andata davvero».

James pulisce il bancone, anche se non ce n'è bisogno. Penso che lo faccia per dare l'impressione di lavorare, anche se sta solo cazzeggiando con me, ma questo è il suo fottuto bar e può fare quel cazzo che vuole.

«Pensavo che saresti andato ad aiutarla a scaricare la roba. Voglio dire, hai fatto parecchio il santarello in questo senso ultimamente».

Inarco la fronte. «Davvero? Pensavo di essere stato un vero e proprio coglione».

James si stringe nelle spalle. «Tanto per cominciare, lei avrebbe dovuto saperlo. E no, non lo sei stato. Forse sarebbe stato meglio aspettare un po' prima di scaricarla, ma credo di capire. Quando è finita, è finita».

«Già. E non sono mai stato molto bravo a fingere».

«No», replica, sostenendo il mio sguardo per un momento, «hai ragione».

Mi chiedo cosa ci sia sotto, ma non dico niente. Finisco la birra e poi gli chiedo: «Dov'è Penny?».

Sembra irrigidirsi a questa domanda e distoglie lo sguardo. «Non ne sono sicuro. Una serata tutte ragazze».

Annuisco, incerto se chiedergli se è tutto a posto. Invece gli domando con cautela: «Dov'è Steph?»

«Qui», risponde lui.

«Cosa?». Mi metto a sedere un po' più dritto. «Nel bar?».

Annuisce, stringendo gli occhi e indicando con la testa l'altro lato del locale. Mi sporgo fino a che ho la visuale sgombra. È in uno dei séparé all'angolo, seduta con Nicola e Kayla.

Oh, ragazzi, so di non piacere a Kayla e sono convinto che neanche Nicola sia la mia più grande fan. Aggiungiamoci il fatto che al momento Stephanie deve odiarmi a morte, ed ecco un tavolo dal quale dovrei tenermi alla larga.

Ma non posso. Forse perché sono un idiota o voglio essere punito, ma chiedo a James un'altra birra e scendo dallo sgabello.

«Che succede?», mi domanda mentre fa scivolare verso di me un'altra pinta. «Tu e Stephanie avete litigato?».

Gli rivolgo un'occhiata sospettosa. «Cosa te lo fa pensare?»

«Be', quando prima le ho fatto il tuo nome, mi ha dato l'impressione di voler accoltellare qualcuno con una forchetta, e quando ho fatto il *suo* nome un attimo fa, è sembrato che *tu* stessi per essere accoltellato con una forchetta. È successo… qualcosa?»

«No», mi affretto a rispondere. «Cosa le hai detto prima? Di me?»

«Le ho chiesto "Hai sentito Linden di recente?" e lei ha rabbrividito come se qualcuno avesse camminato sulla sua tomba».

«Non è un periodo fortunato con le donne», ammetto scherzosamente.

James non sorride. «Steph non è una delle tue donne, Linden. Lei è tua amica».

Dio, quand'è che è diventato un tale guastafeste? Non ho bisogno che tutto il mondo ce l'abbia con me.

Lo ignoro e mi avvio al séparé nell'angolo. Nicola è la prima a vedermi e per poco gli occhi non le escono dalle orbite. Kayla si limita a guardarmi velenosa.

E poi Steph gira la testa ed è vero quello che ha detto James: sembra sul punto di afferrare una forchetta dal tavolo e lanciarmela addosso, dritto in mezzo agli occhi. So di meritare tutta la collera che sta per riversarsi su di me, ma spero anche che si prenda un momento per starmi ad ascoltare.

Dannazione se non è sexy da morire quando vuole uccidermi.

«Devi andartene», dice Nicola indicando la porta.

«E non tornare mai più», aggiunge Kayla. «Stronzo».

«Un momento», replico, fermandomi a un'estremità del tavolo con le braccia incrociate. Noto lo sguardo di Steph posarsi brevemente sui miei bicipiti e sento che questa è in sé una minuscola vittoria. «Perché siete tutte arrabbiate con me?».

Entrambe guardano Stephanie. Io guardo Stephanie.

Lei sospira e poi dice: «Ragazze, ci date un minuto?».

Kayla e Nicola si scambiano una lunga occhiata e non si muovono.

«Per favore», insiste Steph con voce stanca. «È tutto a posto».

«No, non lo è», replica Kayla e mi fulmina con gli occhi. Sta ricordando i tempi in cui l'ho sedotta e abbandonata, lo so.

«Voglio solo parlare con lei», dico ai suoi cani da guardia. «Insomma».

Finalmente si alzano tutte e due e, quando mi passa accanto, dico a Nicola: «Non è che porteresti via tutti gli oggetti appuntiti?». Lei si limita a ridere.

Adesso che siamo da soli, non voglio combinare un casino. «È un problema se sono qui?», domando a Steph, continuando a restare in piedi.

Lei scuote la testa. «Sei l'ultima persona che voglio vedere».

«Posso almeno spiegarti cosa è successo?».

Beve un sorso del suo drink con aria sconfitta. «Farebbe qualche differenza?».

Mi metto subito a sedere e le prendo una mano. Lei cerca di ritrarla, ma io non la lascio andare, la stringo forte, beandomi della sua pelle calda e morbida tra le mie dita. «È finita», le dico. «Ho rotto con lei. Se n'è andata. È finita».

Lei deglutisce a fatica e distoglie lo sguardo, posandolo sui vecchi dipinti di cacce alla volpe sulla parete, tutto parte degli arredi originali del Burgundy Lion. La sua bocca prende quella piega triste di quando è turbata e devo lottare contro l'impulso di baciarla e farla cantare. «Perché mi stai dicendo questo?»

«Perché», imploro, ormai in preda alla disperazione, «voglio che tu sappia che tutto quello che ti ho detto, è vero. Ti voglio e ti ho sempre voluta. Nessun'altra».

A quelle parole si irrigidisce e mi lancia un'occhiata furtiva. «Ho rotto con Aaron».

Annuisco e spero di risultare comprensivo, non entusiasta. «Lo so. Penny me l'ha detto. Volevo rompere con Nadine quando siamo tornati a casa ma poi ho saputo che l'avevano sfrattata. Non aveva dove andare. Non sapevo cosa fare. Non potevo farlo in quel momento».

«Ma l'hai fatto adesso…».

Faccio una smorfia. «Sì. L'ho fatto. Non potevo aspettare. Non potevo fingere».

«Fingere cosa?», chiede e riesco a malapena a sentire la sua voce sommessa nel frastuono del bar.

«Che non volevo altro che metterti sulla schiena, su questo tavolo, e mostrarti com'è essere scopata davvero».

Resta a bocca aperta e quasi scoppia a ridere. L'ho colta di sorpresa, ma sarà meglio che ci faccia l'abitudine.

«Linden», dice in tono di rimprovero.

«Baciami», replico. Adesso sono tutto istinto, mi sento teso come un serpente pronto all'attacco. La desidero così tanto.

Turbata, strappa via la mano dalla mia e scivola sulla panca, allontanandosi da me. «Un momento, questo si chiama sconfinare».

«Questo si chiama andare dritti all'obiettivo», ribatto. Mi alzo e vado a sedermi accanto a lei. Seppellisco la faccia nei suoi capelli e inspiro il suo inebriante, fresco profumo prima di sussurrare: «Non fare come se non avessi pensato a quel bacio ogni singolo giorno da quando è successo. Non fingere di non aver pensato neanche una volta a come sarebbe stato rifarlo. E fare altro».

Le appoggio una mano sulla coscia e la faccio scivolare lentamente verso l'alto, ma lei mi mette le mani sul petto e mi spinge via.

«Non possiamo», dice.

«Oh, sì che possiamo, cazzo», replico. Le prendo tra i denti il lobo delicato e tiro fino a strapparle un piccolo verso strozzato.

«Non ora, non qui». C'è una traccia di panico nella sua voce.

Ha ragione. Non qui. Mi ricompongo e mi allontano da lei di qualche centimetro per poi guardarmi attorno nel locale. Sembra che si riferisca a Kayla e Nicola, ma adesso sto pensando a James.

Qualunque cosa accada tra di noi, sarebbe meglio se James non lo sapesse. Non all'inizio, per lo meno. Se James prova ancora qualcosa per Steph, allora non sarei in grado di stare con lei. Perciò scaccio via dalla mente questo pensiero e mi assicuro che qualsiasi cosa accada tra noi resti solo tra noi.

«Non può essere il nostro segreto?», bisbiglio.

«Non c'è proprio nessun segreto», replica lei.

«Non ancora», dico, sostenendo il suo sguardo. «Ma entro la fine della serata ci sarà».

Poi lei alza gli occhi e guarda alle mie spalle, e capisco che sta arrivando qualcuno. Mi alzo in fretta ma in modo disinvolto e mi giro appena in tempo per vedere Nicola e Kayla venire verso di noi con una bottiglia di sidro.

«Vedo che sei ancora vivo», osserva Nicola prima di dare un'occhiata al tavolo. «E sulle posate non c'è sangue».

«È tutto a posto», la rassicura Steph con un sorriso sbilenco. Incrocia i miei occhi per un istante prima di guardare le altre. «Siamo di nuovo migliori amici».

«Solo migliori amici?», domanda sospettosa Kayla.

Prima che Stephanie possa rispondere, dico: «I migliori».

Poi le rivolgo un cenno della testa e me ne torno all'altro lato del bar.

Capitolo tredici

Stephanie

«Che diavolo ti ha detto?», vuole sapere Kayla.

«Sarà meglio che ti abbia dato una spiegazione valida per essere stato un tale stronzo», aggiunge Nicola prima di finire il suo drink in un sorso solo. Accidenti, le mamme single sì che sanno divertirsi.

«Diciamo che l'ha fatto», rispondo. Ed è così. A dire la verità, dopo aver visto l'aggiornamento di stato di Nadine e aver mandato il messaggio "Fottiti", ho parlato con Penny e lei mi ha informata di tutta la faccenda. Ho capito come sono andate le cose, davvero, ma mi ha comunque lasciato l'amaro in bocca. Anche se Linden stava affrontando la situazione, comportandosi in modo onorevole, ho improvvisamente avuto paura che questa fosse la fine. Non ci sarebbero state altre possibilità. Lei avrebbe vissuto con lui per sempre, lui sarebbe tornato a innamorarsi di lei e tutto quello che mi ha detto sarebbe stato dimenticato.

Ho passato l'intera settimana a compatirmi e a maledire Dio e il destino e poi Nadine che viveva in una topaia dichiarata inagibile.

Naturalmente, poiché ero a pezzi, ormai abbrutita al punto da mangiare gelato in mutande, dovevo aggiornare Nicola e Kayla su quanto stava succedendo. Non volevo raccontare che ho un debole per Linden, soprattutto perché Kayla ha già provato la merce, ma è stato bello avere un piccolo gruppo di sostegno femminile. In realtà Kayla ha rotto il suo fidanzamento appena un mese fa, perciò è nella fase in cui odia tutti gli uomini, specialmente Linden, che l'ha scopata qualche volta e mai più richiamata.

Sabato era la nostra serata "ubriachiamoci e troviamoci una bella scopata", perciò ho proposto il Lion, pensando che Nadine non avrebbe mai più voluto ritrovarsi in mezzo agli amici di Linden, soprattutto dopo lo scorso weekend. Eravamo arrivate da appena un'ora, piacevolmente brille e impegnate a spettegolare su chissà cosa quando ho saputo che c'era anche Linden. Vedere le facce di Kayla e Nicola me lo ha confermato.

Linden è venuto verso di me come uscito da un sogno. Aveva una t-shirt grigia aderente che gli metteva in mostra le grosse braccia scolpite e le spalle larghe, jeans scuri che aderivano in tutti i punti giusti, il giubbotto di pelle – quello che gli ho regalato io – su una spalla, come un aspirante Brando. E ha funzionato. E aveva anche un paio di anfibi neri, per una volta, che aggiungevano qualche centimetro extra alla sua altezza già notevole.

Ho imprecato dentro di me, usando ogni parolaccia che mi veniva in mente. Ero arrabbiata che fosse lì e ancora più arrabbiata che fossi così fottutamente attratta da lui da aver bisogno di tutto il mio autocontrollo per tenere lo sguardo su qualsiasi cosa eccetto il suo corpo.

Ma anche se volevo serbargli rancore, essere arrabbiata, non ci sono riuscita. Lui era ancora Linden. Era ancora l'uomo che mi conosceva meglio di chiunque altro. Non potevo dirgli di no e a quanto pare non potevo serbargli rancore.

Perciò Nicola e Kayla ci hanno lasciati soli e sono stata rapita immediatamente da quella forza della natura che è Linden.

Mi ha afferrato la mano ed è stato come se parti di me tornassero insieme. Ho sentito il suo respiro caldo sul collo ed è stato come se fossi vicina a una combustione spontanea.

Ha detto cose che mai avrei pensato di sentirgli dire e cose che non vedevo l'ora di risentire.

Poi mi ha detto che doveva rimanere tutto un segreto, Kayla e Nicola sono tornate e lui se ne è andato dall'altra parte del bar.

Ovvero dov'è adesso. Dove voglio che sia.

Anzi, no. Voglio stare sotto di lui su questo tavolo, proprio come ha detto prima.

«Sicura di stare bene?», mi domanda Nicola per la centesima volta. «Non riesco a capire cosa sta succedendo alla tua faccia».

«Cos'ha la mia faccia che non va?»

«Be', sembra un po' più da stronza del normale», risponde Kayla pensierosa e allunga una mano per spianare la profonda ruga tra le mie sopracciglia. «Sei troppo accigliata. Sembri anche un po' spaventata».

«Ha paura di Linden», le sussurra, un po' troppo forte, Nicola.

«Ti proteggiamo noi, tesoro», dichiara Kayla e sfoggia i bicipiti, che sono sorprendentemente ben definiti. «Devo a Linden parecchi calci nei gioielli».

«Nessuno darà calci a qualcuno», dico loro. Quei gioielli potrebbero servirmi nel prossimo futuro. «Siete tutte e due ubriache».

«Hai ragione», ammette Kayla con un sospiro, appoggiandosi allo schienale con fare melodrammatico. «Sai che bastano solo due drink per mettermi in ginocchio. Dannati geni asiatici».

Rido. «Allora forse dovresti andare a casa».

Nicola mi fissa. «Ho la sensazione che tu stia cercando di sbarazzarti di noi».

Apro la bocca per protestare ma non esce nessuna parola.

Nicola sospira e lascia sul tavolo delle banconote prima di fare segno a Kayla di alzarsi. «Andiamo, amica, tanto qui non troverai uomini per cui metterti in ginocchio». Poi soffoca una risatina. «Be', forse uno sì, ma scommetto che ti sei già messa in ginocchio per lui».

«Non è divertente!», esclamo e Kayla diventa paonazza.

Poi se ne vanno e io resto da sola, tenendo tra le mani un sidro che è caldo, liscio e insapore, e so chi sta aspettando dall'altro lato di questo bar.

Prendo le banconote e le infilo nel più vicino barattolo delle mance. Dan mi fa il segno dei pollici alzati. Kayla e Nicola non devono mai pagare niente perché stanno con me, ma lo fanno sempre e io metto i loro soldi nel barattolo delle mance. Almeno in questo modo lo staff è contento ogni volta che entriamo nel bar.

«Ehi, Steph», mi dice James quando faccio il giro del bancone. Sta versando una pinta a Linden, che è seduto di fronte a lui, al suo solito posto.

Il nostro solito posto.

Per un momento vengo catapultata indietro nel tempo, a cinque anni fa, quando eravamo seduti al bancone e abbiamo fatto il patto che ci saremmo sposati tra noi, un giorno, se non ci fosse stato nessun altro.

Gli occhi tempestosi di Linden incrociano i miei e mi rivolge un lento sorriso lascivo, come se sapesse esattamente a cosa sto pensando. All'improvviso ho il terrore di muovermi ma i miei piedi non se ne accorgono. Vanno da lui e così mi siedo sullo sgabello accanto, battendo una spalla contro la sua.

«Ti piace di nuovo?», domanda James mentre mi porge un Angry Orchard che non gli ho chiesto.

«Sono lunatica a volte», rispondo con un sorriso prima di bere un lungo sorso.

«Stronzate», replica e se ne va in fondo al bancone per servire qualcuno che si affanna a schioccare le dita come un pazzo.

E adesso, malgrado il bar e tutte le persone attorno a noi, sono da sola con Linden. È come se non ci fosse altra anima viva nel raggio di chilometri. Il calore che emana il suo corpo è inebriante e so bene che se mi sposto anche di pochissimo, il mio braccio nudo sfiorerà il suo.

Mi viene la pelle d'oca solo a pensarci.

Linden si protende verso di me, la sua bocca a pochi centimetri dal mio orecchio. «Da me o da te?».

Sgrano gli occhi. Siamo già a questo punto. Non so neanche ancora come definire la nostra situazione.

«Prima voglio bere e pensarci su», rispondo. Le parole mi escono tutte smozzicate e rauche, come se avessi ingoiato un secchio di segatura. Mi sporgo leggermente all'indietro per poterlo guardare negli occhi. «Non pensi che tutto questo sia… strano?».

Mi rivolge un sorriso pigro. «Baby Blue». Il modo lento in cui lo dice mi spinge a concentrarmi sulle sue labbra, su quell'accenno di lingua che fa capolino. «Sarà tutt'altro che strano».

Non ne sono così sicura.

Continua e si sporge di nuovo. «Non sono riuscito a smettere di pensare a te».

Sento la mia faccia diventare rossa. «Adesso stai facendo lo sdolcinato. Non hai bisogno di essere sdolcinato con me».

«Già», dice. «So che non devo. Ma è la verità. Sai quanto ho aspettato per dirti la verità? Questa settimana mi sono fatto una sega ogni giorno pensando alle tue labbra perfette attorno al mio uccello».

E in qualche modo i miei occhi si fanno ancora più grandi. Oh mio Dio.

Ma che diavolo dice?

«Senza parole?», chiede dopo un istante. «Mi piace».

Giro la testa per controllare se ci sia qualcuno a portata di orecchio. Potrà anche sembrare che siamo soli, ma so che non è così. James è all'altro capo del bancone e ho la sensazione che sia lui il motivo per cui Linden vuole mantenere la cosa segreta. Qualsiasi cosa sia.

Non ne ho idea.

Ma sento che Linden me lo mostrerà e lo farà senza pietà.

Deglutisco a fatica, ho lo stomaco che sfarfalla di ansia e

bollicine che mi fanno venir voglia di ridere, piangere, fare qualcosa. Urlare, addirittura.

«E il patto?», gli chiedo.

«Cosa vuoi sapere? Potremmo chiamarla fase uno».

Si protende ancora e so che se qualcuno ci sta guardando, sembrerà ben più che un innocuo bisbigliare.

«Tipo provare prima di comprare?», scherzo debolmente.

«Oh, altroché se proveremo», mormora, alitandomi sul collo e facendomi rizzare i peli sulla nuca. Chiudo gli occhi quando mi dà un fugace bacio dietro l'orecchio. «Proveremo moltissimo». Bacia un punto più in basso. «Moltissimo». Ancora più in basso. «Moltissime volte».

Oh Signore. Voglio assolutamente che continui ma mi allontano, facendo un ultimo, minimo tentativo di mantenere un contegno, o per lo meno gli slip asciutti.

Gli metto una mano sull'avambraccio, stringendo forte le dita attorno al muscolo, per fargli capire che sono seria. Finalmente si scosta e mi guarda. Un'espressione dolce si affaccia nei suoi occhi. «Sto facendo il maniaco?», chiede.

Non riesco a trattenere una risata di sollievo. Ecco il Linden che conosco.

«Una specie», rispondo. La sua espressione appare un po' delusa perciò mi affretto ad aggiungere: «Ma solo perché questa cosa è così… è così enorme. È enorme, vero?».

Piega la testa da un lato e ghigna. «Be', pare che le signore la pensino così».

Alzo gli occhi al cielo, anche se so che *è* enorme. Deve esserlo. Riesco ancora a sentirlo premuto contro di me.

«Sono seria», dico. «Un minuto siamo solo amici e quello dopo…».

«Quello dopo ti bacio. E capisco di essere stato uno sciocco a non averlo fatto prima».

Annuisco, sapendo cosa prova. «È solo che non so cosa vuoi da me. Da noi».

Aggrotta la fronte. «Tu cosa vuoi da me?».

Cosa voglio da lui? Davvero?

«Voglio», dico lentamente, pensando. Bevo un sorso e lo lascio scivolare lungo la lingua. Non ho altra scelta che essere onesta. «Voglio sapere perché quel primo bacio è stato così bello. Voglio sapere cos'altro mi sono persa».

«È quello che voglio anch'io», dice.

«E vale la pena rischiare la nostra amicizia?».

Un'espressione seria gli passa sul viso. Abbassa per un istante gli occhi sul bancone. «Penso che l'abbiamo già messa a rischio, Baby Blue. L'istante in cui ci siamo baciati ed è diventato più di un bacio. Ecco quando è finita la nostra amicizia, per come la conoscevamo. Adesso esploriamo il passo successivo». Mi infila una ciocca di capelli dietro l'orecchio; il suo tocco è deciso ma delicato. «Tutto questo, tu e io, è nuovo di zecca, hai ragione. Facciamo un piccolo passo alla volta».

«Questi piccoli passi includono il sesso, vero?», scherzo, e poi arrossisco ancora di più perché non riesco a credere di averlo detto. Cioè, ho scherzato su cose del genere con lui in precedenza ma adesso si tratta di lui, di noi, ed è reale, c'è qualcosa in ballo.

Si passa i denti sul labbro inferiore e dice: «Ti bacerei su due piedi se potessi, se tutto il mondo non ci stesse guardando. Proprio sulle labbra. Così caldo e dolce che ti sembrerei miele. Ti farei desiderare di annegarci dentro».

Devo ammetterlo, non sono mai stata con un uomo così esplicito ma comincia a piacermi. Un sacco.

«Sì?», rispondo scioccamente. Non si può giocare in due a questo gioco. Mi arrendo e decido di lasciare che sia lui a parlare d'ora in poi.

Si protende come per svelarmi un segreto. «Non desidero altro che portarti via di qui e andare a casa mia», mormora con voce roca e pericolosamente bassa. «Me la prenderò comoda, sfilandoti piano la maglietta, il reggiseno, ti bacerò i capezzoli fino a farli diventare così duri che mi supplicherai di morderli. Poi ti toglierò i jeans, centimetro dopo tormentoso centimetro, godendomi la vista delle tue cosce prima di arrivare alle mutandine. Scommetto che sono assurdamente bagnate. Anche in questo momento, scommetto che sono fradice. E scommetto che hanno anche un buon sapore. Poi scoperò la tua fica bagnata così bene che ti chiederai come hai fatto a sopravvivere tutto questo tempo senza di me».

Senza parole.

Eccitata da morire.

E senza parole.

Oh buon Dio, ma che diavolo è stato?

Non so se sono più sorpresa da ciò che è uscito dalla sua bocca o dal fatto che è Linden ad averlo detto. Probabilmente entrambe le cose. Cioè, vista la sua schiera di donne dalla coscia lunga e la sua fame di sesso, non è che mi sorprenda davvero.

È solo un po' scioccante sentirglielo dire a proposito di *me*.

Oh, ed è eccitante. L'ho già detto, vero?

Mi sistemo sullo sgabello e capisco all'istante che la sua previsione sul grado di umidità delle mie mutandine è esatta.

«Sei già tutta contratta per me?», dice. Poi raddrizza la schiena e torna a riprendere la birra tra le mani, come fanno tutti gli altri nel locale. Nel frattempo sto fremendo, cazzo, sto pulsando, mentre le sue parole mulinano nella mia testa e mi fanno serrare le gambe. Non credo di aver mai voluto scopare qualcuno con tanta foga.

Ma, d'altro canto, abbiamo avuto anni e anni di preliminari.

«Serata piena, eh?», dice Linden e devo scuotere la testa per ritornare tra loro. Sta parlando con James, che è tornato di fronte a noi e gli sta versando un'altra pinta. Ho la sensazione che l'alcol non abbia brutti effetti sull'uccello di Linden.

«Già», conferma James, «ma è ottimo per gli affari». Mi guarda e aggrotta la fronte. «Tutto bene, Steph?»

«Cosa, perché?», chiedo, un po' nel panico.

Si indica la faccia. «Sei tutta rossa. Come se avessi la febbre».

«Oh», faccio e poi affloscio un po' le spalle, tentando di cavarmela così. «Sì, non mi sento molto bene».

«Te l'ho detto, lavori troppo», mi prende in giro.

«Lo so, lo so», replico. Vorrei ricordargli che mi sono presa lo scorso weekend per poter andare al Sea Ranch con loro e che adesso sto per assumere qualcuno che mi alleggerisca il carico, ma d'un tratto non mi va di cominciare una conversazione con lui. Voglio solo parlare con Linden, pensare a Linden, scoprire qual è il prossimo passo, se sono abbastanza coraggiosa da farlo e se alle sue promesse seguiranno le azioni.

Forse Linden lo percepisce perché mi mette una mano sulla spalla e, proprio come ai vecchi tempi, dice: «Okay, Baby Blue, James ha ragione. Non hai un bell'aspetto. Ti chiamo un taxi».

«Coraggio», mi esorta James mentre prende il telefono e mi porge la giacca, che gli avevo fatto mettere dietro al bancone. Me la infilo e gli faccio ciao con la mano mentre il centralino lo tiene in attesa. Poi Linden mi prende per un gomito e mi accompagna oltre la porta.

Fuori alcune persone stanno fumando e ridendo tra mulinelli di nebbia e so che ci vorrà qualche minuto prima che arrivi un taxi. Non posso fare a meno di chiedermi se sto davvero per essere spedita a casa, ma poi Linden fa scivolare la mano lungo il mio gomito fino a prendere la mia. Me la stringe e non la lascia andare.

«Vengo con te», dice e i suoi occhi brillano alla luce dei lampioni. «E andremo prima da me. Tanto perché tu lo sappia».

«E James?».

Piega la testa con aria riflessiva. «Non voglio che James sia coinvolto in ciò che stiamo per fare. Non voglio mandare a puttane la nostra piccola trinità. Ma io che ti accompagno a un taxi, diamine, noi due che dividiamo un taxi, è una cosa che abbiamo già fatto un milione di volte. Non è cambiato niente, Steph. Sarà solo migliore».

Niente è cambiato, ma il vecchio Linden, il mio amico Linden, non mi insidierebbe sui sedili posteriori di un taxi.

Anche se non è affatto quello che succede. Quando finalmente la macchina arriva e saliamo a bordo, c'è una considerevole distanza tra noi. Ero convinta che avrebbe approfittato dell'occasione per finire ciò che ha cominciato, ma si limita a guardare fuori dal finestrino le file di case e il chiarore arancione della nebbia che riflette le luci della città.

È un viaggio in taxi imbarazzante e non mi piace sentirmi così in sua presenza. E poi mi rendo conto di quanto sono sudaticci i miei palmi e quanto mi rende dannatamente nervosa ciò che potrebbe accadere – sto davvero per fare sesso con Linden? Mi sento più una ragazza che una donna.

Chissà se è nervoso anche lui. Sembra così disinvolto e calmo, non che questo sia strano, non per lui.

Quando il taxi accosta davanti al suo appartamento, paga l'autista e poi mi prende per mano, conducendomi su per le scale fino all'ingresso. Non è così tardi, ma i nostri passi riecheggiano e mentre striscia la chiave elettronica mi giro a guardare la strada. È sinistramente silenziosa, la nebbia ovatta i suoni della città. Fa sembrare tutto fuori dall'ordinario.

Forse in questo momento è davvero tutto fuori dall'ordinario.

Capitolo quattordici

Stephanie

Linden mi conduce per mano lungo il pianerottolo al suo appartamento al primo piano, e anche se sono già passata un milione di volte davanti a queste pareti bianche con le vistose targhe dorate con i numeri degli appartamenti e il pavimento piastrellato, adesso sembra tutto diverso.

Sembra nuovo.

È tutto così nuovo.

Ci fermiamo davanti alla sua porta e quando lui infila la chiave nella toppa, mi sfugge: «E se fosse tutto uno sbaglio?».

Si ferma e gira adagio la testa per guardarmi. «*Tu* pensi che sia uno sbaglio?».

Mi mordicchio il labbro per un momento e cerco di ascoltare il mio cuore. *Penso che sia uno sbaglio?*

«No», rispondo piano. Per reazione, il cuore comincia a battere forte. «Ma non vuol dire che non abbia paura».

Lui apre la porta, la schiude e poi si gira verso di me. Ha la fronte aggrottata, lo sguardo dolce e indagatore. «Baby Blue... sono *io*».

«Lo so», replico. «Ma se... ma se non funzionasse?»

«Funzionerà», mi assicura. Ma non so se condivido la sua sicurezza.

«È solo che non voglio che ci scoppi in faccia, che distrugga quello che abbiamo. Non voglio perderti».

Mi prende la mano e mi attira a sé. «Non mi perderai», dice, guardandomi dall'alto. «Lo prometto».

Voglio così tanto credergli. Ho bisogno di credergli. «E se fossi tu a perdere *me*?».

Mi sorride, stringendomi forte. «Allora non ti lascerò andare».

Mi attira ancora di più a sé e apre la porta, facendomi entrare.

Tutte le luci sono spente, a parte quella in cucina, sulla sinistra. L'appartamento è investito da barlumi di quella luce fioca, il pavimento scuro, in noce, le pareti dipinte in un grigio scuro. Adesso tutto sembra più misterioso, più pericoloso. Questo non è più l'appartamento del mio amico, questo è l'appartamento di un uomo che ancora non conosco bene.

Una volta dentro, fa un passo verso di me spingendomi contro la porta chiusa. Mette le mani a entrambi i lati della mia testa, e resta a guardarmi, le labbra a pochi centimetri dalle mie, i nasi che quasi si toccano.

Non respiro. Non mi muovo. Mi limito a guardare le sue labbra piene, gli occhi roventi e colmi di desiderio. Sono consapevole di quanto sia imponente, come mai mi era accaduto prima. Le sue mani, le braccia, le spalle, il torace, l'altezza. È così grande e io mi sento così piccola, così facilmente preda.

Voglio essere la sua preda.

Si protende fino a che la punta del suo naso sfiora il mio. «Questo momento», dice con la voce roca e chiude gli occhi. «Questo momento».

È un momento. E prima che io possa capire che tipo di momento sia per lui, mi bacia. È molto delicato, leggero, come una piuma. È un preludio di bacio, un aperitivo. Ma, malgrado tutto il suo calore e la sua delicatezza, il modo in cui le sue labbra indugiano allettanti sulle mie, mi scioglie. Come se fossimo legati insieme, questo bacio è il coltello che mi libera lentamente.

Sto per aprire la bocca, per averne di più, quando lui si scosta di qualche centimetro. Sussurra a fior di labbra: «Voglio prendermela comoda. Ho aspettato fin troppo perché finisca in un minuto». Fa scivolare una mano sulla mia nuca e stringe.

«Voglio godermi ogni centimetro del tuo corpo fino a che implorerai di avere sollievo. Poi, ti scoperò così forte, così *bene*, che continuerai a sentirmi dentro di te anche dopo giorni».

Sono morbida creta plasmabile. Sono priva di pensiero e controllo. Sono solo corpo, sangue e bisogno. Mi solleva da terra e mi porta attraverso l'appartamento come se non pesassi nulla. Non sono che una bambina tra le sue forti braccia.

Nella sua camera, la luce dei lampioni filtra dalle tende sottili e illumina il letto. Sembra una piattaforma di atterraggio.

Mi depone delicatamente sulla trapunta bianca, con sotto lenzuola nere, e si ferma ai piedi del letto. Si sfila la maglietta e la getta sul pavimento.

Ho già visto Linden a torso nudo ma questa è la prima volta che posso liberamente mangiarmelo con gli occhi. Cioè, come si può non farlo? È incredibile che non gli abbia messo le mani addosso prima, che non l'abbia leccato dalla testa ai piedi.

Anche se c'è poca luce, vedo il suo torace ampio e tonico con peli ben curati alla Hugh Jackman, le spalle robuste e imponenti, le braccia come tronchi d'albero, con muscoli guizzanti. Gli addominali sono ben definiti, sembrano scolpiti, decisamente una tartaruga, e scendono fino al pube. Non riesco a staccare gli occhi da lui, da ogni centimetro virile di questo uomo maestoso.

Voglio tutto il suo peso sul mio corpo, voglio sfiorarlo con le dita, con la lingua, con le labbra. Lo voglio così fottutamente tanto che il bisogno mi fa quasi tremare.

Ricambia il mio sguardo, un leggero sorriso compiaciuto sulle labbra, e lentamente si tira giù la lampo dei jeans. Cadono a terra, rivelando le sue cosce muscolose. Indossa boxer scuri aderenti che mettono in mostra tutta la sua erezione che spinge contro la stoffa.

Dolce Signore.

Si prende il pene per un secondo e lo strizza. Resto a bocca aperta. Poi si toglie i boxer e per un momento resta così, completamente nudo, con il pene che sporge davanti a lui e in bella mostra.

Il suo uccello è perfetto. Fottutamente perfetto. Non riesco a smettere di fissarlo. Non è solo enorme (e in senso positivo, non del tipo che ti infilzerebbe l'utero), è liscio e spesso, lungo e duro e perfettamente proporzionato. È il pene più stupendo che abbia mai visto e vorrei tanto saper dipingere, perché dedicherei un'intera galleria alla bellezza del suo uccello e sicuramente i miei quadri andrebbero a ruba.

«Ti piace quello che vedi?». Adesso sta sorridendo compiaciuto.

«Non lo so, magari dovrei guardare meglio», rispondo e automaticamente mi metto a sedere e mi protendo verso di lui. Gli appoggio le mani sui fianchi lisci e lo tiro verso di me. Avvolgo le mani attorno al suo spessore. Il suo uccello sembra fatto di durissimo velluto e so che sembro pazza, arrapata e famelica. È difficile credere a quanto in fretta sono passata dall'essere sua migliore amica a quella che adesso gli tiene in mano l'uccello, ma niente di tutto ciò sembra minimamente sbagliato.

Anzi, rimpiango già di non averlo fatto prima.

«Tocca a te», dice. Mi rendo conto che mentre lui è nudo in tutto il suo splendore, io sono completamente vestita. Non mi dispiace questa piega degli eventi, ma so anche che prima mi levo i vestiti di dosso, prima potrà mandarmi in estasi. E a giudicare dallo sguardo nei suoi occhi, è esattamente ciò che ha intenzione di fare.

Mi allungo un po' all'indietro, consapevole dei rotolini sulla pancia e felice che la luce sia bassa e lusinghiera, e cerco di togliermi con grazia la maglietta. Ma lui è più veloce. Me la strappa via e la getta dall'altro lato della stanza, poi passa un secondo netto a fissarmi il petto prima di togliermi il reggiseno. I miei seni si riversano liberi, pesanti, e lui geme soddisfatto alla vista dei capezzoli che si inturgidiscono all'aria fresca.

«Proprio come pensavo», mormora. Poi striscia carponi

sul letto, nudo, e io sono distesa sotto di lui. Abbassa la testa e lecca dalla rotondità di un seno fino a un capezzolo, dove con la lingua stuzzica, solletica, assapora in larghi cerchi, così calda, così bagnata.

Mentre mi strizza il seno con una mano, tormentandomi il capezzolo con il dito fino a farmi gemere di desiderio, con l'altra mi sbottona i pantaloni e scivola dentro.

«Cristo», mormora rauco. «Sei fradicia».

Rotea un dito attorno al clitoride e io sollevo i fianchi, vogliosa. Lui mi accontenta, facendo scivolare in basso le dita fino a che ne infila due dentro di me, mentre il pollice preme sul punto giusto, tracciando lenti cerchi.

Risucchio una boccata d'aria, il corpo già rigido per la tensione. «Se continui così, verrò all'istante», riesco a dire.

«Allora vieni», replica lui, con le labbra adesso sull'altro seno. «Tanto ti farò venire di nuovo».

«Sembri così sicuro di te».

Mi guarda, il mio capezzolo tra i denti, gli occhi fissi sui miei e saldi. Conosco questo sguardo. È il marchio di fabbrica di Linden: pura e assoluta sicurezza.

Ma non ho mai avuto davvero dubbi.

Mi morde delicatamente il capezzolo, poi più forte, una deliziosa combinazione di piacere e dolore. Le sue dita vanno più in profondità, fino a trovare il sodo cuscinetto del punto G, dove applica una rapida pressione intermittente. Non so bene neanche cosa sta succedendo ma non riesco a trattenermi ancora a lungo. Tira fuori le dita e deve solo sfiorarmi il clitoride per scatenare il mio orgasmo.

Inarco la schiena e lui geme contro il mio seno mentre il mondo intero turbina e io mi tuffo in un grosso mare di estasi e puro piacere si irradia da ogni singolo osso.

«Oh Dio», gemo stringendo le lenzuola tra le mani. «Non fermarti».

«Non mi fermo, piccola. Continuo per tutta la notte».

Le ondate di piacere continuano fino a che la stanza smette di muoversi. Linden è ancora sopra di me, la sua bocca risale dal mio seno imperlato di goccioline fin sulla clavicola. Mi sta guardando, quasi in ammirazione.

«Cosa?», gli chiedo.

«La tua faccia».

Ho il respiro affannoso, la faccia bollente per l'orgasmo. «Cos'ha la mia faccia?»

«È solo che non ti avevo mai vista venire», risponde. «È più bella di quanto pensassi». Si tira un po' su, reggendosi sui gomiti a ciascun lato della mia testa, affondando le mani nei miei capelli, poggiando quasi tutto il peso su di me. La sua pancia è contro la mia, il suo pene preme sul mio pube. Così semplice eppure così gratificante.

Non sono abituata a ricevere simili complimenti da lui. «Non metterti a fare il mollaccione con me», lo ammonisco, quasi per scherzo.

«Piccola», dice, baciandomi il mento e premendosi su di me. «Hai sentito quanto sono duro? Non c'è niente di molle in me».

Su questo ha ragione. Anche se sono appena venuta e mi sento ancora la testa leggera, non c'è niente che voglio di più che aprire le gambe e sentirlo spingersi dentro di me.

Come se mi avesse letto nel pensiero, mi bacia con forza sulle labbra e poi si sporge verso il comodino. Apre un cassetto e ne tira fuori una scatola di profilattici.

Si mette a sedere, a cavalcioni sulle mie cosce, e lo guardo aprirne uno e infilarlo sulla dura asta del suo uccello. Una scena sexy, fidatevi.

Anche se prendo la pillola, sono felice che abbia pensato a una cosa tanto intelligente. È strano, eppure confortante, stare con qualcuno di cui conosci la lunga storia di relazioni e storie da una notte e via.

«Sai quando prima mi hai afferrato?», sussurra. «Fallo di nuovo. Guidami dentro di te».

«Va bene», acconsento timidamente. Mi mordo il labbro e gli sorrido, mentre lui tira in dentro gli addominali così posso allungare la mano. Avvolgo le dita attorno al suo uccello e lo guido nel posto giusto. Lui chiude gli occhi e risucchia una boccata d'aria prima di spingersi dentro.

Resto senza fiato. Per un momento ho come la sensazione di spaccarmi, ma quando lui si ritrae e spinge di nuovo, i miei fianchi si abbassano, il mio corpo si rilassa e si adatta a lui. Calza come un fottuto guanto dentro di me, così spesso, facendomi sentire meravigliosamente, incredibilmente piena.

E poi all'improvviso divento consapevole che Linden è dentro di me, *Linden*. Siamo nudi e lui è dentro di me e mi sta scopando sul suo letto.

Linden mi sta scopando.

Dio, scopa bene.

Geme nel mio orecchio a ogni spinta, lenta e deliberata. «Sembri fatta di miele», mormora, mordendomi il labbro prima di gemere ancora, mentre affonda completamente e resta dentro per qualche tormentoso istante. «Così calda, così perfetta. Sei così fottutamente perfetta». Si scosta per guardarmi. «Non riesco a credere di averti».

Non mi hai sempre avuta?, vorrei dirgli. Ma, d'altro canto, non sono sicura di averlo saputo nemmeno io.

Scivola dentro e fuori di me senza sforzo, con il respiro che si fa più affannoso, il sudore e il calore che aumentano. Il suo uccello mi riempie completamente e le sue dita si muovono come se conoscessero il mio corpo meglio di me. Per tutto questo tempo, Linden rimane padrone della situazione, il ritmo è perfetto, veloce e forte e poi dolorosamente lento. Sto per venire di nuovo, inarco il collo quando lui si ritrae per affondare ancora di più. Dentro e fuori. Dentro e fuori. Poi rallenta e si tira fuori completamente.

«Aspetta», dice dolcemente. Toglie la mano dalle mie gambe e la fa risalire sul mio petto, bagnandomi di me stessa. Abbassa la testa e lecca fino a che la sua bocca è tra i miei seni. «Amo il tuo sapore», sussurra. «Cazzo, è così buono, piccola». Poi mi mette una mano sotto la spalla e dice: «Mettiti a pancia in giù. Culo in aria».

Non sono abituata a cambiare posizione durante il sesso e lui deve vedere la mia espressione preoccupata perché sorride. «Te l'avevo detto che me la sarei presa comoda. Verrai di nuovo e quando lo farai, sarà esplosivo. Fidati».

Immagino che la cosa mi stia bene. Mi giro e lui mi mette le mani sui fianchi, tirando a sé il mio sedere mentre viene avanti. «Ecco, piccola, così», mormora, strizzandomi la pelle.

Entra con facilità e da questa angolazione tutto cambia. Si piega in avanti, il duro torace umido che mi preme sulla schiena, e mi sussurra all'orecchio: «Abbassati, più giù che puoi. Tieni su il culo».

Mi tira ancora più su e mi penetra.

Oh, Gesù.

Ricordate quando parlavo di James e del fatto che probabilmente una delle ragioni per cui stavo con lui era il sesso fantastico? Sapete, quel magico piercing che ha per colpire il punto speciale?

Be', Linden non ha un piercing magico, ma comincio a pensare che il suo uccello sia magico, perché sta colpendo qualcosa che fa venir voglia alle mie ginocchia di cedere all'istante.

«Così», dice e comincia a sfregarmi il clitoride mentre si muove dentro e fuori. Ogni volta che è dentro, non riesco a trattenere un verso strozzato. Poi i versi si trasformano in gemiti e il mio respiro va fuori controllo, e lui continua a spingere, affonda, sempre di più. La stanza si riempie dell'acuto sibilo del suo respiro, dei suoi mugolii di piacere, del rumore delle sue cosce che sbattono contro le mie.

«È così bello», geme. «Tu sei così bella. Dio, amo scoparti. Il tuo corpo implora di essere scopato».

Ci vuole poco ed eccomi a mangiare letteralmente le lenzuola, cercando di trattenere me stessa e le parole che vogliono esplodere dalla mia bocca. Ci sono troppe emozioni e sensazioni che lottano per farsi largo dentro di me.

Qualcosa deve cedere.

Perciò lo faccio io.

È come se fossi travolta da un cavallone e venissi sommersa all'istante. Sto precipitando, in preda alle vertigini, mentre il corpo freme e trema e il mio mondo turbina in un mulinello di sollievo. Sono leggera, esausta, libera. E Linden grugnisce il mio nome, serrando forte le dita su di me, come se non potesse lasciarmi andare.

«Così fottutamente bello», sibila e poi lancia un grido quando aumenta il ritmo. Sento il suo corpo sussultare contro il mio mentre viene, i respiri rapidi e pesanti, le gocce di sudore che mi cadono sulla schiena. «Cazzo, piccola. Cazzo, cazzo, cazzo». Ogni parola che gli esce dalla bocca è sottolineata da profonde, forti spinte fino a fermarsi.

Sto ancora mulinando, nuotando, affogando per l'orgasmo più fottutamente profondo che abbia mai avuto, quando lui scivola lentamente fuori dal mio corpo e crolla sul letto. Mi mette un braccio sul petto, seppellendo la faccia nell'incavo del mio collo, respirando affannoso. È così sicuro, così intimo.

Mentre desiderio e voglia cominciano a fondersi con il resto delle mie ossa, un altro impulso sta crescendo dentro di me.

È stato così bello.

Troppo bello.

Il mio Linden.

È successo tutto con il mio Linden.

Non penso che sarò mai più la stessa.

No. *So* che non lo sarò. È impossibile, non dopo questo.

Non si torna indietro.

Ed ecco che mi sento colpire da un martello fatto di cuore e verità che sembra ridurmi in pezzi. Non voglio mai più stare con nessun altro. Non posso stare con nessun altro. Voglio

Linden e lo voglio per sempre. Gli occhi mi si riempiono di lacrime perciò li stringo forte e penso: *Sei tu, sei tu, sei tu. Per tutto questo tempo, sei stato tu.*

Non so se sta pensando la stessa cosa; mi sta delicatamente scostando i capelli dalla faccia, baciandomi la fronte, tra le sopracciglia, la punta del naso, le labbra, il mento. Dice, con voce bassa e roca: «Nove anni. Ho aspettato nove anni per questo. Nove anni per averti finalmente come ho sempre avuto bisogno di averti».

Spalanco gli occhi e lo guardo. I suoi sono così intensi, così sinceri che ho la sensazione di sprofondare ancora di più in questo letto, come se fossi di gomma e inebetita. Non riesco a crederci. Non riesco a credere che sia qui nudo, disteso accanto a me, che il mio corpo ancora pulsi dove c'era il suo uccello, che mi stia dicendo cose che ho solo sognato di sentire.

«E adesso che ti ho avuta», dice piano, asciugandomi con un dito una lacrima che non sapevo essermi sfuggita, «non voglio nient'altro».

Cerco di deglutire il groppo che ho in gola ma non ci riesco.

«Anch'io non voglio nient'altro», dico, ma le parole sembrano strozzate.

Mi rivolge un sorriso tenero e mi bacia sulla fronte. «La mia Baby Blue».

«Il mio Cowboy».

«Credo che ci divertiremo parecchio insieme».

Ha ragione. So che lo faremo.

Ma mentre mi addormento, nuda tra le sue braccia, mi rendo conto di quanto in fretta siano cambiate le cose. Una settimana fa eravamo amici. Adesso siamo amanti.

Sembra perfetto. Quasi troppo bello per essere vero.

E proprio per questo ho paura che possa essere così.

Ho paura che non sarà facile per noi.

Ho paura.

Capitolo quindici

Linden

Quando mi sveglio, non riesco a credere ai miei occhi. Anzi, sono tentato di darmi un pizzicotto per essere sicuro di non stare ancora sognando. Perché, diavolo, se è stato un sogno, è stato il migliore che abbia mai fatto.

Ma non è un sogno. Accanto a me, nel mio letto, nel caos di coperte e lenzuola, c'è una stupenda donna, perfetta, distesa, con la schiena rivolta verso di me. La curva dei suoi fianchi dovrebbe essere immortalata in un quadro classico. Ma nessuna donna mai raffigurata ha un sedere come il suo. Nessun altro ha quello che ha lei.

Ecco perché Steph è unica.

Cazzo. Non riesco a credere di essere andato a letto con lei ieri sera. Stephanie Robson, cazzo.

Ghigno tra me. Non posso farne a meno. Per poco non mi metto a ridere, solo perché sono così stramaledettamente fortunato e la cosa non mi è sfuggita affatto. No, con il suo perfetto corpo sinuoso e pieno nel mio letto, sono inondato dalla fortuna, schiaffeggiato dalla fortuna.

Ed è stato meglio di quanto immaginassi. Tutti questi anni a masturbarmi pensando a lei, a scopare altre ragazze pensando a lei, tutti i sogni che ho fatto… niente di tutto questo si può paragonare a ciò che è stato veramente. Il suo sapore, essere dentro di lei, i suoi occhi e il fatto che brillassero come una mattina d'estate quando è venuta. Nessuna fantasia è paragonabile a com'è davvero Stephanie.

«Mi stai guardando il sedere?», mormora senza muoversi, e ho un piccolo sussulto al suono della sua voce.

«Ehm, sì», ammetto. «Ma se potessi vedere il tuo sedere, lo fisseresti anche tu».

Si gira adagio e batte le palpebre per via della luce che filtra dalle finestre. Sì, è una bellissima mattina, perfino il fastidioso clima di San Francisco è d'accordo. «Ciao», dice sonnacchiosa.

«Ciao», le rispondo, ghignando come un idiota. Mi avvicino di più annullando la distanza tra di noi, e la mia erezione mattutina fa sapere di esistere premendo contro il suo fianco.

«Che ore sono?», domanda.

«Non importa», le dico. Non voglio che abbia scuse per lasciare questo letto. «È domenica e sei a casa mia, il che significa che non dovremo fare altro che mangiare e scopare».

Inarca un sopracciglio dalla forma perfetta. Dio, è incredibile anche con la faccia impiastricciata di trucco. «È così? Non sono certa di aver dato l'autorizzazione».

«Sì che l'hai fatto», replico baciandole la spalla. «Quando stanotte mi hai scopato, hai autorizzato un sacco di cose».

«Non ricordo un contratto».

«No, ma hai detto che ero il tuo dio del sesso e che avresti fatto assolutamente ogni cosa per me». Le rivolgo un'occhiata eloquente.

Lei fa una piccola risata. «Questo non me lo ricordo affatto».

«Uhm», rifletto. «Be', forse sapevo che lo stavi pensando». Mi premo contro di lei, più forte. «Sai che ti conosco molto bene».

Un'espressione timida si affaccia nei suoi occhi e distoglie lo sguardo. Forse ci sto andando giù troppo pesante.

Le infilo una ciocca ribelle dietro l'orecchio. «Come stai?».

Sembra pensarci per un momento e fissa il soffitto. «Non lo so».

E questa risposta è un pugno gelido nel petto. «Non lo sai», ripeto.

Mi scocca un'occhiata contrita. «Voglio dire… sono felice.
Lo sono. Davvero. Sono solo stordita, credo. È successo così
in fretta e… non ho esperienza al riguardo».

«Andare a letto con gli uomini?»

«Andare a letto con gli amici. Con il mio migliore amico».

So cosa intende, ma per me non è così complicato. Stanotte
abbiamo fatto quello che ho sempre pensato fossimo destinati
a fare. Solo ci è voluta un'infinità di tempo per arrivarci.

Ma dopo nove anni di palle dure, avevo tutte le intenzioni
di godermi la ricompensa.

«Be', sono ancora tuo amico», le dico. «Questo non è cambiato. Abbiamo solo aggiunto un extra».

«Perciò adesso siamo amici di letto?».

Faccio spallucce, anche se speravo in qualcosa di più. «Certo.
Se per te va bene. Ma devo dirtelo, questo segna una svolta».

«Diventerà complicato», osserva aggrottando la fronte.
Adesso capisco cosa la preoccupa davvero. A dire la verità è
ciò che preoccupa anche me.

Sta pensando a James.

«Probabilmente sì», convengo, tirandole una ciocca di capelli. «Ma succede in qualsiasi relazione, no?»

«E James?».

Sospiro. «Be', James potrebbe essere un problema». E mi
chiedo se sospetti la stessa cosa che a volte sospetto anch'io,
che lui sia ancora innamorato di lei. «Perché pensi che lo
sarà?»

«Non penso che sarà un problema di per sé. Solo che non so
se ho voglia di dirgli cosa sta succedendo. Sa essere un po'…
strano riguardo a certe cose. Non so, magari potrebbe sentirsi
escluso. So che diventa sospettoso quando usciamo insieme
a volte, solo io e te».

Il cuore mi batte nel petto in lenti tonfi. «Davvero?».

Lei annuisce. «Sì. Ma ha i suoi problemi, sai? Cioè, entrambi
gli vogliamo bene, non fraintendermi. Lui è James. Ma…

non lo so. È solo un po' sensibile e penso che se facessimo all'improvviso i piccioncini davanti a lui...».

«*Piccioncini?*».

Mi ignora. «Se ci comportassimo in modo diverso davanti a lui, se cambiassimo la dinamica della nostra amicizia, noi tre...».

«Ma lui sa del nostro patto. Questo non sarebbe molto diverso».

«Lo so. Ma lui pensa che il patto fosse una stronzata. Una cosa che ti sei inventato per divertirti».

Aggrotto la fronte. «È quello che hai pensato anche tu?».

Lei serra le labbra imbarazzata. «Forse. Ma non lo era, vero?».

Scuoto la testa. «No. Non lo era affatto. Ero serio».

«E lo sei ancora?».

Annuisco. «Sì. Ma adesso siamo ancora all'inizio, giusto?»

«Ed è qui che le cose si faranno complicate».

Ha ragione, ma non voglio pensarci, non in questo momento. Voglio solo godermela così, così e basta, e non dovermi preoccupare del quadro generale o di rovinare un'amicizia. Forse abbiamo solo bisogno di tempo.

«Che ne dici di tenerlo segreto?», propongo. «Come ho detto ieri sera. Quindi, sta' attenta, va bene? Con gli altri e soprattutto con James. Godiamoci la cosa, solo noi, e concentriamoci su tutto il sesso bollente che faremo invece che sull'eventualità che James si senta di troppo. E poi lui ha Penny e quello che facciamo in privato non lo riguarda».

Sembra aprirsi a queste parole. I suoi occhi brillano di più. «E poi cosa succede?».

Le passo le dita sul punto morbido della clavicola, fino in mezzo ai seni, poi ne afferro uno. «Ci penseremo quando sarà il momento. Sono certo che prima o poi accadrà. Ma, fino ad allora, ci siamo solo tu e io. Ti conosco, Steph, meglio di quanto pensi. Ma ancora non so tutto». Lascio che le mie dita scendano fino a metà del suo stomaco e attraverso il pube depilato, poi mi fermo. «Voglio sapere cosa ti eccita. E cosa no. Tutte le cose segrete che non hai mai osato dirmi. Voglio conoscerti da questo punto di vista. Voglio entrare nel profondo».

Detto ciò, abbasso la mano e infilo le dita tra le sue pieghe. È già bagnata. Si adatta perfettamente al mio alzabandiera. Ghigno. «Mi vuoi nel profondo?».

Lei ricambia il ghigno. «Cosa ti avevo detto riguardo l'essere sdolcinato?».

Alzo gli occhi, fingendo di pensarci. «Tipo che ti piaceva?».

Si morde un labbro e lo prendo come un segno che vuole che lo morda anch'io. Mi metto sopra di lei, amando questa vista dall'alto.

Mi passa le mani lungo i fianchi, sulle braccia e poi scende sulla schiena. Si ferma poco più su delle natiche e preme. «Wow, che fossette hai qui».

«Colpita?»

«Molto! Le fossette sul fondoschiena sono una specie di ossessione».

«Tu sei una specie di ossessione», dico tutto d'un fiato. Calma, Linden. Accidenti, da quand'è che sono tornato adolescente?

«Una specie?».

Comincio a baciarle il collo, godendomi il sapore della sua pelle, il suo odore naturale, dolce e muschiato. «Sei la mia ossessione. Punto».

Mi sposto all'indietro, scivolando con le labbra dalla clavicola fino alla fine del busto. Lei freme sotto di me trepidante, proprio come io già pregusto il suo sapore. Ne ho avuto solo un assaggio questa notte, ma subito ho desiderato di più, le sue labbra bagnate sulle mie.

Con la lingua seguo il profilo di ciascuna anca e poi sprofondo la faccia tra le sue gambe. Il suo odore muschiato mi fa contrarre l'uccello, che desidera disperatamente essere dentro di lei, ma prima accontento la lingua.

Ha un sapore incredibilmente buono. Non sono mai stato tipo da sottrarsi dal mangiare una passera, ma c'è qualcosa in Stephanie che la rende superiore a tutte le altre. Il suo sapore dà dipendenza, come sale dolce, e gemo dentro di lei mentre la mia lingua rotea attorno al suo clitoride prima di spingersi a fondo.

Diventa sempre più bagnata ogni secondo che passa, ha le mani tra i miei capelli e mi tira a sé, le gambe spalancate, in preda al desiderio. Mi allontano, volendo stuzzicarla, e mi metto a soffiare su di lei fino a farla mugolare.

«Di' per favore», le ordino burbero.

«Per favore», obbedisce lei, e amo che non ci sia esitazione nella sua voce. Mi chiedo quali altre cose riuscirei a farle dire. La mia mente parte al galoppo.

Ma prima voglio farla venire, poi voglio penetrarla e farla venire di nuovo. La attacco con la lingua, muovendola ritmicamente dentro e fuori dalla sua carne contratta, e ben presto viene, le cosce strette attorno alla mia testa, la pelle che freme sotto la mia lingua.

Sorrido con la bocca ancora su di lei e alzo lo sguardo. Sta stringendo le lenzuola con tutte le sue forze, la schiena inarcata e la bocca perfetta aperta. Mio Dio, ho una voglia disperata di infilarci dentro l'uccello, ma non sono tipo da forzare le cose. Se vorrà ricambiare il favore, potrà farlo.

Anzi, da come lo stava guardando ieri sera, non ho dubbi che lo farà.

Ho già detto quanto sono fortunato?

Mentre è ancora distesa sul letto, riprendendosi dallo sballo con respiri pesanti, prendo la scatola di preservativi sul comodino e ne infilo subito uno. A un certo punto dovremo farci il test, così potremo smettere di usarli. Non ho problemi a praticare il sesso sicuro, ma non c'è sensazione migliore di mollare il carico dentro a qualcuno e guardarlo colare dalle sue gambe. Il sesso incasinato è sempre il sesso migliore.

Torno tra le sue cosce, le afferro e la tiro verso di me, tenendole le gambe sollevate. Mi posiziono all'entrata, così bagnata e pronta per me che non riesco a trattenere un piccolo gemito.

«Voglio scoparti per bene la fica bagnata, piccola». Mi mordo il labbro e la guardo mentre mi spingo dentro. Lei sgrana gli occhi, sorpresa dalle mie parole o dal mio uccello che entra, non lo so. Credo da entrambi.

Cazzo, se è fantastica. Non riesco a immaginare come sarà sentirla davvero con la mia pelle, centimetro dopo bagnato, stretto, centimetro. Parlare del test adesso è fuori luogo, perciò rimando a dopo.

Abbasso lo sguardo sul punto da cui la penetro, le sue gambe tra le mie mani, il suo culo che mi guida più a fondo. Non c'è mai stata vista più sexy di questa per un uomo, specialmente trattandosi di Stephanie. I suoi seni pieni ondeggiano a ogni spinta e, quando comincio ad andare più veloce, cominciano a sobbalzare. I suoi occhi brillano, incantati e forse solo un pochino timidi.

Amo poterle fare questo.

Ma amo di più quando viene. L'espressione sul suo viso è pura luce di stelle.

Le infilo le dita in mezzo alle gambe. So di averle dato un orgasmo vaginale la scorsa notte e se le tiro su il culo con un cuscino, forse potrei riuscirci di nuovo. Ma le mie mani sono esperte e il suo corpo reagisce bene al mio tocco, come per istinto, come se mi appartenesse. Comincio ad accarezzarle il delicato clitoride e lei è così dannatamente sensibile, sta già fremendo sotto di me, il petto che si solleva, le labbra che si schiudono.

Voglio essere tutto per lei. Voglio essere il migliore e l'unico. Voglio che mi desideri, che mi brami, che si strugga per me, per tutto il fottuto tempo. Voglio che sappia com'è e voglio sapere com'è essere desiderati da *lei*.

Arriviamo lentamente a un crescendo. Rispetto alla notte scorsa, ce la prendiamo comoda, godendoci il ritmo, i nostri corpi, quello che ciascuno prova. Vorrei che durasse per sempre e, al tempo stesso, voglio solo venire immediatamente dentro di lei. Voglio guardare la sua faccia cambiare e che quella meravigliosa vulnerabilità prenda il sopravvento.

Voglio essere l'unico uomo a guardare quell'espressione. Voglio che sia mia per sempre.

È lei la prima a venire. È bellissimo. La sua pelle, luccicante di sudore, sembra brillare davanti a me, la sua bocca aperta e vogliosa che grida il mio nome, il mio nome che sembra così maledettamente incredibile pronunciato con così tanto desiderio. Sussulta di sollievo, cavalcando l'onda, e mi colpisce quanto sia speciale. Penso che ci vorrà parecchio tempo prima di rendermi finalmente conto di cosa ho e che finalmente ho lei.

Poi vengo ed è come se mi riversassi dentro Steph, dandomi in modi che non riuscirei neanche esprimere. È al tempo stesso ipnotico ed elettrizzante, e fa comparire il più grosso dei ghigni sulla mia faccia.

«Cosa ti fa sorridere?», chiede compiaciuta sotto di me.

«Tu», rispondo, rifiutandomi di cancellare il ghigno dalla faccia. «La risposta sarai sempre tu».

Mi rivolge un'occhiata ritrosa e poi afferro l'orlo del profilattico, assicurandomi che non scivoli mentre esco. Lo annodo rapidamente e lo getto via prima di rimettermi a letto.

«Dio, adoro le mattine», le dico, attirandola verso di me.

È così inerme e ubriaca di orgasmo da essere quasi malleabile. La stringo forte a me, sentendo il sudore raffreddarsi contro la sua pelle. Anche se ho tutte le intenzioni di alzarmi e fare colazione, l'estasi post-sesso è troppo allettante per muoversi.

Sono mezzo addormentato quando sento le sue dita sfiorarmi l'interno delle braccia, sui tatuaggi.

«Sai», dice piano, «non ho mai sentito la storia che c'è dietro queste citazioni. Ce n'è una? Ricordo che un giorno non avevi tatuaggi e poi il giorno dopo sì».

Sorrido tra me. Tutti sanno che amo Charles Bukowski, perciò nessuno ha fatto domande sulle citazioni che ho scelto quando sette anni fa mi sono fatto tatuare. Hanno tutti pensato che mi piacessero e basta.

E mi piacciono. Ma c'è molto di più e Steph, tra tutti, sembra se ne sia accorta.

Leggo quella sul braccio sinistro. «"Lei è pazza ma è magica. Non c'è menzogna nel suo fuoco"». Leggo quello destro. «"L'anima libera è rara, ma la riconosci quando la vedi"». Anche se il tatuaggio si ferma lì, continuo e le spiego il resto. «In pratica perché stai bene, molto bene, quando stai con un'anima simile nelle vicinanze».

Lei annuisce, apprezzando. «Sono parole bellissime dette da un alcolizzato».

«Gli alcolizzati hanno sempre scritto la poesia migliore».

«Quindi sono i tuoi versi preferiti?».

Accosto le labbra alla sua fronte. «Mia cara Baby Blue. Entrambe queste citazioni riguardano te». Mi fermo mentre lei appare scioccata. «Ehi, visto, sono un poeta anch'io».

«Me?», chiede. L'espressione sul suo viso è adorabilmente impagabile. Non avevo mai avuto intenzione di dirle la verità ma adesso che l'ho fatto, mi sento incredibilmente libero. Più o meno come la sua anima.

«*Te*», confermo. «Come ho già detto, mi hai rapito tanto tempo fa».

Lei serra le labbra. «Penso di preferirti sdolcinato». Ma vedo nei suoi occhi che questo la fa riflettere, nel miglior modo possibile.

«Porta qui la tua anima», le dico e la attiro a me. Nel giro di qualche momento, ci addormentiamo. So di avere un sorriso sul viso.

Qualche ora più tardi, dopo esserci svegliati e aver fatto una lunga doccia (niente è come il sesso sotto la doccia per cominciare bene la giornata), finalmente stiamo preparando la colazione.

Be', in realtà sono io a prepararla per lei – uova strapazzate con olio al tartufo. Fidatevi, è divino. Le metto il piatto davanti con un piccolo gesto teatrale e le faccio un espresso con la mia macchina per il caffè.

«Deve esserti costata una fortuna», osserva guardando la macchina dorata. Beve un sorso e sospira. «E la vale tutta».

In realtà la macchina per l'espresso è stata un regalo dei miei genitori. Tendono a darmi un sacco di cose che dicono tanto senza in realtà dire niente. La macchina del caffè diceva "Ecco, questa costa un mucchio di soldi, speriamo che compensi il fatto che non ti abbiamo chiamato una sola volta nell'ultimo anno". Sapete, cose del genere.

«Già», convengo. «Speravo che mi aiutasse ad andare a segno con le donne. Immagino che abbia funzionato».

Mi rivolge uno scherzoso sguardo di rimprovero. «Sei un maiale».

«Mi hai già chiamato così».

«Ti calza a pennello, come una scarpa».

«I maiali non portano scarpe».

«Nei cartoni sì», mi fa notare. Prende una forchettata di uova e chiude gli occhi. È quasi come guardare di nuovo la sua faccia in estasi. «Oh, mio Dio. Sono le uova migliori che abbia mai mangiato».

«Solo il meglio dal meglio», replico.

«Non dirmi che le hai deposte tu».

«Posso dirti cosa ho deposto e non si tratta di quelle uova».

Lei guarda il soffitto e scuote la testa. «Che scemo».

E ha ragione. Solo non speravo che se ne accorgesse così in fretta.

Dopo aver finito di mangiare, ci mettiamo sul divano come al solito. Ma invece di stare seduti io da una parte e lei dall'altra, stavolta posso prenderla su di me e insidiarla di continuo. Non so bene quale sia il record di rapporti sessuali in un giorno, ma questa dannata donna mi sta quasi sfinendo.

Quando ha finito di cavalcarmi e siamo, per il momento, entrambi soddisfatti, facciamo zapping annoiandoci un po'. È domenica e non c'è niente.

«È ironico il fatto che la domenica non ci sia niente in TV quando è il giorno in cui uno potrebbe stare a casa a guardarla».

Fa spallucce. «Già. A essere sinceri, quasi non so più cosa sia la domenica».

«Ma la domenica viene comunque».

«Già», dice con un sorriso malizioso. «E io vengo la domenica».

«Arguta».

«Ma no, la maggior parte delle domeniche vado a Petaluma a trovare mia madre. O faccio qualcosa per il negozio. Mi sento ancora in colpa per aver tenuto chiuso lo scorso weekend».

«Non fraintendermi», le dico, «ma preferirei che ti sentissi in colpa per sabato scorso e non per noi».

Il suo viso si addolcisce leggermente. «Oh. No. Linden. Non mi sento in colpa per quello. Era un gioco».

«Ma non lo era».

«Ma lo è stata per tutti gli altri. Sto male solo perché ci è voluto così tanto tempo, non so, per provarci, immagino. E naturalmente mi sento in colpa per aver preso in giro Aaron».

Mi metto a sedere con la schiena più dritta. «Ma tu non lo stavi prendendo in giro. Lui ti piaceva».

Annuisce. «Hai ragione. Mi piaceva. E alla fine ho fatto la scelta giusta. Senza dubbio. Lui è libero di fare quello che vuole. Io sono libera di farmi te. Ma, insomma, mi sento ancora un po' in colpa. Tu no, nei confronti di Nadine?».

Cavolo. Puoi ignorare una faccenda a lungo, ma una volta che ti viene ricordata, fa male.

«Già, mi sento in colpa», rispondo. «E ammetto di essere stato un grande egoista perché volevo te, Stephanie, e non riuscivo a pensare ad altro. Ma cosa dovevo fare? Quando mi sono reso conto di cosa provavo… Sapevo di non poter più stare con lei. Non potevo vivere una bugia. Forse avrei potuto negare la realtà a lungo, ma sapevo che prima o poi avrei dovuto troncare con lei. Conosco un sacco di persone che hanno relazioni di comodo o hanno paura di fare la parte del cattivo o sono solo dannatamente pigre. Ma nel momento in cui ho capito la verità, me ne sono tirato fuori. È stato uno schifo per Nadine, e sono sicuro che domani sarà l'inferno per me quando andrò al lavoro, ma continuo a difendere ciò che ho fatto. Può odiarmi quanto vuole, e lo farà, ma mi odierebbe di più se fossi rimasto con lei perché mi sentivo in dovere di farlo, non perché lo volevo davvero».

«Non devi darmi spiegazioni», dice. «Capisco. Ci sono passata anch'io».

Sospiro, sentendomi in subbuglio. «Lo so. È solo che ci sono un sacco di persone che mi puntano il dito contro in questo momento e non è una bella sensazione».

«Perché loro non capiscono. Perché sembra brutto».

«Ma *non* è brutto. Come può essere brutta una cosa che coinvolge te?»

«Perché quelle persone non mi conoscono e non conoscono veramente neanche te. E alcune persone non accettano la realtà. Alcuni pensano che sia nobile accontentarsi. Ma tu non sei così, Linden. Tu non sei come la maggior parte delle persone. Tu sei tu. E, devo ammetterlo, non ho lamentele da questo punto di vista».

Sembra così dannatamente bello avere qualcuno che ti sostiene.

«Sai cosa farò per te oggi?».

Lei serra le labbra. «Non saprei. Penso che tu abbia già fatto abbastanza per me».

«Ti porto in cielo».

«In cielo?».

Indico in alto. «Elicottero. Tu. Io. Adesso».

«Va bene, cavernicolo. Ricordi l'ultima volta che hai cercato di portarmi con pochissimo preavviso?».

Annuisco. «Sì. Ma allora era allora e adesso è adesso. Conosco un tizio che mi lascerà prendere il suo elicottero per un paio d'ore».

Sbuffa. «Tu conosci un tizio», ripete adagio, «che possiede un elicottero e te lo lascerà prendere».

«Sì. Si chiama Daryl».

Mi guarda per qualche istante e poi fa spallucce. «Ci sto».

È vero che conosco un tizio di nome Daryl che possiede un elicottero. Non sono del tutto sicuro che me lo lascerà prendere, ma l'ho sostituito parecchio ultimamente, portando in giro fotografi quando era troppo occupato, e penso di poter fare un accordo.

Mi scuso e vado in bagno a chiamarlo. Dieci minuti più tardi, dopo avergli promesso qualche lavoretto gratis nelle mie giornate libere, dice che mi dà l'elicottero.

Un'ora dopo, siamo a San Rafael e stiamo decollando.

Stephanie sembra assolutamente euforica ed è carinissima con le gigantesche cuffie. Inforco i miei occhiali da aviatore e per la prima volta dopo molto tempo, mi sento davvero alla grande. Sembra sempre che pilotare elicotteri sia il lavoro più fantastico e interessante al mondo, e diciamo che lo è. Tranne quando lo fai quasi ogni giorno per anni. Poi diventa solo un lavoro. Immagino che sia così anche per i piloti di linea.

Guardare Stephanie accanto a me mentre decolliamo è come vedere tutto attraverso i suoi occhi, come volare per la prima volta. So che ci è già stata con me qualche volta, ma adesso è diverso. È per noi. E mi fa sentire molto maschio.

A proposito…

Dopo aver fatto un giro su Point Reyes ed essere arrivati fino a Mendocino, indicandole il tratto di costa dove eravamo lo scorso weekend, le rivolgo un'occhiata eloquente mentre mi tiro giù la lampo.

«Linden», dice attraverso il microfono. «Che stai facendo?»

«UV, piccola», rispondo con un grosso ghigno. «Te l'avevo detto che un giorno sarebbe successo».

«Fai sul serio?».

Annuisco, ma nell'istante in cui mi mette la mano sull'uccello, tastandone i duri contorni attraverso i jeans, mi rendo conto che non potrebbe mai accadere senza morire entrambi in un orribile incidente.

Stringo i denti, assolutamente eccitato, ma in qualche modo ho la forza di dire: «Sai cosa, pensandoci bene…».

Mi sorride e toglie la mano. «È quello che pensavo».

«Mi sfianchi con la tua lingua, sai», le dico.

Lei continua a sorridere, soddisfatta di sé.

Ma quando riporto l'elicottero all'hangar di Daryl, cambia tutto. Non c'è nessuno in giro al momento e so che non ci vorrà molto.

«Mettiti sul sedile posteriore», le dico mentre i rotori decelerano lentamente.

Mi guarda incredula ma – che fottuto soldato che è questa ragazza – fa come dico. Non è proprio uccello in volo ma ci va abbastanza vicino. Non appena mi siedo, lei striscia carponi su di me, scuotendo in aria quel suo sedere e accarezzandomi attraverso i jeans. Ce l'ho avuto duro per tutto il tempo che abbiamo volato. Ma quando faccio per tirare giù la cerniera, lei mi schiaffeggia la mano con aria maliziosa.

«Io non credo», dice. «Voglio vedere quanto ti faccio eccitare».

«Oh, Baby Blue, tu sai rendermi intollerabilmente, dolorosamente eccitato. È una fottuta tortura».

«Bene», replica lei stringendomi con più decisione. Mi inarco contro il tessuto, struggendomi per avere altro. Lei sfrega la mia erezione, strizzandola nei punti giusti e dice: «Sento il tuo calore».

«Lo sentirai meglio se lo metti in bocca».

Finalmente, dopo quella che sembra una straziante eternità, abbassa piano la cerniera e me lo tira fuori. Il mio uccello è duro come cemento e scuro per tutto l'afflusso di sangue. Sorride delle goccioline sulla punta e le usa per lubrificarsi la mano, che fa scorrere abilmente su e giù.

Mi sfugge un verso strozzato, proprio come un ragazzino. Devo smaltire l'adrenalina del volo e sono troppo eccitato per resistere ancora a lungo. Ho la sensazione che una volta nella sua bocca bagnata, verrò all'istante. Probabilmente non me ne vergognerò.

«Ascolta, non voglio venirti in un occhio o cose del genere», la avverto senza fiato, «perciò se hai intenzione di fare qualcosa, sarà meglio che tu la faccia subito».

«Hai un uccello così perfetto», dice, mentre mi sporgo all'indietro e chiudo gli occhi, cercando di trattenermi. «Potrei scriverci una canzone».

«Non potresti scriverla e succhiarlo nello stesso momento?».

Poi sento le sue labbra chiudersi attorno alla punta e, all'improvviso, sono tutto dentro la sua bocca bagnata.

Vengo dopo appena qualche colpo, aggrappandomi ai sedili di pelle dell'elicottero, sibilando sottovoce: «Cazzo, cazzo, oh, piccola, che meraviglia».

Lei si scosta, ingoiando educatamente, e poi ghigna. «Questo è per il giro in elicottero», dice disinvolta.

Gemo mentre cerco di rimettermi seduto composto, con il pene che ancora pulsa. «Ne prendo nota. Porta Steph in volo ogni volta che puoi».

Si asciuga lentamente le labbra con le dita. «In realtà, non devi portarmi da nessuna parte».

«Quand'è che sono diventato così fortunato?»

«Quando hai accettato una sfida».

Le sorrido. «La decisione migliore che abbia mai preso».

Dopo la riporto a casa. Quando la lascio, provo emozioni contrastanti. Mi piace l'idea che la sto riportando a casa, quello che significa, come se avessimo avuto un primo appuntamento. Ma odio il fatto che non la vedrò per un po'.

«Vorrei che non dovessi lavorare così tanto», le dico mentre la Jeep è ferma con il motore acceso.

«Be', anche tu lavori», mi fa notare.

Sospiro. Sì. È vero. Con Nadine. Non sarà uno spasso. «Ma io lavoro qualche ora al giorno. A volte di più, ma tu ti spacchi la schiena per questo negozio, giorno dopo giorno. Sono preoccupato per te, sai».

Sorride dolcemente. «Non esserlo. È un periodo duro, tutto qui. Andrà meglio. Ho solo bisogno di assumere la persona giusta».

«Hai mai pensato di aprire un negozio online? Potrebbe essere un po' più facile».

Annuisce. «A volte. Ma le cose sono ancora così nuove, mi manca la sicurezza necessaria».

«Be', se mai dovessi aver bisogno di aiuto, io ci sono».

«Grazie».

«Dico sul serio. E non solo finanziariamente, sai, se hai bisogno di un prestito extra o cose del genere. Voglio dire… ti aiuterò a fare progetti, ti aiuterò a sognare. Sono qui per te».

Mi rivolge un rapido sorriso. «Grazie, Linden». E mi bacia, dolce e leggera, prima di saltare giù dall'auto. «Ci sentiamo domani».

«Sarà meglio», la avverto. Poi chiude lo sportello e se ne va. Merda, amo guardarla mentre si allontana. Aspetto fino a che è al sicuro dentro al suo palazzo prima di ripartire.

Penso che questo sia stato uno dei giorni migliori della mia vita.

Capitolo sedici

Stephanie

Sono passate tre settimane dalla prima volta in cui io e Linden abbiamo fatto sesso.

Probabilmente sono state le tre settimane migliori della mia vita. Non ho pensato nemmeno al calo di vendite dovuto allo schifoso clima di novembre.

Linden è tutto ciò a cui penso. Linden è in tutto ciò che faccio.

Naturalmente vado a lavorare tutti i giorni, sempre in cerca della persona giusta per il negozio. Lasciate che ve lo dica, assumere deve essere uno dei compiti più difficili al mondo. Ingenuamente, pensavo che sarebbe stato facile. Se la persona ha un curriculum fantastico, allora andrà alla grande.

Ma poi arriva il momento del colloquio ed è a quel punto che scopri che la maggior parte delle persone che fanno domanda per il lavoro sono zucche vuote. Una ragazza ha detto che voleva lavorare qui perché le piacciono i vestiti e lo shopping e in questo modo può fare entrambe le cose. Un'altra ha ammesso di aver rubato su un precedente posto di lavoro, ma ormai "ha passato quella fase" e non avrei dovuto preoccuparmi.

Perciò è una faccenda stressante. E immagino che anche nascondere la nostra nuova, uhm, relazione a tutti sia un po' faticoso.

A volte mi chiedo se ciò che stiamo facendo sia giusto. Mi sento in colpa per la minima cosa, e il fatto che spesso dobbiamo mentire a James, anche se si tratta di innocue bugie bianche su cosa abbiamo fatto la sera prima e cosa stiamo combinando, mi sembra terribilmente sbagliato. Non mi piace mentire agli amici.

Ma, lo ammetto, mi piace di più andare a letto con Linden.

Anzi, tutta questa storia si è rivelata una specie di dipendenza, in un senso serio, pericoloso e molto reale. Quando dico che Linden è tutto ciò a cui penso e in tutto ciò che faccio, è vero al cento per cento.

Per alcuni versi, sembra come se ci stiamo rifacendo di un sacco di tempo perduto, e immagino che sia così. Ma è anche la disinvoltura dell'intera faccenda. Scoparlo è così facile, naturale e necessario tanto quanto respirare, dormire, mangiare. Non mi sono mai sentita legata a qualcuno in modo così fisico in tutta la mia vita.

E la cosa che non voglio ammettere con nessuno, neanche con me stessa alle volte, è che non si tratta solo di sesso. Non è solo quello, per quanto mi sforzi di fingere che sia così. Non siamo amici di letto, siamo amici con qualcosa che la maggior parte della gente morirà senza conoscere. A volte vorrei dire che stiamo facendo l'amore, perché nonostante Linden possa essere parecchio sconcio, e i nostri rapporti parecchio focosi, siamo legati da un'allarmante intimità e tenerezza in tutto quello che facciamo.

Certo, io ho sempre voluto bene a Linden, proprio come voglio bene a molti dei miei amici. Ma con lui quest'affetto si sta tramutando in qualcos'altro, qualcosa di più profondo, migliore, più luminoso. C'è un altro strato nel mio affetto per lui e viene sempre di più alla luce ogni giorno che passa. È come aprire un regalo di Natale che hai sempre desiderato e scoprire che sotto c'è qualcosa di ancora meglio.

E scaturisce dal cuore, non solo dai lombi. In questi giorni il mio cuore è come una spugna che assorbe senza sosta fino a sgocciolare e contamina il mio sangue con un appiccicoso tipo di gioia.

Linden è i miei pensieri, la mia aria, la mia terra. Linden sta cominciando a diventare tutto per me.

Forse starò diventando un po' pazza, ma sono convinta che qualcuno lo chiamerebbe innamorarsi.

Un tuffo nella follia.

Splash.

Questa sono io.

È giovedì pomeriggio e ho appena finito un colloquio con una ragazza che sembra essere un po' intimidita dai clienti, ma potrebbe finire con l'essere la mia unica opzione, quando bussano alla porta. Avevo chiuso a chiave e messo il cartello CHIUSO per poter condurre in pace il colloquio.

È Linden, una vera sorpresa. Per tutto il giorno ha effettuato dei trasporti aerei per un grosso ranch nella zona meridionale, approfittando delle poche ore di luce a disposizione. Non mi aspettavo di vederlo fino a stasera. Aveva parlato di portarmi in un costoso ristorante alla moda nel mio quartiere in cui proiettano vecchi classici.

Gli faccio ciao con la mano e non riesco a trattenere un sorriso a trentadue denti. Spero di avere un bell'aspetto e un buon odore, ma è troppo tardi per un test olfattivo.

La ragazza a cui ho fatto il colloquio lo sta guardando con grandi occhi sensuali. *Alla larga, dolcezza*, mi viene voglia di dirle. Ancora non hai il lavoro.

Andiamo insieme alla porta e le dico che la chiamerò presto. So che vorrebbe sentire qualcosa di più, ma adesso riesco a concentrarmi solo sull'uomo dall'altro lato.

Signore, è più bello che mai.

Apro la porta e lo faccio entrare. «Ma che bella sorpresa», gli dico mentre la ragazza ci passa accanto. Lui non guarda nemmeno nella sua direzione, cosa che apprezzo, considerata la sua reputazione. I suoi occhi sono solo per me.

«Ehi, piccola», canticchia romantico mentre entra e mi prende il viso tra le mani. Sono fredde sulle mie guance calde e questo mi stabilizza. Sto anche cercando di abituarmi al fatto che ultimamente mi sta chiamando più spesso "piccola" che Baby Blue.

Si protende e mi bacia con decisione, aprendo la bocca alla mia, affondando piano la lingua e sprigionando un calore nel mio petto, nel mio stomaco, nella parte più profonda di me.

Sento le ginocchia un po' deboli e sono felice che lui mi stia reggendo. Quest'uomo è in grado di mozzarti il respiro con i suoi baci.

«Cosa ci fai qui?», riesco a chiedergli quando ci stacchiamo. Mette le mani sul mio fondoschiena e mi preme contro di lui.

«Sono riuscito a venire via prima», risponde, con un luccichio malizioso negli occhi. «Perciò ho deciso di *venire* anche da te».

Inarco un sopracciglio al suo doppio senso ma lui mi morde sul collo, finendo sul punto morbido proprio sotto l'orecchio, quel punto che mi trasforma in creta nelle sue mani.

«Ti ho mai parlato di tutte le mie fantasie di scoparti in questo negozio?»

«No, non l'hai mai fatto», replico sorpresa. Sorpresa ma decisamente intrigata.

Lui si limita a ringhiare contro la mia pelle, sollevandomi la gonna con una mano e prendendomi e strizzandomi il sedere. «Mutandine da ragazzaccia oggi, eh?», chiede, passando la mano sulla pelle non coperta dal perizoma.

Poi mi schiaffeggia il sedere. *Forte.*

Sobbalzo per il colpo improvviso ma lui mi tiene ferma e ghigna. Sento il segno delle sue dita bruciarmi sulla natica.

«Ahi», esclamo, cercando di non fare la bambina.

«Ti passerà con un bacio», dice e adesso so che non andrà da nessuna parte.

«Aspetta», lo ammonisco prima che mi renda ancora più indecente in pubblico. Mi tiro giù la gonna e corro alla porta, chiudendola a chiave. Poi spengo le luci in modo che non si possa vedere all'interno.

Quando mi giro, si è già tirato giù la lampo e ha l'uccello

in mano. Ha un sorriso pericoloso mentre ne sfrega la dura lunghezza.

«Allora, dove avevi intenzione di scoparmi?», gli chiedo, guardando il bancone dietro di me. «Lì?». Vado adagio nella sua direzione, sapendo che un espositore di vestiti sarà una protezione migliore da eventuali osservatori in strada, e mi inginocchio davanti a lui. «Qui?».

Gli afferro il bellissimo pene e me lo metto in bocca.

«Porca puttana, piccola», dice con un gemito, spingendo un po' in avanti. «Non smettere mai di essere così perfetta».

Non smetterò se tu non smetterai, penso e roteo la lingua attorno alla sua base.

«Puoi farmi un favore?», mi chiede senza fiato.

Annuisco, rallentando.

«Tirami le palle. Solo un pochino. Lo adoro».

Cazzo, farò qualsiasi cosa per dare piacere a quest'uomo. E poi ha un bel paio di palle che rade in maniera fantastica. Mentre mi lavoro l'uccello con la bocca, le prendo delicatamente nel palmo e le tiro, appena un po'.

Il gemito che gli sfugge dalle labbra mi fa trasalire e mi arriva dritto e vibrante alle ossa. Dio, mi eccita eccitarlo. Tiro un po' più forte e lui mi prende per i capelli, trattenendomi in un'esplosione di caldo dolore.

«Sei fantastica, piccola», dice col fiato mozzo. «Così sconcia ma fantastica. Non fermarti. Non fermarti».

E non lo faccio. Ma un minuto dopo mi lascia andare i capelli e si allontana. «Okay, ho mentito. Fermati. Ho bisogno di stare dentro di te».

Si sfila jeans e boxer e mi tira su in piedi, riuscendo in qualche modo anche a togliermi la maglia.

«Aah», esclamo piano, coprendomi il seno con le braccia mentre i miei occhi volano verso la vetrina. I passanti potranno anche non vedere bene all'interno, ma adesso che sono in piedi possono vedermi almeno in parte.

«Il magazzino», ringhia indicandolo con la testa. «Va' lì dentro e spogliati».

Ho appena il tempo di farlo prima che lui sbatta la porta alle mie spalle e mi spinga contro una rastrelliera di vestiti coperti dalla plastica protettiva. Le grucce oscillano sotto il mio peso quando lui si preme contro di me. Si strappa via la maglia, poi mi mette le forti braccia sotto le cosce e mi solleva. Mi tira su la gonna, sposta da un lato il sottile tessuto del perizoma e io gli avvolgo le gambe attorno alla vita.

Quando i vestiti cominciano a cedere, mi tiene più stretta e mi fa ruotare attraverso la stanza fino a che la mia schiena finisce contro una pila di scatoloni. Respirando affannoso, lascia una scia di baci bagnati dalla mia bocca fino ai seni, tormentando i capezzoli fino a farli diventare ciottoli duri. Li schiaffeggia leggermente, strappandomi un verso strozzato per lo shock, e poi si posiziona per penetrarmi. Sono così felice che i nostri test siano risultati entrambi negativi la settimana scorsa, perché sentire il suo uccello nudo dentro di me è qualcosa di unico sulla faccia della Terra.

Ghigna, con la bocca schiusa e gli occhi offuscati dal desiderio. «Dimmi quanto lo vuoi».

«Lo voglio», dico, guidandolo perché possa spingersi meglio dentro.

«Quanto?»

«Da morire».

Mi schiaffeggia di nuovo il seno e poi passa la larga lingua sul dolce bruciore. «Cazzo, hai il seno più bello del mondo. La passera più bella, il culo più bello, tutto più bello».

Mi morde un capezzolo e gemo, appoggiando la testa agli scatoloni. «Basta parlare».

«Me la sto solo prendendo comoda. Sei tu quella avida».

«Tu mi fai diventare avida».

Mi passa un pollice sul clitoride e sorride malizioso. «Piccola avida sporcacciona».

Sono al limite, combattuta tra il desiderio di sollievo e quello di assaporare. Lui lo sa. Lo ama. Si protende per stuzzicarmi le labbra con la lingua.

«Dammelo», mormoro nella sua bocca, praticamente implorando. «In qualsiasi modo».

«L'unico modo», replica. Poi inspira, con le narici dilatate dal desiderio, e si spinge dentro di me.

Anche se sono bagnata, l'angolazione è profonda e stretta. Il dolore mi strappa un grido prima di calmarsi e cedere il posto al suo calore e alla sua pienezza.

«Ti piace?», mi sussurra contro il collo, mordendo, leccando, con il respiro così bollente, così affannoso.

Mugolo una specie di risposta mentre le mie gambe si contraggono attorno a lui e vengo spinta sempre più forte contro gli scatoloni. Ben presto l'intero scaffale comincia a tremare. Le mie gambe cominciano a tremare. Mi sta reggendo e mi sta trafiggendo con queste rudi, bollenti spinte che riempiono ogni mio centimetro voglioso.

Gli afferro la schiena, sentendo i muscoli tesi sotto le dita, la sua forza e la sua virilità. Il retro dei miei tacchi affonda nelle sue natiche sode e lo tengo stretto a me, stretto, più stretto che posso.

«Cazzo», sibila tra i denti mentre mi stringe. «Cazzo, cazzo, cazzo. Sei così fottutamente fantastica, piccola, sei fantastica».

Il ritmo aumenta ed è come se stesse cercando di scoparmi oltre le scatole, la parete, fin dentro al negozio. Il bisogno sul suo viso, la voglia e il desiderio mi fanno desiderare di essere divorata, mangiata viva, e arrendevole.

Lancia un grido frustrato e i tendini del suo collo si irrigidiscono mentre cerca di mantenere il controllo, e il sudore gli cola sul viso e il petto ampio e forte mi schiaccia i seni. Sta per venire. «Vieni con me», ringhia e fissa gli occhi penetranti e carnali nei miei. «Vieni».

Il suo pollice mi accarezza. È un detonatore. Vengo e mi sciolgo, lacerata da una selvatica, incontrollabile specie di estasi fino a che ho la sensazione che la mia pelle, le ossa e i nervi siano stati annichiliti. La mia mente sembra essere saltata per aria e dall'intensità dei suoi rochi grugniti so che per lui è lo stesso.

Quando scivola fuori e mi depone delicatamente sul pavimento, è come un sogno e il magazzino è una nuvola. Non sono realmente qui, sono da un'altra parte, ma con lui.

Il cuore mi batte forte in gola e non riesco a sentire le gambe né ad aprire gli occhi. Tutto il mio corpo pulsa e palpita dall'interno, mandando ondate di piacere ovunque, fino a che le onde diventano sempre più piccole. Alla fine mi ricordo come si respira.

Sono così follemente felice. Sono sballata. Sono piena di gioia.

Lui è così fottutamente fantastico.

«Sai cos'è strano?», mi chiede Linden mentre attraversiamo in auto il ponte del Golden Gate, diretti a nord, verso Petaluma. Anche se amo da morire questo ponte, mi fa paura e cerco di restare il più possibile nella corsia centrale. Solo guardare oltre il bordo e la baia mi fa stare male.

«Cosa è strano?», domando.

«Be'», risponde, mettendomi una mano sulla gamba e accarezzandomi la coscia nuda fino a farmi rabbrividire, «il fatto che non ho mai incontrato tuo padre è strano. Sai, considerando da quanto tempo ci conosciamo».

Ha ragione. In realtà ha conosciuto mia madre solo il giorno dell'inaugurazione del negozio. Certo, mio padre era fuori dai giochi a quel punto. Hanno avuto un mucchio di opportunità per conoscersi – il lavoro al Lion, la mia cena di laurea – ma per un motivo o per l'altro non è mai successo.

Adesso che mio padre si è rifatto vivo, devo dire che la cosa mi rende un po' nervosa. È uno dei motivi per cui ho invitato Linden ad accompagnarmi, per avere un sostegno. Il fatto che mio padre sia tornato con mia madre, senza però trasferirsi di nuovo a casa, è assolutamente strano e non conosco le dinamiche della loro relazione. Linden sarà un fantastico cuscinetto.

L'altro motivo è altrettanto egoista: voglio sfoggiare Linden. Voglio che mia madre e mio padre lo vedano e ne restino colpiti, perché come potrebbero non esserlo? È attraente, ha successo (per lo meno, io ritengo il lavoro di pilota di elicotteri un lavoro di successo, a differenza dei genitori di Linden) ed è affascinante.

Voglio la loro approvazione. So che non dovrei, ma considerando che non ho parlato di Linden a Kayla e Nicola, e Penny e James sono ancora all'oscuro, voglio che qualcuno mi dica che ho fatto una buona scelta. Voglio sapere come appariamo agli occhi degli altri noi due e la nostra specie di relazione.

«Tempistica sbagliata, suppongo», rispondo. «Ogni volta che erano nei paraggi e potevi conoscerli, tu non c'eri».

«Immagino si possa dire lo stesso di noi».

Lo guardo al di sopra degli occhiali da sole. «Cosa intendi?».

Fa spallucce e si passa una mano tra i folti capelli. «Solo che per tanti anni, quando io ero single tu stavi con qualcuno e quando tu eri single, io stavo con qualcuna».

«C'è stato qualche anno in cui eravamo entrambi single, sai», gli faccio notare.

«Lo so. Me li ricordo molto bene. C'è voluto un sacco di autocontrollo da parte mia per non dirti quello che provavo veramente».

Tutto questo tempo, tutto questo tempo. «Perché non l'hai fatto?».

Impiega un momento e poi dice: «James. Suppongo si tratti sempre di James. Sai, a volte, se non fossi il suo migliore amico, penserei che mi odia».

«Ti odia?», ripeto.

«Già». Mi guarda e i suoi occhi sono inquieti. «Sin dal primo

giorno che ci siamo conosciuti, c'è sempre stato questo...
non lo so, risentimento nei miei confronti. Forse è solo la
mia immaginazione. Probabilmente è così. Ma sono stati anni
di frecciate su come ottengo ciò che voglio e non devo mai
lavorare sodo e su quanto sono privilegiato».

Penso di sapere di cosa sta parlando Linden. «Ma tu lavori
sodo. Hai lavorato tantissimo per arrivare dove sei adesso.
Non sono stati i tuoi genitori ad aiutarti».

Mi rivolge un'occhiata ironica. «No, ma mi hanno pagato gli
studi e la casa. Avrei lavorato sodo se non l'avessero fatto, ma
sarebbe stato molto più difficile arrivare dove sono adesso.
Voglio dire, so quanto sono fortunato per molti versi, ma non
lo sono per altri. James però non la vede così. È cresciuto in
una famiglia incasinata proprio come me. Solo perché la mia
famiglia aveva i soldi, non significa che la mia vita sia stata
migliore. Quando sei un bambino, non ti importa dei soldi.
Vuoi solo amore».

Sono addolorata per lui. So che è stato difficile per Linden
avere la famiglia che ha. So anche che la famiglia di James è
un tantino peggio. Ancora non conosco tutti i dettagli ma so
che quel ragazzo ha avuto una vita dura a Oakland, con un
padre violento e assente e una madre in difficoltà. E so che a
volte James dice di Linden che è nato con la camicia.

«Perciò è geloso di te», dico.

«Penso che sia geloso della persona che crede che io sia»,
rettifica. «Sai... James e io non parliamo di certe cose. Non
parliamo come facciamo tu e io. Tu mi conosci meglio di lui,
Baby Blue».

«E io so che per te non è stato facile».

«Ma fino a che la vita di James sarà più difficile e faticosa,
allora sarò sempre io il vincitore ai suoi occhi. Ecco il motivo
per cui credo ce l'abbia con me. Ed ecco perché ho nascosto
per così tanto tempo i miei sentimenti per te».

Lo stomaco mi formicola nel sentire parlare di sentimenti.

Vorrei spingerlo a continuare, ma mi trattengo. Non voglio essere l'assillante fidanzata bisognosa di attenzioni quando non sono neanche la sua fidanzata.

Linden mi lancia un'occhiata. «Non voglio che pensi che ti ho portata via da lui. C'è stato un momento in cui…».

«In cui?».

Scuote la testa. «Niente. Pensavo che se ti avessi fatto delle avances, gli avrei pestato un po' troppo i piedi. E poi naturalmente c'era il fatto che non avevo idea di cosa provassi per me. Per tutti questi anni ho creduto che pensassi a me solo come un amico e nient'altro». Pausa. «Più o meno».

«Più o meno?».

Ghigna. «Be', ti ho beccata qualche volta a guardarmi».

«Oh, non è vero!». Ma sto diventando rossa.

«Penso proprio di sì. Anche tu mi hai beccato a guardarti, me ne sono accorto. Ed è sembrato che ti piacesse. Un sacco».

«Se lo dici tu».

«Sai che è vero. Ma, anche in tal caso, non volevo rischiare la nostra amicizia».

«Allora cos'è cambiato?».

Si mordicchia il labbro per un momento. «Penso di aver tirato fuori le palle».

«Sono felice che tu l'abbia fatto», dico, allungando la mano sul suo inguine. «Sai che amo le tue palle».

Un'ora dopo sto fermando l'auto nel vialetto dei miei genitori e stringo forte le mani attorno al volante.

«Sei… nervosa?», domanda Linden in tono scioccato.

Lo guardo. «Non vedo mio padre da quando se n'è andato».

«Ma sono pur sempre i tuoi genitori».

«Tu diventi nervoso in presenza dei *tuoi* genitori».

«A ragione».

«Sì, be', a volte ne ho motivo anch'io».

Faccio un profondo respiro e scendo dall'auto. Linden fa il giro e mi attira in un profondo abbraccio.

«Non preoccuparti», dice sulla cima della mia testa prima di deporvi un bacio, «ci sono io».

E così, metà dei miei timori scivolano via, a terra, come pioggia. Chiudo gli occhi e lascio che mi tenga tra le braccia per un momento. Lui è qui, con me. La mia roccia.

Ci stacchiamo e andiamo alla porta. Normalmente entrerei come se niente fosse ma adesso sento che è meglio bussare.

Quando la porta si apre, appare mio padre e all'improvviso non mi sembra di aver compiuto trent'anni ma tredici. Sembra lo stesso, alto, abbronzato, con la fronte scura e accigliata e un atteggiamento minaccioso.

Ma quando mi vede, sorride e passa dal papà spaventoso e critico a qualcuno che è sinceramente felice di vedermi.

«La mia bambina», dice ed esce per abbracciarmi. Mi tiene stretta per quella che sembra un'eternità e so che Linden è lì, accanto a noi, imbarazzato.

Finalmente si stacca e mi guarda dalla testa ai piedi. «Sei bellissima».

Poi si rivolge a Linden e gli tende la mano. «Tu devi essere Linden. Ho sentito parlare molto di te».

«Cose buone, spero», replica Linden, la classica risposta.

«So che sei un pilota», continua e per un momento il suo sguardo si accende. Poi però abbassa gli occhi a terra e si schiarisce la voce. «A ogni modo, entriamo. Si gela qua fuori».

Quando mio padre si gira e torna dentro, Linden mi rivolge un'occhiata indagatrice. So che si sta chiedendo il perché di quello sguardo e io mi sento un'idiota per non essermi ricordata che era una delle cose che piacevano a Nate e a mio padre. Quando Nate era piccolo, lo portava all'aeroporto e guardavano gli aerei e gli elicotteri che decollavano. In seguito, Nate ne aveva uno telecomandato che era bravissimo a pilotare.

Ma quando la sua malattia è peggiorata, non è più riuscito a giocarci molto e alla fine potevamo portarlo all'aeroporto solo per brevi periodi. Non è che mio padre avesse desiderato che

Nate diventasse un pilota né Nate si era espresso in tal senso. Voleva essere un sacco di cose. Ma suppongo che sia questo a fare male. Nate non aveva mai pensato a se stesso come a un malato, anche nel periodo peggiore. Aveva quell'ottimismo tipico dei bambini secondo cui le cose sarebbero migliorate. Pensava davvero che sarebbe vissuto per sempre.

«Stephanie», dice piano Linden e mi afferra una mano. «È tutto a posto?».

Annuisco e ingoio il groppo in gola. «Sì. Stavo solo ricordando».

«Tuo fratello?».

Annuisco di nuovo. Non parlo di questo con Linden né con nessuno, a dire la verità. Io stessa ci penso di rado. È più facile così. Perciò a volte, quando mi torna in mente Nate e come eravamo, com'erano le nostre vite, mi coglie davvero alla sprovvista.

Non importa quanto ti sforzi di scacciarlo e ignorarlo, il dolore della perdita non va mai via davvero.

Entriamo dentro e immediatamente sento l'odore di casa. Immagino perché lo è, ma è buffo che, ovunque si finisca per andare a vivere, alcuni posti restano sempre più che solo un tetto sulla testa.

Ci togliamo le scarpe e prendo Linden per mano, conducendolo verso la cucina. Lì troviamo mia madre, impeccabile come al solito. Ha i capelli tirati su e arricciati attorno al viso, un grembiule sul vestito e lucide décolleté in pelle ai piedi.

Ho già detto che probabilmente è da mia madre che ho preso la passione per la moda? Sia che si occupasse di Nate o che giocasse con me e i miei cavalli giocattolo, non aveva mai un capello fuori posto ed era sempre curata. Anche adesso che è prossima ai sessanta, potrebbe tranquillamente apparire sulle pagine di «Good Housekeeping».

«Ciao, cara», dice allegramente e poi rivolge un largo sorriso a Linden, rossetto rosso che spicca su denti bianchi. «Ciao,

Linden. Com'è andato il viaggio? Spero non ci fosse troppo traffico».

«È andato benone», rispondo io mentre lei fa il giro dell'isola e comincia a tirare fuori gli sgabelli.

«Ecco, sedete», ci invita, e quando non ci muoviamo batte le mani e dice: «O andate a sedervi in soggiorno con tuo padre. Ha appena aperto una bottiglia di scotch. Linden, tu sei scozzese, deve piacerti lo scotch».

«Infatti», replica Linden, enfatizzando il suo accento. Cosa che ha l'effetto collaterale di eccitarmi.

Mia madre ci accompagna in soggiorno, vicino alla sala da pranzo, dove mio padre è seduto sulla sua solita poltrona di pelle e sorseggia da un bicchiere highball. Indica il divanetto accanto a sé, dove ci sediamo.

È strano stare così con Linden davanti ai miei genitori, o davanti a chiunque, se è per questo. In questa fase del nostro nuovo, be', patto, di solito siamo stati da soli. Adesso che siamo insieme sul divano, stretti l'uno contro l'altra, non sono ben sicura di cosa fare con le mani. Volevo Linden per affrontare i miei genitori e voglio che loro lo approvino, ma non so esattamente come dobbiamo comportarci. Non ne abbiamo mai parlato.

Ma Linden mi mette subito un braccio attorno e mi tiene stretta a sé. Perciò la questione è sistemata. Non ci sono più domande.

Mio padre ci guarda con aria interrogativa. «È una cosa recente?», domanda.

Be', è qualche anno che non sei nei paraggi, vorrei rispondere. Ma non lo faccio. Non sono qui per creare problemi.

Sento su di me gli occhi di Linden, alla ricerca della risposta giusta. Quando non dico niente, guarda mio padre e dice: «Abbastanza. Un giorno mi sono svegliato e ho deciso che la vita era troppo breve per essere solo amici con una ragazza come sua figlia».

Mio padre non sembra così colpito e grida a mia madre in cucina: «Ehi, tesoro, non mi hai mai detto che Stephanie e lo scozzese erano una coppia!».

«Non stanno insieme, sono solo amici», grida di rimando mia madre.

«No», replica mio padre. «Decisamente non sono solo amici».

E, come se non bastasse, Linden mi mette l'altra mano sulla coscia e la strizza.

I tacchi di mia madre ticchettano fuori dalla stanza ed eccola sulla soglia che ci osserva leggermente scioccata.

«Be'», dice, «Stephanie, un piccolo preavviso sarebbe stato gradito».

«Perché?», chiedo, seccata che tutti ne stiano facendo una questione di Stato.

Lei si mette una mano su un fianco. «Una cosa è preparare la cena per te e il tuo amico, un'altra prepararla per te e il tuo fidanzato».

«Non è…», faccio per dire ma poi mi fermo. La faccia di Linden è proprio qui e lui mi sta guardando, in attesa che vada avanti. Ma non posso farlo. So che non è il mio fidanzato ma, per alcuni versi, è molto di più. Mi bagno le labbra e torno a guardare mia madre. «Scusa se non te l'ho detto. Ma Linden è felice di mangiare qualsiasi cosa, davvero».

Lo sento ridacchiare accanto a me e gli do una piccola gomitata nello stomaco.

Il resto della serata va piuttosto liscio. Sediamo con mio padre e chiacchieriamo di fatti recenti, e quando Linden accenna alla sua famiglia, parte una grossa discussione sulla politica, la Gran Bretagna e roba del genere. So che Linden lo odia, ma è vero che quando la gente scopre che suo padre è stato ambasciatore, lo guarda diversamente, con più rispetto. Il che è folle, perché io rispetto Linden più per quello che *lui* fa e non per la famiglia di cui fa parte. Lo rispetto per il desiderio di staccarsi da tutto ciò ed essere padrone di se stesso.

Nel frattempo, durante la cena, mi metto d'impegno a cercare di decifrare cosa sta succedendo tra i miei genitori. Si stanno comportando come due adolescenti, tutti occhioni innamorati e super gentili l'uno con l'altra. Suppongo che dovrei essere matura e pensare che ciò sia davvero dolce, ma c'è una parte di me che proprio non capisce.

Solo dopo aver mangiato, quando mio padre invita Linden a fumare un sigaro fuori con lui – ottimo, visto che questo è sempre stato segno che piaci a mio padre – ho la possibilità di stare da sola con mia madre.

Ma prima che possa dire qualcosa, lei mi chiede di Linden.

«Quando diavolo vi siete messi insieme?», domanda, mettendo via gli ultimi piatti. Mia madre pulisce mentre cucina, perciò non c'è molto in cui posso aiutarla una volta finito di mangiare.

«Qualche settimana fa», rispondo, con un bicchiere di vino tra le mani, restia ad addentrarmi nel discorso.

Lei incrocia le braccia e si appoggia al bancone. «E fai sul serio con lui?».

Alzo gli occhi al cielo. «Senti, non lo so».

Studia la mia faccia per un momento. «Sì che lo sai. Perché vuoi nasconderlo?».

Sorrido. «Non lo sto nascondendo, mamma. È solo che è tutto nuovo. Ed è complicato. E non so cosa siamo».

«Andate a letto insieme».

«Mamma», la ammonisco.

«Spero che usiate precauzioni».

«*Mamma*», ripeto. «Per favore. Ho trent'anni. Le so queste cose. Adesso mi dirai di stare attenta perché i ragazzi vogliono una cosa sola».

«No, questo non te lo dirò», replica, ripiegando strofinacci in un cassetto, «perché vedo che lui vuole più di questo».

Non dico niente ma una piccola parte di me è euforica che l'abbia notato.

«Ma», continua, «vedo anche che sei cauta. È una buona cosa ma non lasciare che si metta tra di voi».

«Di cosa stai parlando?»

«So che può essere complicato, come dici tu, passare da amici ad amanti. Ma è così che iniziano alcune delle relazioni migliori».

«Giusto. Ma è anche così che alcune delle relazioni migliori finiscono».

«Questo è vero», replica con voce cantilenante. «Ma vale sempre la pena rischiare. Specialmente quando invecchi».

«Ti ripeto, mamma, che ho trent'anni».

«Lo so, lo so. Smettila di ricordarmi quanti anni hai, mi fa solo sentire più vecchia». Chiude il cassetto e sospira. «Quando sei giovane, vedi il mondo in bianco e nero. Quando invecchi, ti rendi conto che è sempre stato grigio. Lo stesso vale per l'amore».

«Stai parlando di me e Linden adesso o di te e papà?»

Sorride tra sé e questo rende il suo viso ancora più delicato. «Tuo padre e io abbiamo avuto un periodo davvero difficile. In realtà, è sempre stato difficile. Se non fosse stato per te e tuo fratello, specialmente tuo fratello, avremmo divorziato molto tempo fa. Ma abbiamo resistito per il bene di voi due. Ma non è così che va la vita. Perciò, quando è arrivato il momento giusto, tuo padre ha deciso di andare via».

Ho grande difficoltà a cercare di digerire questa informazione. Crescendo ho sempre pensato che i miei genitori fossero follemente innamorati l'uno dell'altra, solo perché erano genitori ed è così che dovrebbero essere. A quanto pare non avevo idea di come fosse "accontentarsi". Adesso sì.

«So che per te non è facile comprendere», continua, «ed è ancora più difficile da spiegare. Ma sapevo che era la cosa giusta da fare. Quello che non sapevo, quello di cui non mi rendevo conto, era quanto mi mancasse tuo padre. Quanto lo amassi davvero. L'ho ignorato per un po', non volendo rischiare un'altra volta. Penso che lui stesse facendo altrettanto, ecco perché non era in contatto con te. Ma quando un giorno mi ha chiamata, all'improvviso, dicendo che voleva parlare, ho pensato che forse potevamo andarci piano».

«Quindi… la state prendendo con calma? È per questo che non vive qui?».

Annuisce. «Viene a trovarmi qualche volta a settimana. Usciamo insieme. È… bello. E inconsueto. I nostri amici non capiscono ma per noi funziona. Sfumature di grigio, vedi. A volte le cose funzionano con la persona più insospettabile. A volte quella persona è tuo marito. A volte finisce con l'essere il tuo migliore amico».

Mentre sto riflettendo sulla cosa, mio padre e Linden rientrano. Odorano di sigaro, un aroma che si dà il caso io adori. Mentre Linden si toglie le scarpe, mio padre va da mia madre e la bacia affettuosamente sulla guancia. Lei gli agita il grembiule contro, per scacciare la puzza.

Perciò, mia madre e mio padre escono insieme. Immagino esistano scenari peggiori.

Durante il viaggio di ritorno, non dico molto. Sono immersa nei miei pensieri. Sto pensando che forse non dovrei più essere così cauta riguardo a Linden. Forse ho seriamente bisogno di capire dove sta andando questa "relazione". È davvero una fase del patto? Lo stiamo facendo perché vogliamo sposarci? D'un tratto l'idea di sposarlo per via di una promessa fatta anni fa mi sembra sbagliata.

Voglio Linden perché sono innamorata di lui. Non dovrebbe esserci altra ragione.

Perspicace come al solito, Linden abbassa il volume della stazione di classic rock che stiamo ascoltando e, per un istante, l'auto vibra di silenzio. «Allora, immagino di essere il tuo ragazzo».

Gli rivolgo un mezzo sorriso. «Scusa. Non sapevo cosa dire».

Aggrotta la fronte, assumendo un'espressione seria. «Non scusarti. Mi piacerebbe essere questo per te».

«Davvero?»

«Sissignora», risponde. «Anche se adesso suona un po’ adolescenziale, no?»

«Be’, immagino che potremmo definirci amanti. Cioè, è quello che siamo, dico bene?»

«E alle cene sarebbe tipo “Oh, Jeeves, ti presento la mia amante, Stephanie”?».

Ridacchio. «Magari non proprio così. Non siamo vecchi né, che so, abbastanza francesi per questo».

«Allora direi che “ragazzo” va bene».

«Credo di sì».

«E tu sei la mia ragazza». Mi solleva la mano dalla leva del cambio. Ne bacia delicatamente le nocche. «Ma, in realtà, tu sei tutto per me. E niente cambierà questo».

Spero davvero che abbia ragione.

Capitolo diciassette

Linden

«Come diavolo ti sei vestito?».

Sono alla porta di Stephanie e lei mi sta guardando come se fossi un alieno.

Se lo fossi, verrei dal pianeta degli squali.

Come i San Jose Sharks, gli squali di San Jose.

Ho deciso che sarebbe stato divertente un appuntamento a sorpresa e visto che non è mai stata a un incontro degli Sharks, e ci vado quasi sempre con James, ho pensato che questa sarebbe stata senz'altro una sorpresa.

Ma, al momento, è probabilmente solo confusa sul motivo per cui sono tutto vestito di azzurro e indosso una testa di squalo finta.

«Hockey!», annuncio e le mostro i biglietti. «Si va a una partita degli Sharks, Baby Blue».

Lei inarca un sopracciglio, continuando a squadrarmi. «Speravo proprio che lo dicessi».

«Andiamo», dico, allargando le braccia, «un po' di entusiasmo. Hai sempre voluto andarci».

Si limita a guardarmi. Con un sospiro, mi tolgo la maschera dalla testa. «Okay, così va meglio?».

Ghigna ed esce nel pianerottolo per baciarmi. Le sue labbra sembrano particolarmente morbide oggi, la lingua particolarmente vivace. Profuma e sa di menta e zucchero.

Mi eccito nel giro di qualche istante. «Sai, questa testa di squalo potrebbe essere divertente se ti piacciono i giochi di ruolo».

Mi morde il labbro inferiore, tirandolo leggermente, inspirando il mio respiro. «L'unico gioco che farai sarà essere legato al mio letto», tuba.

Sì. Sì, ti prego.

All'improvviso l'hockey sembra un'idea sciocca. «Sai che c'è? Gli Sharks possono aspettare. Possiamo vederli un'altra volta».

Lei ghigna e mi mette una mano sul petto, apprezzandone i muscoli duri per un momento prima di darmi uno spintone. «Scordatelo, caro», dice, con gli occhi che le brillano. Si gira e torna nell'appartamento, dove afferra la borsa sul bancone della cucina prima di chiudere a chiave la porta dietro di sé. «Andiamo».

Sono un po' deluso ma non importa. Più tardi torneremo a casa sua e le farò mantenere la promessa. La testa di squalo potrebbe perfino fare un'apparizione.

Prendiamo la tangenziale per San Jose, che normalmente ti fa arrivare allo stadio rapidamente a meno che non sei bloccato nel traffico, come lo siamo noi adesso. A volte sembra che l'intera città migri durante i giorni delle partite, soprattutto quando comincia la stagione dell'hockey. Non aiuta il fatto che siamo in periodo prefestivo. È come se, finito il Ringraziamento (che ho passato con Stephanie e i suoi genitori), tutti decidano di andare in un centro commerciale a comprare regali ventiquattro ore su ventiquattro. Mancano almeno tre settimane a Natale.

Nell'ultimo mese è cambiato un sacco e al tempo stesso poco. Ho finalmente imparato a sbarazzarmi del senso di colpa per Nadine, cosa che mi ha aiutato a godere molto di più i momenti felici con Stephanie. In realtà Nadine mi ha reso le cose facili. Ha finito per restare nell'appartamento che le avevo preso per un mese intero e ha lasciato il posto di receptionist. Non so dove viva o lavori adesso, ma il mio capo ha detto che sta benone e devo accontentarmi della sua parola.

È stato un tale caos quello che è successo, ma alla fine non lo rimpiango neanche per un istante. Stare così con Stephanie, come ho sempre voluto, è meglio di quanto avrei mai immaginato.

«Ricordi quella storia dell'uccello in volo?», dice Stephanie mentre procediamo a passo di lumaca. «O, per lo meno, il tentativo?».

Giro la testa verso di lei, esterrefatto. È come se avesse udito i miei pensieri su quanto è incredibile. «Sì».

«Questo potrebbe rendere piacevole essere bloccati nel traffico». Mi rivolge un sorriso spregiudicato e mi mette una mano sull'inguine.

«Adesso?». Non riesco a credere che glielo sto chiedendo ma… «Ci sono macchine tutt'intorno».

«Oh, rilassati, è buio fuori», dice. «Dalla mia parte c'è il bordo della strada, la persona dietro di noi non può vedere quello che stiamo facendo per via della ruota sul retro della Jeep, la persona davanti a noi vede solo i tuoi fari, e chi sta accanto a te, be', speriamo che si faccia gli affari suoi».

Guardo chi c'è accanto a noi. Sono un paio di uomini di mezza età con la maglia dei Bruins, gli imbecilli contro cui giochiamo stasera. A dire il vero, non mi dispiace offrire loro uno spettacolo.

Lei aumenta la pressione della mano e poi tira giù la lampo, abbassa l'elastico dei boxer e tira fuori la punta del mio uccello. Vedo che è già bagnata.

«Bellissimo», mormora, avvolgendovi attorno le dita e strizzando.

Cazzo. Chiudo gli occhi, risucchiando l'aria, e li riapro prima di rischiare di tamponare l'auto davanti a noi. Sarà una cosa difficile. Grazie a Dio ho avuto il buonsenso di non provarci in volo.

Non sono neanche sicuro se sia giusto in questo momento, ma non mi sentirete protestare. Trent'anni e non mi hanno mai fatto un pompino in un mezzo in movimento. Ho guidato e masturbato qualcuno sul sedile passeggero, ma è stato ai tempi della scuola.

All'epoca pensavo che fosse parecchio fico ma questo è molto, *molto* meglio.

Stephanie mi accarezza su e giù, la sua presa è forte e decisa, poi tira fuori il resto dell'uccello e le palle. Mi irrigidisco, aspettandola.

Si assicura di avere abbastanza gioco con la cintura di sicurezza e si protende, prendendo in bocca il mio uccello e le palle in una mano. È guerra con le mie palpebre, che vogliono a tutti i costi chiudersi per assaporare l'intera sensazione. È pericoloso ma non voglio che lei si fermi.

Aumento la presa sul volante e per la prima volta in assoluto sono contento che la Jeep abbia il cambio automatico. La testa di Stephanie fa su e giù sotto il mio petto e le infilo la mano libera tra i capelli, tirandole le ciocche.

«Muori per quest'uccello, non è vero, piccola?», mormoro, serrando ancora di più la mano tra i suoi capelli, spingendole più giù la testa fino a che riesco quasi a sentire le sue tonsille. «Ami succhiarmi, la sensazione dello sperma che ti scivola in gola. Sì, la mia piccola. Così, così».

Lei continua, le sue labbra, la lingua, la bocca e la mano lavorano in perfetta sintonia; la mia secrezione e la sua saliva sono lubrificanti perfetti. Il mio corpo passa dall'essere rigido a sussultare per il dannato bisogno di liberare il seme dentro di lei e c'è una piccola tregua di cui approfittare. Le auto attorno a noi sono ferme, un mare di luci rosse nell'oscurità. Metto il cambio della Jeep su P prima di togliere il piede dal freno.

Sta succedendo *adesso*.

«Succhialo, succhia», le sibilo, cercando di respirare. «Bello, così bello, piccola».

E poi è come se mi colpisse un TIR, solo che siamo entrambi

qui e stiamo benone. L'orgasmo mi travolge in violenti spasmi che mi fanno affondare le dita tra i suoi capelli e mormorare oscenità senza ormai più fiato. Poi scivola su di me come se fossi immerso in un caldo, torpido bagno pieno di aghi e spine e ho la consapevolezza di non essermi mai sentito così vivo eppure così narcotizzato come in questo momento.

Dannazione.

Lei tira via la bocca, lasciando una scia di saliva, e rimette il mio pene esausto nei pantaloni. «Be', è stato divertente», dice, asciugandosi la bocca con il dorso della mano. Mi sorride.

Riesco a stento ad articolare parole. Mi limito ad annuire. Poi il traffico riprende a muoversi e, tornato vigile, cambio marcia all'auto, che scatta in avanti. Guardo l'auto accanto a noi per assicurarmi che ci sia abbastanza spazio per superarla e poi mi ricordo dei fan dei Bruins.

E a giudicare dagli occhi sgranati e le bocche spalancate, hanno visto tutto lo spettacolo.

Abbasso in fretta il finestrino, tiro fuori il dito medio e grido: «I Bruins fanno schifo!», prima di tagliare loro la strada e sfrecciare via nel traffico che è tornato a muoversi.

Quando arriviamo allo stadio, sono sballato di vita, di adrenalina e di Stephanie. Mi limito a una birra ma prendo per lei del vino troppo costoso e incitiamo gli Sharks fino al terzo tempo. Non ha da ridire neanche quando mi metto il cappello da squalo e ballo dopo ogni gol.

Anzi, a volte mi guarda in questo modo che non sono capace di descrivere ma che mi infiamma il cuore. Mi scalda, dalla testa ai piedi, e il petto è l'epicentro. Vorrei poter imprigionare quello sguardo, conservarlo per sempre, aprirlo in un freddo giorno di nebbia e sentirmi di nuovo vivo e pieno di luce.

A volte mi chiedo se mi sto innamorando di lei.

A volte mi chiedo per quanto potrò fingere che non sia così.

Poco dopo l'inizio del terzo tempo, quella dannata "Kiss Cam" sponsorizzata da una marca di gomme da masticare entra in azione e dopo aver fatto limonare goffamente due coppie, si posa su di noi.

Accidenti. Le nostre facce sono sul megaschermo, sotto gli occhi di tutti.

Faccio spallucce e guardo Steph; lei mi sorride timida e cerca di non guardare in direzione della telecamera nascosta. Le prendo il viso tra le mani e la bacio appassionatamente. Cioè, mi ci metto proprio di impegno. Se devi fare una cosa, falla bene.

Qualcuno attorno a noi applaude e fischia e poi si torna alla partita.

Più tardi, quella sera, dopo che gli Sharks battono i Bruins ai supplementari, torniamo da lei e ci buttiamo sul letto. Non si parla più di legarmi e non mi importa. Voglio solo stare dentro di lei, sentire ogni centimetro del suo morbido corpo caldo. Sto sprofondando in quello che siamo, ciò che facciamo provare l'uno all'altra e non mi importa. È così bello. Ciò che abbiamo è *così* fottutamente bello.

«Penso che sto per perdermi», le sussurro dopo essere venuti, i nostri corpi nudi, sudati e sazi, membra su membra, mani nelle mani. Mi sento la gola stretta, il respiro affannoso, le parole che pesano una tonnellata. «Ogni volta che sono dentro di te, con te, penso di perdermi un po' di più».

Giro la testa di lato per guardarla. Mi sta fissando con i grandi occhi lucidi, così pieni di tutto quello che potrei mai volere da lei. «Alla fine potresti avere tutti i miei pezzi», le dico. «Ti prego, trattali bene».

Non so perché mi aspetto che rida o che mi definisca di nuovo sdolcinato, ma non lo fa. Forse perché è vero e lei lo vede. Allunga una mano e mi sfiora le labbra con la punta delle dita. Sanno di sesso. Sanno di paradiso.

«Linden», dice, e la sua voce sembra neve. «Per favore, sii gentile con me».

Qualcosa nel mio petto si spezza e viene via.

La amo.

La amo così tanto.

«Prometto», dico, e la tengo stretta a me. Conto i regolari battiti del suo cuore contro il mio prima che ci addormentiamo entrambi. Non c'è altro che calore nei miei sogni.

Il mattino seguente accompagno Stephanie al lavoro. So già che tra noi qualcosa è cambiato, un altro strato è venuto alla luce. C'è quest'aria di tenerezza che permea ogni sguardo, ogni tocco. Mi fa sentire molto più fragile di quanto vorrei.

Perciò vado in palestra e passo qualche ora ad allenare gambe e braccia prima del mio volo pomeridiano. Poi quando finisco, faccio una capatina al Burgundy Lion per riprendermi e bere una birra.

C'è James e c'è anche Penny. Sono particolarmente contento di vederla, anche se non so bene perché. Non ho parlato molto con James nelle ultime settimane, sin dal Ringraziamento, e non sono stato al Lion. Naturalmente sono stato nel letto di Stephanie e lei nel mio.

Il senso di colpa sta cominciando ad assalirmi, devo ammetterlo. All'inizio lo facevo solo per gentilezza o, per lo meno, per rimandare l'inevitabile imbarazzo. Non volevo che il mio rapporto con James cambiasse. Ma sta cambiando e non posso essere solo io ad accorgermene. Adesso il fatto che sto andando di nascosto a letto con Stephanie da sei settimane sembra un gioco sleale. Una grossa, vergognosa bugia quando dovrebbe essere tutt'altro.

«Ehi, guarda chi c'è», dice Penny appena entro nel locale. È al bancone, al suo solito posto. Mi siedo accanto a lei e intercetto lo sguardo di James che sta servendo un cliente. Lui risponde con un cenno del capo ma non sorride. Anzi, sembra un po' seccato. Spero solo che sia cattivo umore e non ce l'abbia con me.

«Ehi, zuccherino», le dico.

«Zuccherino?».

Faccio spallucce. «Perché no? Lo zucchero non è buono?».

Lei serra le labbra rosse e mi scruta da dietro gli occhiali. «Dipende se sei a dieta o meno. Dove sei stato, straniero?»

«In giro», rispondo, restando sul vago. «Come stai?»

«Non abbastanza ubriaca».

«Be', sono solo le cinque del pomeriggio».

«Sei scozzese, parli proprio tu?»

«Giusto. Dovrei darmi una mossa». Aspetto che James abbia un momento libero e poi gli faccio segno. «Ehi, faccia da cazzo», dico.

Neanche batte ciglio. «Faccia da cazzo?»

«A me ha detto Zuccherino», mormora Penny nel suo drink.

Lo guardo perplesso. «Non dirmi che il tuo soprannome è tutt'a un tratto offensivo».

«Non lo so, amico. Non ti vedo da secoli. Pensavo che magari avresti potuto essere più cordiale».

Tira fuori dal frigo un'Anchor Steam e me la piazza davanti. Poi però va all'altro lato del bancone.

Guardo Penny. «Ha la luna storta?».

Lei espira con un leggero fischio. «Be', a dire la verità, non lo so. È un po', ehm, stronzo anche con me ultimamente».

Non sono contento di sentire questa cosa. Mi piace Penny. Mi sporgo sui gomiti e le rivolgo un'occhiata di traverso. Sembra stanca e forse ha anche pianto. «Un periodo difficile?».

Lei si affretta ad annuire, con il mento che le tremola un po', ma riesce a darsi subito un contegno. «Già. Spero sia solo un periodo».

«Voi due siete fantastici insieme, sono sicuro che andrà tutto a posto», le dico, e d'un tratto mi sento meglio, come se le mie parole fossero verità.

«Non lo so», replica Penny e poi si avvicina un po'. Sa di whisky e mi accorgo che in realtà è alquanto sbronza. «Se ti chiedessi qualcosa, mi diresti la verità?».

Non sono certo di essere più bravo con la verità. Ma annuisco. «Certo».

«James mi tradisce?».

La mia testa scatta all'indietro. «No. Tradire te? No. Cioè, non che io sappia».

«Sei sicuro?»

«Be', non sono molto presente ultimamente, sai com'è, ma posso dirti che James non è un tipo che tradisce. È troppo sensibile per fare una cosa del genere. Vuoterebbe il sacco per il senso di colpa, se mai lo facesse. E crede moltissimo nel karma».

«Va bene», dice a bassa voce e torna a occuparsi del suo drink.

«Cosa te lo fa pensare?», le chiedo. Adesso sono curioso. James è un tipo parecchio leale. Anzi, più leale di così non si può, cosa che, a sua volta, ti fa sentire in obbligo di esserlo altrettanto con lui.

«Non so… solo una sensazione. Come se ci fosse qualcun'altra».

E a quel punto il mio cuore salta qualche battito prima di riprendere a battere forte. «Oh?»

«Sì. Chiamalo intuito femminile».

Devo stare attento con le parole. Non voglio che pensi ciò che sto pensando io, se ancora non l'ha fatto. Non voglio che pensi a Stephanie. «Non è paranoia questa?».

Mi fulmina con lo sguardo. «C'è qualcosa, va bene? Non penso che sia più innamorato di me».

«Quindi pensi che ci sia una nuova ragazza?»

«Non sono neanche sicura di questo. Ma se prima non c'era niente, adesso c'è decisamente qualcosa». I suoi occhi scrutano il soffitto e penso che stia cercando di non piangere, ma poi sbatte sul bancone il bicchiere vuoto e dice: «Che vada all'inferno. Non è quello che dicono le signore nei vecchi film, quando scoprono che il loro amante le ha tradite? Che vada all'inferno».

Non posso fare altro che guardarla, pieno di compassione per lei ed egoistica preoccupazione per me. Non può essere Stephanie. Se James si sta allontanando da Penny, è per altre ragioni. Forse c'è un'altra donna di cui non so niente. Non lo so. Non c'ero. Forse James non è il tipo leale che credevo.

Forse è bravo quanto me ad avere dei segreti.

Questo pensiero mi fa diventare serio e mi ritrovo a vuotare la bottiglia di birra. Quando finalmente James torna dalla nostra parte, Penny se n'è andata. Non ci avevo neanche fatto caso, tanto ero immerso nei miei pensieri.

«Ehi, amico», gli dico. I suoi occhi si posano lentamente sui miei. «Scusa per averti chiamato faccia da cazzo senza preavviso».

«Nessun problema», brontola.

«Stai bene? Sembri avere un tantino di sindrome premestruale».

Mi rivolge un'occhiata ferma, il tipo di occhiata che ti dice di fare qualche passo indietro. Ma resto ancorato al mio sgabello, perché non sono mai stato quello che cede tra i due.

Agito la bottiglia. «Me ne farei un'altra».

James mette le mani sul bancone, l'onnipresente strofinaccio in una mano, e si sporge in avanti. «Sai una cosa, Linden, hai un bel coraggio. Non ti fai sentire per settimane e poi entri qui dentro come se fosse tutto a posto».

«Non è tutto a posto?»

«No».

«Ascolta, amico, compare, fratello. Mi sono fatto sentire. Hai controllato il dannato telefono? Ti ho mandato dei messaggi. Tu mi hai risposto. Non è che non ci siamo sentiti».

«Sai cosa voglio dire».

Mi tocca fare il finto tonto. «No, non lo so. Ho avuto da fare ultimamente, tutto qui».

«Da fare cosa?», domanda in tono accusatorio.

«Da fare con la vita».

«Non con la passera?»

«No».

«Sai che ti ho visto?».

Ah, porca miseria.

«Mi hai visto? Che significa?».

Tira su la schiena e incrocia le braccia sul petto. «Tu e Stephanie».

Acqua ghiacciata. Nel petto, nelle vene, ovunque.

«Vi ho visti nella Kiss Cam. Avevate l'aria di godervela».

Deglutisco. A fatica. Poi mi appoggio allo schienale e gli rivolgo un sorriso spontaneo. «Allora?».

Si acciglia. «Allora?», inveisce. «Che diavolo ci facevi alla partita con lei?»

«Voleva andarci».

«Quella era una cosa nostra, amico».

«Lo so», replico, provando un briciolo di sollievo per la piega che sta prendendo la conversazione. «Ma mi ha chiamato dicendo di aver avuto una pessima giornata e ho pensato che fosse un modo per tirarla su».

«Davvero premuroso da parte tua», osserva con acredine. «Perché non mi avete invitato?»

«È stata una cosa dell'ultimo minuto, tu stavi lavorando».

«Avrei potuto organizzarmi».

Mi stringo nelle spalle. «Be', non lo sapevo».

«E perché cazzo la stavi baciando?».

Ed ecco che ci risiamo. Devo disinnescare questa bomba e in fretta.

«C'era una Kiss Cam, è fatta per quello. Ti pare che faccio quello che non bacia la ragazza sexy che gli sta accanto?»

«Pensi che Stephanie sia sexy?».

Sbuffo incredulo. «Vuoi scherzare? È sexy da morire, cazzo».

«È della mia ex ragazza che stai parlando».

Alzo gli occhi al cielo. «Nonché mia amica. Cos'è, adesso non si può dire che gli amici sono sexy? Anche tu sei parecchio sexy, James, con questi tuoi modi emo, hipster, passo-troppo-tempo-in-un-seminterrato-buio».

«Fottiti».

«Amico, non essere così omofobo».

Mi sta ancora guardando torvo. Vuole riportare la conversazione su Stephanie.

«E poi», continuo. Sto per mentire a denti stretti e spero che Stephanie non mi ammazzi per questo. «Lei adesso ha un ragazzo».

«Cosa?». James scatta sull'attenti.

Uh oh. Forse Penny aveva ragione.

«Uh, be', non è proprio il suo ragazzo. Scopamici, immagino. Ma, sì, si vede con qualcuno. Senza impegno. Però si vedono. Cioè, lui c'è. Visibile. Nel quadro».

«Chi diavolo è questo tizio? Non mi ha detto niente. Come si chiama?».

I miei occhi si posano sull'insegna Guinness alla parete. «Ireland».

«Si chiama Ireland?»

«Già. Ireland Brownglass».

«Ireland Brownglass?».

Alzo le mani. «Amico, non posso farci niente se si chiama così. È vero».

«Dove diavolo ha conosciuto Ireland Brownglass?»

«Un bar di Castro».

«Cosa? Sicuro che non sia gay?».

Faccio spallucce. «Non so. È possibile. Sono sicuro che Stephanie lo scoprirà presto. È una ragazza intelligente».

Sembra leggermente sconvolto. «Non riesco a credere che si veda con qualcuno».

«Be', magari tu fatti vivo», gli dico. Per poco non balzo all'indietro per l'occhiata che mi riserva. «Che c'è? Ti sto solo dicendo di dialogare di più. Tutto qui. Non può essere tutto a senso unico. Se sei arrabbiato perché non ti chiamo, chiamami tu. Più invecchiamo, più abbiamo cose da fare».

Vorrei anche aggiungere che non dovrebbe essere un affare di Stato se lei si vede con qualcuno, ma temo quale sarà la sua risposta. Temo quale potrebbe essere la verità, perché nell'istante in cui sentirò che James è innamorato di lei, so che dovrò fare delle scelte difficili. Scelte che distruggeranno almeno un'amicizia.

Perciò non dico niente, mi limito a bere la mia birra e poi quando James è di nuovo occupato, tiro fuori il telefono e mando un messaggio a Steph.

A proposito, ho detto a James che frequenti un tizio di nome Ireland Brownglass. L'hai conosciuto in un bar a Castro e potrebbe essere gay, ma tu ancora non lo sai. Lunga storia, ti spiego dopo.

Mi risponde dopo un minuto: Spero che sia anche utile.

Non sono sicuro che sia utile e non so quanto posso spiegarle senza svelare troppo.

Comincio ad avere la sensazione che le cose ci stiano lentamente sfuggendo di mano.

Ho bisogno di tenerle più strette.

Capitolo diciotto

Stephanie

Sapete quanto il karaoke alcolico possa essere la cosa più irritante del mondo? Be', il karaoke con le canzoni di Natale da sbronzi è ancora peggio. L'unica salvezza giunge quando qualcuno sostituisce le parole originali con qualche parolaccia.

È quello che sta facendo ora James, in piedi sul suo bancone mentre canta a squarciagola la versione più strana di *Silver Bells* che abbia mai sentito. Ma quantomeno è più divertente della maggior parte delle persone che ho sentito stasera.

È il party di Natale del Burgundy Lion e siamo tutti qui riuniti per bere punch scadente e eggnog forte e farci spaccare i timpani dallo smisurato egocentrismo di chi si esibisce. È come avere un biglietto in prima fila per le audizioni di *American Idol*. No, un momento. È peggio.

So di non essere brava a cantare, perciò faccio al mondo un favore e me ne sto nel mio séparé. Linden, naturalmente, sa cantare ed è abituato a stare sul palco del Lion. È l'unico ad aver fatto qualcosa di decente stasera. Dico decente perché è ubriaco e ha provato a cantare *Battle of Evermore* dei Led Zeppelin. Chiunque sappia qualcosa di musica, o ha le orecchie funzionanti, sa che non puoi provare a cantare come Robert Plant quando sei sbronzo.

Manca una settimana a Natale e stasera è la prima volta che Linden e io siamo usciti in pubblico insieme, tra amici. Ma anche se siamo in pubblico, non lo siamo come coppia. Io sono seduta da un lato del séparé con Penny e Kayla, mentre Linden è seduto con Dan. Tutti stiamo cercando di non guardare James, ma è come un incidente stradale, ti attira tuo malgrado.

Mi protendo verso Penny. «Dovresti essere orgogliosa».

Lei annuisce. «Oh, sì, molto».

È un po' diversa ultimamente. Certo, l'ho vista solo in qualche occasione e non parliamo mai di roba seria, perciò non so bene come vada la sua vita. Ma è taciturna, quasi cupa. Mi riprometto di chiederle più tardi, in privato, come sta davvero.

«Allora, tu e Ireland?», domanda. «Ireland Brownglass, giusto?».

Linden mi dà un calcio sotto il tavolo e io resisto all'impulso di guardarlo. Ricordo che mi ha mandato un messaggio a tale riguardo la settimana scorsa, ma quando poi ci siamo visti siamo andati dritti a letto e non se n'è più parlato.

«Ireland… bene. Stiamo bene», annuisco. «Alla grande».

«E l'hai conosciuto a Castro?»

«Ahi!», strilla Kayla accanto a me. «Chi è che mi ha dato un calcio? Sei stato tu, stronzo?».

Mi volto e la vedo puntare un dito accusatore contro Linden. Lui alza le mani, sgranando gli occhi. È buffo quanto sia terrorizzato da Kayla. Penso che si senta davvero in colpa per come l'ha trattata.

«Uhm», faccio adagio, staccando gli occhi da lui e riportandoli su Penny. «Sì. Castro».

«E non è gay?»

«Oh», esclamo e fingo di rifletterci. «Già. Forse lo è. Non lo so. Abbiamo rotto».

Penny emette un verso di disappunto. «Ah, mi dispiace tanto». Pausa. «Pensavo avessi detto che stavate alla grande».

«Mi riferivo a me. È stato consensuale».

«Oh. Mi dispiace comunque».

«Sì», dico, abbassando lo sguardo sulla birra. «Probabilmente era gay».

«Di cosa diavolo state parlando?», mi bisbiglia Kayla all'orecchio. Ma la ignoro.

«Okay», dico alzandomi. «Vado a prendermi un goccio, chi ne vuole uno?»

«Io!», esclama Linden, praticamente schizzando fuori dal séparé.

Andiamo insieme al bancone e sono consapevole della distanza tra di noi. Sembra così innaturale stare con lui e non avere la sua grande mano sulla schiena o il suo braccio attorno alle spalle. È sempre così fisico con me che mi sembra terribilmente sbagliato non sentirlo affatto.

«C'è mancato un pelo», dice sottovoce mentre ci dirigiamo al bancone. James ne è appena sceso e si sta servendo una dose di punch all'altro capo, perciò è una delle bariste di turno a versarci un bicchierino di Jameson.

«Fallo doppio», dice Linden.

«Sei già ubriaco», lo ammonisco.

«Dov'è il tuo spirito festivo, piccola», replica, sporgendosi verso di me. Le sue labbra si posano proprio sotto il mio orecchio. «Se mi fai vedere il tuo, ti faccio vedere il mio».

«Non qui», bisbiglio, sorridendo a Caroline, la barista che ci sta servendo. Lei mi rivolge una strana occhiata ma io non smetto di sorridere, come se questo fosse esattamente ciò che fanno gli amici, sussurrarsi cose intime all'orecchio.

E adesso mi sta mordicchiando il lobo. Il mio corpo si rilassa all'istante, desiderando altro, mentre la mia mente mi ricorda che non siamo al sicuro e che questo è inappropriato.

«Linden», lo rimprovero.

Smette di mordicchiare ma non si allontana. «Ti ho detto quanto cazzo sei sexy stasera?». Il suo alito caldo mi fa il solletico.

«No. Ma fallo pure».

«Il tuo vestito è incredibile». Ha ragione. È di satin rosso senza spalline lungo fino alle ginocchia, con un corsetto che mi strizza e fa sembrare assurdo il mio seno. «Sembri una principessa Disney».

«Una principessa Disney?»

«Già», mormora roco. «Una di quelle principesse che hanno l'aria di poterti concedere un pompino se ti giochi bene le tue carte, ma che alla fine non te lo faranno lo stesso».

Rido. «Non so neanche cosa significa».

«Posso mostrartelo».

«Ecco a voi», annuncia Caroline. Ci stacchiamo e lei spinge i quattro bicchierini nella nostra direzione.

«Caroline, sei sempre un tesoro». Linden alza il bicchiere brindando a lei. «Forza, Steph, brindiamo a Caroline».

«A Caroline!», diciamo all'unisono. Lei si limita a scuotere la testa e si allontana mentre noi ci scoliamo il primo shot. Brucia ma il calore diventa piacevole dopo qualche istante. Mi ricorda molto il calore che ho tra le gambe. Un solo accenno al sesso, anche bizzarro e incomprensibile a causa dell'alcol come ha appena fatto Linden, e già visualizzo il suo uccello, duro tra le mie mani, dal gusto salato mentre ne lecco la punta.

«Ancora», dice Linden, mettendomi in mano l'altro bicchiere. Buttiamo giù il secondo shot ancora più in fretta del primo. Poi lui si alza e mi dice sottovoce: «Ci vediamo nel bagno delle donne tra un minuto».

Attraversa il bar diretto alla toilette. Amo guardarlo camminare. L'andatura spavalda che ha, la vista dei muscoli che si muovono sotto i vestiti, le spalle larghe e il busto che forma una V perfetta, quelle fossette sul fondoschiena che amo accarezzare e leccare. Certo, nessuno può vederle sotto la maglia ma io so che sono lì.

Una volta che sparisce sul retro, mi alzo e, lentamente, con tutta la disinvoltura possibile, mi guardo attorno nel locale. La gente sta ridendo, qualcuno canta *Santa Baby* in tono disgustosamente dolce, un bicchiere si rompe da qualche parte in sottofondo. Al tavolo, Kayla e Dan stanno parlando di qualcosa e, vicino alla porta d'ingresso, Penny e James stanno avendo una discussione. Sembra accesa, il che vuol dire che non fanno caso a noi, ma mi fa anche chiedere cos'abbia Penny che non va ultimamente.

Mi assale il senso di colpa. Se fossi stata presente come un tempo, probabilmente saprei cosa sta succedendo. Ma non ci sono stata. Le cose non sono cambiate solo tra me e Linden, sono cambiate con tutti.

Scuoto la testa, restia a farmi deprimere questa sera. Per quanto ne so, Penny e James stanno benone. E Linden e io? Più che benone.

Vado alle toilette come se niente fosse e do un rapido colpo alla porta di quella delle donne.

«C'è nessuno?», chiedo dolcemente.

«Chi è?», risponde Linden con voce stridula. È stranamente simile alla sua versione di Robert Plant.

«Una principessa Disney», rispondo. Aspetto un momento, sentendo la trepidazione crescere, e la porta si apre.

Mi affretto a entrare e vedo Linden dall'altro lato, che mi guarda con un sorriso sbilenco. Nel bagno ci sono due cubi-coli, di cui uno per gli handicappati, ma per fortuna si può chiudere a chiave la porta principale. Ho appena modo di farlo prima che Linden mi schiacci contro di essa.

Il mio corpo reagisce per puro istinto. Lo bramo tanto quanto fanno il mio cuore, la mente e l'anima. Mentre Linden si preme contro di me, respirando affannoso e coprendomi di baci bagnati e frenetici, io gli metto le mani attorno alle spalle, godendomi la sensazione dei suoi muscoli quando lo attiro più vicino.

Una delle sue mani si perde nei miei capelli, dandomi piccoli strattoni, mentre l'altra mi solleva la gonna del vestito. Quando scopre che non porto biancheria, emette un profondo gemito che sento vibrare dentro di me e mi esplora con le dita.

«Così bagnata», mormora. «La mia piccola si bagna così per

me». Infila tre delle sue grosse e lunghe dita dentro di me e io mi contraggo. «E così avida».

«Zitto e scopami», gli sibilo all'orecchio.

Lui ride, una risata bassa e intensa, e mi tira indietro i capelli prima di affondare labbra e denti sul mio collo scoperto. «Nessuna pazienza».

«Non qui, non adesso», replico. «Non con te».

«Ti ho trasformata in un animale».

«Allora dovresti agire di conseguenza».

Si ferma e mi rivolge un'occhiata ambigua. «È così?». Come il suo uccello, anche l'accento si fa più duro quando è eccitato, provocandomi una scarica di brividi lungo la schiena. Mi contraggo di nuovo, desiderosa di sentirlo più in fondo, ma lui toglie le dita e si slaccia la cintura.

Mentre sento la zip che si apre, mi afferra con un braccio e mi fa girare, mettendomi di fronte a uno dei cubicoli. Ne apre la porta con un calcio e mi spinge all'interno, fino a che le mie mani sono contro la fredda parete piastrellata.

«Allarga le gambe, di più», esige e, prima che io possa farlo, si sta già spingendo tra di esse. «Di più», ringhia.

Le allargo più che posso senza scivolare e cerco di controllare la mia posizione. Non sono una schizzinosa quando si tratta di fare sesso, ma devo ammettere di essere felice che il bagno sia immacolato stasera. Non credo che quello degli uomini lo sarebbe altrettanto ma, in una situazione simile, c'è comunque il brivido di desiderare così tanto una cosa che non ti importa dove la ottieni.

Questa è una di quelle situazioni.

Linden mi tira su la gonna e mi infila una mano tra le natiche, penetrandomi con un dito. Ho un piccolo sussulto, non me l'aspettavo, ma lo toglie subito e usa la mano per posizionare l'uccello.

«Magari dopo?», suggerisce scherzoso.

«Forse».

Poi si prepara a penetrarmi e aspetta qualche istante. Sento il calore emanare da lui, la sua imponenza alle mie spalle, il modo in cui i suoi occhi ardono su di me. So che sta guardando il mio sedere, il suo uccello mentre sta per spingerlo duro dentro di me. Prima che possa incitarlo a farlo, affonda con un'unica potente spinta.

Serro le dita contro le piastrelle, blocco gomiti e ginocchia per non perdere l'equilibrio. Non riesco a trattenere il grido che mi sfugge dalle labbra e poi il sommesso "oh", quando lui, in modo lento e straziante, si ritrae.

Quest'uomo è esagerato.

È la mia vita.

È il mio Linden.

E mi sta prendendo da dietro nel bagno delle donne.

Aggrappandosi con una mano alla cima del cubicolo e tenendomi l'altra sulla vita, si guida dentro con roventi, profonde spinte che colpiscono il punto giusto ogni volta.

«Cazzo, cazzo, cazzo», sibila, risucchiando l'aria. «Piccola, sto venendo, sto venendo».

Prima che abbia modo di provare a raggiungerlo, mi lascia andare la vita e fa scivolare un dito sul clitoride, stuzzicandolo due volte. E basta questo per farmi partire come una bomba.

Esplodo, fino a quando sento che non è rimasto niente, e lui esplode dentro di me. Lo sento, caldo e potente mentre pulso attorno a lui, e poi il suo braccio è sotto il mio ventre, sorreggendomi mentre le gambe cominciano a cedermi.

Per poco non cado nel water. Spiegarlo sarebbe stata un'impresa.

«È stato incredibile», sussurro, cercando di riprendere fiato, di riportare indietro la testa da dove sta nuotando con le stelle.

Mi bacia sulle spalle nude. «Adesso chi è che fa lo sdolcinato?».

Mi giro e gli rivolgo un sorriso smielato. Ha negli occhi

quello sguardo che amo: sonnacchioso, felice e soddisfatto. Lo amo perché sono io l'unica a darglielo, l'unica in grado di provocare tanta tenerezza in questa montagna d'uomo.

Si piega e strappa un po' di carta igienica; poi me la passa con dolcezza tra le gambe.

«La gente si insospettirà se hai dello sperma sulle gambe», spiega con un sorriso prima di gettare la carta nel water. «Personalmente, a me piace come ti sta».

Usciamo dal cubicolo e ci diamo una rapida sistemata davanti allo specchio. Sto per aprire la serratura della porta per uscire per prima quando sento bussare.

Resto pietrificata. Forse se non dico niente se ne andranno. Guardo Linden e mi porto un dito alle labbra.

La persona bussa di nuovo e dice: «Ehi? Steph?».

È Kayla.

Dannazione. Be', immagino che poteva andare peggio.

Faccio segno a Linden di andare nell'altro cubicolo e poi apro la serratura, schiudendo appena la porta.

«Ehi», faccio in tono vivace. «Cosa c'è?»

«Cosa ci fai qui dentro? Ti cercavo».

«Uh, problemi di stomaco».

«E quindi hai chiuso a chiave tutto il bagno?»

«Brutti problemi di stomaco».

Fa un smorfia e guarda dietro di me. «Quello chi è?», chiede. Poi apre la porta ed entra nel bagno.

«Linden?», dice, guardando le sue scarpe. Ormai non sono molti gli uomini che portano gli anfibi.

«No, è un'altra persona», mi affretto a rispondere.

«Chi, Ireland Brownqualcosa?», replica e spinge la porta del cubicolo. «Lo sapevo!», esclama.

Linden emerge dal bagno, non imbarazzato come mi sarei aspettata.

«Shhh!», le faccio e vado di nuovo a chiudere a chiave la porta principale. «Abbassa la voce. Non lo sa nessuno».

«E ci credo», dice, guardando torva Linden. «Dio, Stephanie, come hai potuto con questo idiota?»

«Uh, *tu* hai potuto con questo idiota», le fa osservare Linden.

«Linden, chiudi il becco», gli ordino. Poi mi giro verso Kayla e le rivolgo uno sguardo implorante. «Ti prego, non dirlo a nessuno. Stiamo cercando di capirci qualcosa e non vogliamo che la gente lo sappia».

Lei incrocia le braccia e batte un piede. Il suono riecheggia nella stanza. «Uhm. E per quanto pensavate di andare avanti con questa storia?».

Guardo Linden e faccio spallucce. «Per sempre?».

Kayla sospira esasperata. «Lo sapevo. Sapevo che c'era sotto qualcosa».

«Be', speriamo che non lo sappia nessun altro».

«Già, giusto. Non potete nascondervi per sempre. Dovreste uscire là fuori e dirlo a tutti. Levarvi il pensiero».

Scuoto la testa. «No. Solo perché due amici scopano non significa che tutto il mondo debba saperlo».

Mi rivolge un'occhiata caustica. «In realtà penso che gli amici più intimi meritino di saperlo». Poi si gira e va alla porta, scoccandomi un'altra occhiata da sopra la spalla. «E se pensate di essere ancora solo amici, dovete ricredervi».

Poi se ne va. La tensione resta con noi nel bagno.

Guardo contrita Linden. «Scusa. È assillante».

Lui annuisce. «Lo so. Be', speriamo che tenga la bocca chiusa».

«Lo farà». Ma comincio a chiedermi per quanto ancora possiamo continuare con questa farsa. Qualcosa deve cambiare. Non possiamo continuare a mentire entrambi. Se è James il problema, be' a questo punto è un problema di James, non nostro.

Ma non è stasera il momento di parlarne. Stasera ci si diverte. Dopo Capodanno, tutto uscirà allo scoperto. Ci metteremo seduti con James e gli spiegheremo tutto… be', proveremo a definire cosa siamo. E allora spero che capisca. Per lui potrebbe essere strano all'inizio, ma penso che col tempo vedrà che niente è davvero cambiato tra noi tre.

Eppure, mentre bacio Linden sulla guancia ed esco dal locale, fingendo di non essere mai stata in bagno con lui, so che tutto è già cambiato.

Non ho idea se potrà mai tornare come prima.

Ore più tardi, dopo che la festa è finita e sono state consumate montagne di alcol e biscotti di Natale, finisco a casa di Linden.

Comincio a sentirmi a casa qui. Contribuisce il fatto che l'appartamento è nuovo e non ci sono infiltrazioni. Non che ce ne siano più nel mio, grazie a lui e alla sua abilità da tuttofare, ma in quello di Linden c'è qualcosa che mi fa sentire al sicuro.

Forse perché qui non sono mai da sola, sono sempre con lui. Quando facciamo le uova strapazzate la mattina, o una maratona di serie TV su Netflix o semplicemente sesso sotto la doccia, lui c'è sempre.

È saldo. È affidabile. È la mia roccia.

È il mio Linden.

Lo è sempre stato.

E sempre lo sarà.

Questa sera, tuttavia, dopo la scopata bollente in bagno, l'essere stati scoperti da Kayla, la sbronza a base di Jameson e l'allegria al Burgundy Lion, sento che lui è più di tutte queste cose.

È il mio amante.

E il mio amore.

E non riesco più a tenere a freno queste farfalle nel petto. Voglio lasciarle uscire. Voglio che lo tocchino, lo sfiorino con le ali impalpabili, per fargli sapere cosa provo per lui.

Ci togliamo i vestiti e ci infiliamo tra le lenzuola fresche di bucato del suo letto. Siamo entrambi troppo stanchi e ancora appagati per fare sesso, perciò ci raggomitoliamo uno tra le braccia dell'altra. Mi bacia le tempie, indugiando con le labbra mentre mi tiene stretta a sé.

Non voglio che vada mai via. Mi ha detto che non lo farà.

«Linden», dico piano, così piano che non so se l'ho detto o le parole si sono disintegrate nell'aria. Tutto ha più significato quando è tardi e sei al buio.

C'è una lunga pausa e poi lui risponde: «Baby Blue».

«Io…», comincio e poi all'improvviso tutto quello che stavo per dire, quell'unica semplice frase, mi viene strappata via. Non riesco a continuare. Non è solo amore, è molto di più. È qualcosa che va oltre le parole, oltre tutto ciò che è tanto comune e ordinario. Vedi "ti amo" scritto ovunque e all'improvviso capisci che non è *abbastanza*. Non descrive ciò che provo.

«Cosa?», sussurra, sfiorandomi l'orecchio con le labbra. Mi stringe più forte. «Ti prego, dimmelo».

Deglutisco e ricomincio daccapo. «Linden. C'è uno spazio nel mio petto che non avevo mai notato prima. È come se per tutto questo tempo abbia avuto un altro cuore lì dentro e questo cuore contenga un intero mondo. Non l'avevo mai notato perché era nascosto. Non era attivato. Non brillava e perciò non potevo vederlo. Ma adesso sì». Una lacrima mi scende sul viso ma non la asciugo. «Sei stato tu a farlo brillare, Linden. Quel nuovo cuore, quel nuovo mondo, sei tu. È come se occupasse ogni centimetro del mio corpo, come se sbocciassi ogni giorno che passa. Tu sei dentro di me e non posso nasconderlo né contenerlo o ignorarlo. Mi accechi. Tu sei me». Faccio un respiro profondo. «Sto cercando di dirti che ti amo».

Silenzio. È fitto come la notte. Trattengo il fiato, aspettando la sua risposta, chiedendomi cosa dirà. In questo momento che si trascina, sono piena di speranza e sono piena di paura. Perché per quanto Linden mi faccia sentire di avere dentro un amore incontenibile, ho il terrore che lui non provi lo stesso. Che sia lontano da me anni luce.

Adesso ho paura di averlo spaventato.

Oh, Dio, perché non dice niente?

Vado nel panico. «Forse era troppo, forse…».

«Shh», fa lui, girandomi la testa perché lo guardi negli occhi. Sono così profondi e imperscrutabili nel buio. Ma quando gira la testa, basta poco perché la luce dall'esterno vi si rifletta. Sono pieni di lacrime.

Mi sento come una diga sul punto di esplodere.

«Stephanie», dice, con voce sommessa, ma soffocata. «Sapevi che mai nessuno mi ha detto che mi voleva bene o che mi amava?».

È come un macigno sul petto. «Cosa?!».

«È vero», dice. «Non ho mai sentito dire a nessuno che mi amava».

«Ma, ma…». Penso al passato, passando in rassegna i ricordi. Non glielo avevo mai detto, come amica? James non l'ha mai fatto? Né i suoi genitori, suo fratello? «Nadine?», chiedo.

Scuote impercettibilmente la testa. «Nessuno. Nadine e io eravamo molto intimi, ma queste esatte parole non sono mai state pronunciate. Credimi. Lo so. Lo so perché adesso le ho sentite per la prima volta, solo adesso, da te, e non si dimentica una cosa del genere».

I suoi genitori non gli hanno mai detto che lo amavano. Mi si sgretola il cuore per lui. Mi viene da piangere.

«E poiché nessuno me l'ha mai detto», continua piano, «non ho mai avuto qualcuno a cui dirlo. Non sapevo come fosse davvero l'amore perché nessuno me l'ha mostrato. Sapevo solo cosa non era. Ma tu, Steph, tu sei sempre stata diversa. Tu hai avuto il mio cuore sin dal primo giorno. James ti ha vista per primo, ma posso garantirti che hai avuto il mio cuore prima di avere il suo. Non sono mai riuscito a dirtelo perché ho tenuto per me questo amore. Se nessuno voleva condividerlo con me, io non l'avrei condiviso con nessuno. Sono stato uno stronzo avido». Fa una pausa. «Ma ti amavo. Non come amica.

Sempre come qualcosa di più. Dal momento in cui sei entrata nel bar, sei diventata padrona di quella parola e di quello che significava per me. Ho pregato e sognato di riuscire a dirtelo un giorno. Non importava cosa provassi tu, ti avrei detto che ti amavo e che niente poteva cambiare questa realtà. Che ero libero di darlo a te». Inspira a fondo e continua. «E perciò, ti amo, Baby Blue, sono innamorato di te. Tu sei il mio amore. E sono onorato di potertelo finalmente dire».

Adesso sono senza parole. Sbigottita. E la mia anima è così dannatamente piena che quasi non posso vivere. Posso solo afferrargli la faccia e baciarlo con tutta la dolcezza, la profondità e la sincerità di cui sono capace. E poi sorrido e rido e lui fa lo stesso.

«Immagino però», dice lui, asciugandosi una lacrima ma continuando a ghignare come un pazzo, «che se avessi avuto più esperienza nel dirlo, non sarebbe stato un discorso tanto complicato».

«Parla per te», replico. «Abbiamo preso entrambi la tangenziale per dire due parole».

«Ma a volte quelle parole non bastano», osserva, baciandomi una mano.

«No, non bastano. Ma tu sì».

Questo nuovo cuore dentro di me sta crescendo. Non credo che riuscirei mai a fermarlo.

Capitolo diciannove

Linden

C'è un problema.

C'è un grosso, fottuto problema.

Avevo appena messo la scodella dei cereali nella lavastoviglie quando ho sentito bussare alla porta. Considerando che Stephanie è andata via appena tre minuti fa, ho pensato che fosse lei che aveva dimenticato qualcosa. Forse, ha pensato il mio cervello, è tornata per un altro round perché non le basto mai.

Ho aperto la porta, sul punto di dire esattamente questo ("Sei tornata per averne ancora, piccola?"), ma sono felicissimo di non averlo fatto.

È James.

«Uh», faccio, cercando di trovare le parole, ma l'unica cosa che mi viene in mente è se ha visto Steph uscire da qui. Sospetta? Perché è qui? È possibile fare finta di niente? Ci provo comunque. «Ciao, James».

«Ciao», dice. La sua voce è bassa. Non sembra arrabbiato, perciò è una cosa positiva. Ma sembra inquieto. Ancora di più quando abbassa lo sguardo e ha un leggero sussulto. «Forse dovresti mettere un paio di pantaloni».

Sorrido, rendendomi conto di avere addosso solo i boxer. Non è che sia poi così grave, ma visto che stavo pensando a Steph, so di essere un po' pieno là sotto.

«Scusa», dico, voltandomi ma facendogli comunque segno

di entrare. «Vieni, cosa c'è, amico?». Vado subito in camera da letto a cercare tracce di Steph. È brava a non lasciare la sua roba in giro, non sono neanche riuscito a convincerla a lasciare uno spazzolino, continua a portarselo dietro in una delle sue mille borse. Mi infilo un paio di jeans e torno da lui.

«Festa selvaggia ieri sera», dice James, chiudendosi alle spalle la porta d'ingresso.

Adesso analizzo ossessivamente ogni sfumatura nella sua voce. Kayla gli ha detto qualcosa? Lui ha visto qualcosa?

«Ma un vero spasso», rispondo, andando al frigo con tutta la disinvoltura di cui sono capace. Un sabato mattina come tanti, niente di cui essere sospettosi. Scruto la stanza alla ricerca di un paio di slip rossi che so di aver strappato a Steph l'altro giorno.

«Altroché».

Prendo una caraffa di succo d'arancia e la agito verso di lui. «Ti va?».

Fa di no con la testa. A guardarlo meglio, non sembra in gran forma. È più pallido del solito e ha gli occhi cerchiati di viola. «Stai bene?», gli domando, affrettandomi ad aggiungere: «Postumi della sbornia?».

Annuisce e alza lo sguardo su di me. I suoi occhi sono molto seri, molto scuri. «Già. Postumi della sbornia. Ho bevuto come una spugna».

«E chi non l'ha fatto?». Mi verso un bicchiere di succo e lo tracanno. «Ma non puoi entrare nello spirito della festa senza spirito».

James non sorride nemmeno. Si limita a fissarmi e riesco quasi a vedere le tenebre mulinare dentro di lui. Sono così a disagio che mi formicola la testa.

«Ho rotto con Penny».

Sbatto le palpebre, sorpreso ma non troppo. «Cosa? Perché?»

«L'ho fatto ieri sera, dopo la festa. Abbiamo litigato».

Mi mordo il labbro, riflettendo, e dico: «Be', solo perché avete litigato non vuol dire che dovete rompere».

«Tu eri innamorato di Nadine?», domanda.

Mi coglie un po' alla sprovvista e mi fa ripensare alla conversazione con Steph di questa notte. Lei mi ama. Baby Blue mi *ama*.

«Linden?»

«Scusa». Scuoto la testa e bevo un sorso di succo. «No, non ero innamorato di lei».

«E lo sapevi».

«Sì. Volevo convincermi di poter cambiare le cose, farle crescere, suppongo. Ma no, non ero innamorato di lei».

«E così l'hai lasciata».

«Esatto».

«Stessa cosa allora. Io non amo Penny».

Non riesco a impedire alla mia faccia di esprimere delusione. «Ma stavate così bene insieme. Lei è una ragazza così carina. È divertente. Rendeva *te* più divertente».

«Lo so, è stato questo a rendere tutto così difficile. Sai, a dire la verità erano almeno sei mesi che ci stavo pensando».

«Sei mesi?», esclamo. «Erano sei mesi che volevi rompere con lei?».

Fa spallucce e distoglie lo sguardo, pieno di vergogna. «Come te, pensavo che le cose sarebbero cambiate. Perché lei è divertente e stiamo benissimo insieme, tengo a lei. Un sacco. Sotto molti punti di vista, lei è così perfetta. Ma non ne sono innamorato. Quando la guardo, non sento la caduta libera».

«Caduta libera?»

«Già», dice piano e torna a guardarmi. «Il modo in cui mi sento quando amo qualcuno». Si lecca le labbra. «Ascolta, Linden, devo dirti una cosa».

«Ti prego, non dirmi che sei innamorato di me, James. Non sei il mio tipo».

«Neanche tu sei il mio tipo. Faccia da cazzo».

Sorrido, ma il suo volto si fa teso, la fronte aggrottata. Ti prego, ti prego, ti prego, fa' che dica il nome di un'altra.

«Sono innamorato di Stephanie».

No.

No. No. No. No.

Sento nel petto il vuoto più totale. Non resta che il nero, arido, nulla.

«Tu cosa?». Quasi non riesco a parlare ma dovrei riuscire a farlo. Dovevo saperlo che sarebbe andata così. *Sapevo* che sarebbe andata così.

«Sono innamorato di lei», ripete. Mentre la mia voce si è indebolita, la sua è diventata più forte. C'è una ferrea determinazione nei suoi occhi, come se dirmi questa cosa la renda più reale. «Mi sorprende che tu non l'abbia mai capito».

«No», replico. Mi schiarisco la voce, cercando di assorbire il colpo. Non posso mostrarmi ferito, non posso far vedere che c'è questo iceberg di fottuta disperazione nelle mie viscere, di quelli che non ti fanno respirare bene.

«È una buona cosa, immagino», osserva.

«Allora…», comincio. «Scusa. È solo… da quanto tempo sei innamorato di lei?».

Sospira. «Sai una cosa, amico? Non so se l'ho mai dimenticata. Quando ha rotto con me, è stata una cazzo di batosta. Ero così innamorato di lei e, ripensandoci adesso, capisco bene perché l'ha fatto. Ero così dannatamente immaturo. Lo eravamo entrambi, ma io mi comportavo da vero moccioso, sai? Forse perché lei era il mio primo amore, più che una semplice scopata. Ma, Gesù, Linden, non hai idea di com'era il sesso».

Stringo i denti, contraendo la mascella.

James continua. «È così fottutamente brava a letto. All'epoca e anche di recente».

«C-cosa?». I miei polmoni sembrano vuoti.

Mi rivolge un ghigno. È compiaciuto e vorrei cancellare

questo ghigno dalla sua stramaledetta faccia con un cazzotto. «Già. Il suo ventinovesimo compleanno. Ricordi quando eri in ospedale con Nadine?».

«Sì. Sì. Mi ricordo».

«Be', non volevo che Steph passasse il suo compleanno da sola. Perciò sono andato al suo negozio. Le cose ci sono un po' sfuggite di mano. Abbiamo finito per fare sesso lì, nel negozio. Che te ne pare, eh?».

Macchie nere mi compaiono davanti agli occhi. Tutto quello che ha detto sembra provenire da un sogno, un incubo. Non è reale. Stephanie *non* è andata a letto con James il giorno del suo ventinovesimo compleanno.

«Scioccato», commenta James. «È raro riuscire a scioccare il grande Linden McGregor. Deve essere la prima volta per me». Mi rivolge un sorriso cattivo e continua. «A ogni modo, il sesso è stato fantastico. Sai, una cosa tipo "ti voglio e devo averti". È diventato parecchio incasinato. Cibo ovunque, bevande rovesciate. L'ho presa lì sul pavimento, carponi, e lei l'ha adorato, cazzo, Linden. Se l'è proprio goduta».

Tutto ciò che provo è rabbia. Incandescenti, vischiose fiamme di rabbia. Rabbia furiosa, incontrollabile e guidata dall'odio che arde dentro di me, divorandomi. Farò qualcosa di stupido, lo so, lo so. Non posso farne a meno.

Lui è il mio migliore amico e io voglio ucciderlo.

Ucciderlo e basta, cazzo.

Ma in qualche modo deglutisco la mia furia, la ingoio, fino a che mi brucia la gola, e sfoggio un sorriso. «Forte». Inspiro, espiro. «Solo quella volta?».

I suoi occhi balenano di delusione. «Già». La rabbia scivola via, leggermente. «Ma mi ha fatto rendere conto che non l'ho ancora dimenticata».

«È parecchio tempo che sei in fissa per la tua migliore amica», osservo. Mi do da fare con il resto del succo. Sto cercando di pensare a come reagire, a cosa si aspetta che faccia. Al Linden che crede io sia, quello che vede Stephanie solo come un'amica, importa di questa situazione?

Immagino che un pochino sì.

«Be', cosa hai intenzione di fare?», domando. «Hai rotto con Penny, ma fino a che continuerai a provare questi sentimenti, non andrai da nessuna parte. Non hai paura di rovinare l'amicizia? Sai se lei prova lo stesso per te? Perché, non lo so, amico… ha una vita parecchio piena al momento e, dal mio punto di vista, non sembra che pensi a te in quel senso. Senza offesa, s'intende».

Un freddo scintillio calcolatore si accende negli occhi di James quando mi guarda. «Tipico di Linden».

«Tipico di Linden?», ripeto.

Tamburella le dita sul tavolo. «Sai cosa mi ha fatto incazzare davvero? Quando hai fatto quel patto con lei. Quel piccolo stupido patto di merda».

«Perché ti avrebbe fatto incazzare?».

Mi scocca un'occhiata. «Ovviamente adesso sai perché. Ma ecco che tu dici alla ragazza di cui sono innamorato, la mia ex ragazza, e nostra amica, che la sposerai se entrambi sarete single a trent'anni».

«Non sapevo che fossi innamorato di lei», ammetto a bassa voce.

«Avrebbe fatto differenza?»

«Sì!», esclamo. «Certo che sì».

Mi scruta diffidente. «Oh, ne sono certo. Devi sempre andare dietro a ciò che è mio. Non puoi mai lasciarmi avere qualcosa in esclusiva».

«Di che cazzo stai parlando?», chiedo, sbattendo il succo in frigo. «Era un patto innocuo».

«Sai che non intendevo niente. Ma la cosa mi fa incazzare ancora di più». Mi rivolge un sorrisetto acido. «Sai, ho ringraziato la mia buona stella per averla vista io per primo. Per averla assunta. Per averle chiesto di uscire. Non avevo intenzione di lasciarti qualcosa di cui non avevi bisogno. Tu ottieni tutto, Linden, praticamente ti viene servito su un piatto d'argento, di continuo. Ma non hai avuto lei».

Stringo le mani a pugno e poi le riapro. «Perché non mi dici quello che provi davvero?»

«Ed eccoti con il tuo atteggiamento strafottente, come se non te ne fregasse, perché non te ne frega. Non ti frega di nessuno, solo di te stesso».

«Sei venuto fin qui per dirmi che sei innamorato di Stephanie o era solo una scusa per rivelarmi tutto questo rancore?».

Inspira a denti stretti. Poi le sue spalle si rilassano un po'. «No, sono venuto qui per parlarti di lei. Tutto il resto… mi è sfuggito».

Incrocio le braccia sul petto, sentendo un'intensa combinazione di rabbia e sdegno rotolare dentro di me. «C'è altro allora? Forza, ce la faccio. Ovviamente a me non interessa niente a parte me stesso».

«Non hai idea di com'è essere me. Dover lavorare così duramente nella vita per fare il minimo passo avanti. Sono cresciuto povero. Ho avuto un coglione ubriaco per padre e una madre debole. Ho lottato per avere tutto ciò che ho. Non è facile essere tuo amico, Linden, quando a te viene servito tutto quanto su un piatto d'argento. Ecco perché Stephanie è così speciale per me. È più mia che tua».

«Questo non è vero», dico a denti stretti.

«Cosa?».

Deglutisco e faccio un profondo respiro. «È amica di entrambi da anni».

«Ma solo io me la sono scopata, solo io la conosco davvero».

Non è vero. Ma tengo la bocca chiusa. Una parte di me vorrebbe dirglielo, vorrebbe fargli del male per tutto il risentimento che mi ha vomitato addosso. Ma l'altra parte è d'accordo col suo risentimento. Quella parte capisce cosa vuole dire.

Quella parte sa che sono colpevole.

«Tu non sei stato insieme a lei, vero, Linden?».

La domanda mi fa trasalire. Non avrei mai pensato che potesse chiedermelo.

«Con Stephanie?».

Annuisce adagio. «Uh uh. Sembra una domanda sciocca ma, a giudicare dai baci che ho visto… oh, puoi anche dire che al cottage era un gioco o che allo stadio eravate ripresi dalla telecamera, ma non mi sorprenderebbe se tu fossi il tipo che va oltre».

Ma io sono quel tipo.

Porca puttana, sono una persona terribile.

«Perché», continua, guardandosi le dita che tamburellano adagio, «se tu fossi quel tipo di uomo, avrei il diritto di saperlo. E non ti rivolgerei mai più la parola. Sarebbe come se tu non fossi mai esistito. Conosci quel detto, gli amici prima delle ragazze? C'è del vero. Non scopi alle spalle degli amici. E non dici loro bugie al riguardo. Perciò, Linden. Che tipo di uomo sei tu? Un amico? O l'altro uomo?».

Devo rispondere. Devo dire qualcosa.

Non ho tempo di soppesare la risposta giusta. Posso solo guadagnare tempo.

«Sono tuo amico, James», rispondo. «Non sono mai stato con Steph. È tutta tua».

Il più grande, il più luminoso dei sorrisi si accende lentamente sulla sua faccia. Sembra un bambino la mattina di Natale. Non mi fa sentire affatto sollevato. Mi fa assolutamente male al cuore.

Ho appena mentito, mentito spudoratamente, al mio migliore amico. Ho appena distrutto qualcosa di meraviglioso con l'altra mia migliore amica. Perché adesso so che non posso stare con Stephanie, non dopo quello che ho appena detto. Non possiamo continuare ad andare a letto insieme come abbiamo fatto e non possiamo più rivelare la verità.

Devo rompere con lei.

Mi sento il petto privato di qualcosa, come se il fondo avesse ceduto. *Ha* ceduto.

Non posso rompere con lei. Non posso. Non posso. Non posso.

«Scusa se sono stato un po' brusco», dice James, ancora sorridente. Sorrido anch'io ma è il più finto e tirato sorriso che sia mai apparso sulla mia faccia. «Gli amici attraversano brutte situazioni di continuo. Immagino di aver covato qualche rancore nei tuoi confronti di cui neanche ero a conoscenza».

Annuisco. Senza sentire niente a parte un profondo, lancinante senso di perdita.

«A ogni modo, questo mi fa sentire meglio. Non hai idea di quanto sia stata dura non dirtelo prima, tenerlo segreto, ma volevo assicurarmi che fosse reale. Lo è».

È come se fosse cambiato dalla notte al giorno. «Hai intenzione di dirglielo?», domando con la voce un po' roca.

Lui ci riflette per un momento, inclinando la testa. «Non lo so. Penso di dover giocare bene le mie carte». D'un tratto si riscuote e mi guarda negli occhi. «Ma tu non puoi dirglielo, Linden».

«Non lo farò».

«No», dice e tira fuori il mignolo. «È una stronzata da gay ma so che tu non rompi queste promesse. Non puoi dirle niente. Mai. Questo è solo tra te e me, come amici, come fratelli. È quel fottuto codice tra fratelli, capito? Prometti? Col mignolo? Non dirai niente a Stephanie di quello che ci siamo detti oggi. Non voglio neanche che sappia che tu sai della nostra scopata, d'accordo?».

Allungo lentamente la mano. Puro e semplice senso di colpa mi spinge a stringere il mignolo attorno al suo. Lui lo scuote una volta sola.

«Bene», dice, espirando sonoramente. «Adesso posso respirare. Accidenti, Linden, avevo così paura di dirtelo, pensavo che mi avresti preso per pazzo. Ma adesso mi sento molto meglio. Pensavo che sarei finito di nuovo con il cuore a pezzi ma adesso sento che forse, forse abbiamo una possibilità. Cioè, senza più Penny e Steph di nuovo single e il fatto che è passato solo un anno da quando è venuta a letto con me… Potrei davvero avere una possibilità».

Bofonchio qualcosa, sentendomi stordito e disorientato. La cucina mi gira attorno e il dolore al cuore non smette. Non smette, cazzo.

«Allora», dice James alzandosi dal suo posto, «che progetti hai per la giornata? Ti va di andare a Union Square? Devo fare qualche acquisto natalizio. Potremmo prenderci del caffè da Blue Bottle».

Non voglio passare un istante di più con lui. Ma non penso neanche di riuscire a stare da solo. Stephanie è al negozio perciò non posso parlare con lei di questo.

«Possiamo prendere qualche birra invece del caffè?».

Fa spallucce. «Qualcosa per curare la sbornia, certo». Va verso la porta e poi mi squadra. «Dovresti mettere una maglietta, non vorrai che una folla di donne si metta a darti la caccia. O forse sì. Chi diavolo ti stai scopando di recente?»

«Nessuno di cui tu debba preoccuparti», rispondo. Mi infilo una maglia e una giacca ed esco di casa.

Nessuno di cui lui debba più preoccuparsi.

Non so come, ma riesco a sopravvivere allo shopping natalizio, con James, tra tutti, e proprio oggi, quando l'intero mio fottuto mondo sembra sbriciolarsi attorno a me sotto la forza delle mie stesse mani. Lui è tornato a essere pimpante, a parte per qualche imprecazione ben piazzata che rivolge alle altre persone che fanno shopping.

Non parlo molto. Non posso. Non oso. Sono perso nei miei pensieri e il senso di colpa, non solo per aver mentito a James ma anche per ciò che dirò a Stephanie. Sono a un bivio davanti al quale mai avrei voluto trovarmi, quello in cui devi scegliere tra due persone che ami.

James è per me un fratello più di quanto lo sia Bram. James, malgrado tutti i suoi difetti, è leale e io non ho mai avuto quel tipo di lealtà. James è stato per me un amico fantastico nel corso degli anni e mai una volta ha agito alle mie spalle.

Io però l'ho fatto. Lui potrà anche non saperlo, ma l'ho fatto. L'ho fatto quando sono andato dietro a Stephanie anche se avevo il sospetto che fosse innamorato di lei. L'ho fatto perché la volevo e i miei desideri erano più importanti dei suoi. Lui non l'avrebbe mai fatto a me. Ma io l'ho fatto a lui.

E poi c'è Stephanie. E quando penso a lei, mi mancano le parole perché ha il mio cuore. Mi rende così facile essere il tipo d'uomo che frega il suo migliore amico. Mi fa sentire come se non avessi bisogno di nessun altro al mondo tranne lei. È il mio mondo e le ho detto che l'avrei tenuta stretta, che non l'avrei lasciata andare.

Ma eccomi qui, diretto al suo negozio dopo che ho salutato James, e sto per lasciarla andare. Posso solo sperare che lei tenga duro. Posso solo sperare che riusciremo a superare tutto questo, di non perderci. Il fatto che sia andata a letto con James, il giorno del suo compleanno, che non me l'abbia detto, è un duro colpo ma, malgrado ciò, so cosa prova per me. Il modo in cui mi guarda. Lei mi ama. Non ho mai provato niente di più vero.

E per questo motivo, so che non sceglierà James. So che non è interessata, che non la lascerò a lui in questo modo. Ma potrei perderla a causa sua. Ho bisogno che lei capisca ma non so neanche cosa dire perché ho giurato che non le avrei parlato dei sentimenti di James.

Il che significa che dovrò semplicemente mettere la parola fine, dovrò giocarmi quella dannata carta degli amici e sperare che tutto torni come prima.

Perché non so cosa farei se rinunciassi del tutto. Se lei si cancellasse dalla mia vita.

Proprio non lo so. Ma so che non posso farcela. Non potrei

sopravvivere. Come si fa a sopravvivere quando tutto il tuo mondo finisce?

Sono le sei del pomeriggio quando arrivo al suo negozio. Tutte le luci sono spente, tranne una sul retro, e penso che forse è già andata a casa. Poi vedo la sua ombra.

Faccio un respiro profondo e busso alla porta. Arriva qualche istante dopo, sorridendo come un angelo.

Non posso farlo. Non posso e basta.

Apre la porta ed entro insieme a una folata di aria fredda e umida della strada.

«Brrr», fa lei, rabbrividendo mentre chiude la porta. «Finalmente adesso sembra Natale». Guarda i sacchetti di Nordstrom che ho in mano. «Ooh, quelli sono per me?».

In realtà sì. Malgrado tutto, ho finito per comprarle qualcosa, più dei regali per la sua famiglia. Immagino che dentro di me ci sia un imbecille ottimista che spera che magari il mondo andrà avanti.

«Sì», rispondo.

«Qualcosa non va?», domanda scrutandomi. Si alza in punta di piedi e mi bacia sulla guancia. «Sembri… accigliato».

«Accigliato?»

«Sì, hai un'aria tetra. Sei stato a fare shopping tutto il giorno? Questo spiegherebbe tutto».

«Ma non se è per te», le faccio notare. Vado a mettere i sacchetti in un angolo così non può sbirciare.

«No, ma sai cosa, preferisco di gran lunga lo shopping online. Non devi avere a che fare con… le persone».

Non posso fare a meno di sorridere. «Buffo sentirlo da qualcuno che ha a che fare con i clienti quotidianamente».

«Già», ammette. «Ma ringrazio Dio per l'e-commerce. Sai, stavo pensando che se il mio negozio online finisce per diventare più popolare di questo, potrei chiudere questa baracca».

Questa mi giunge nuova ma lei sembra assolutamente seria. «Davvero? Ma ci hai messo anima e corpo in questo negozio».

Indico tutti i piccoli tocchi e dettagli frutto della sua creatività. «Il tuo amore per questo posto è evidente».

«Lo so», dice. «Ma amo anche il negozio online. Sarà sempre amore, solo in una forma diversa, tutto qui».

Non posso fare a meno di riflettere su queste ultime parole. Lei potrà anche essere in grado di sostituire un negozio di calce e mattoni con uno fatto di byte e pixel, ma io non posso passare dall'amarla così ad amarla come amico. Non sarà lo stesso. Non mi riprenderò.

«Linden? Hai di nuovo quell'aria cupa. Ascolta, non sto dicendo che lo farò per certo. Ma sarei pazza a non farlo. Online, potrò gestirlo da sola e se mi servirà aiuto, è molto più facile assumere qualcuno per un magazzino, per imballare e spedire la roba, che non qualcuno che stia a contatto con la clientela. Un sacco più facile. Assumere è una rogna. E poi guadagnerei di più senza fidi né affitti folli da pagare. E sai, se non mi avessi spinta a rifletterci, non avrei mai pensato a un negozio online».

Viene da me e mi spinge un dito delicato tra le sopracciglia. «Smettila con quest'aria accigliata. Sembra che hai qualcosa da dirmi. Dilla».

Non posso farlo. Non stasera. Ho bisogno di sapere a cosa sto dicendo addio prima di dirlo.

«Ti amo». Le prendo il viso tra le mani e la guardo negli occhi. «Ti amo così tanto. E queste parole non bastano».

I suoi occhi brillano nella penombra. «Ti amo anch'io, Cowboy». Mi prende la mano e se la porta al petto. «Proprio qui. Due cuori».

Chiudo gli occhi e appoggio la fronte alla sua. Vorrei restare così, solo così.

«Facciamo qualcosa di speciale stasera», mormoro. «Di cosa hai voglia?»

«Qualsiasi cosa?». Mi avvolge le braccia attorno alla vita e mi guarda. «Be', sai che mi piace farmi te. Potrei farti in modo speciale».

Sorrido. «Non ho dubbi a riguardo. Ma prima. Qual è l'antipasto?».

Si lecca le labbra, riflettendo.

«Vieni con me». Recupero i sacchetti e la prendo per mano.

Trenta minuti dopo, siamo su Hawk's Hill, che dà sulla baia e il Golden Gate. Ci portavo le ragazze quando ero più giovane e loro restavano estasiate dal panorama. Stasera non c'è nessuno. Fa freddo e il vento sta diventando più forte, ma smuove il fitto strato di nebbia in basso, così di tanto in tanto il ponte rosso-arancio fa la sua comparsa prima di essere nuovamente nascosto alla vista.

Tiro fuori una bottiglia di vino rosso e due tazze di plastica che ho preso alla stazione di servizio e verso a entrambi dello scadente merlot. Ci sediamo su un masso e ammiriamo lo spettacolo. La vista è più mozzafiato che mai e la nebbia brilla come sole radioattivo per via delle luci della città.

«È bellissimo», dice piano. Mi giro a guardarla. È lei quella bellissima. Il naso perfetto, le labbra espressive e quegli occhi che ti mettono a nudo e ancora mi lasciano senza fiato. Nove anni dopo continua a lasciarmi senza fiato.

Le afferro la mano e la tengo stretta.

Più tardi torniamo a casa sua e facciamo l'amore. È lento, appassionato e intenso. Grida quando viene e sento di averle dato ogni parte di me e non rivoglio indietro niente. È tutto suo.

Si raggomitola contro il mio corpo e io la tengo ancora più stretta.

Domattina, la lascerò andare.

Capitolo venti

Stephanie

Prima ancora di aprire gli occhi il mattino dopo, so che qualcosa è cambiato. Allungo la mano e so già che Linden non è nel letto con me. Il punto in cui ha dormito, tutta la notte stretto a me, non è neanche caldo. È andato via già da un po'.

Non se n'è mai andato senza salutarmi. Non se n'è mai andato mentre dormivo. Comincio ad avere paura, pensando che forse ha qualche problema, che sta male, ma poi sento dei rumori in cucina.

Tiro un lungo sospiro e ripiombo nel letto per qualche altro minuto. Non se n'è andato. È qui.

Tuttavia, mentre sono ancora distesa, non torna in camera da letto. Lo sento, perché le pareti sono così sottili in questo posto minuscolo, affaccendarsi in cucina ma non mi raggiunge. Per qualche ragione, finisco di nuovo col trattenere il respiro.

Alla fine mi alzo, mi infilo l'accappatoio appoggiato sul cesto della biancheria e vado in corridoio.

Per tutto il trambusto che ho sentito, pensavo che Linden avesse preparato la colazione come fa al solito. Ma non c'è niente a parte un cartone di latte di mandorle e un bicchiere mezzo vuoto. E Linden, completamente vestito con una sottile maglia nera che mette in risalto ogni curva dei suoi muscoli e jeans scuri. È accigliato. È curvo sul bancone e fissa il vuoto davanti a sé. Ha la mascella contratta e l'aria attorno a noi sembra opprimente e carica di tensione.

Il mio intuito femminile va in allarme e mi sforzo di respirare normalmente. Non c'è niente di funesto né spaventoso in Linden nella mia cucina.

Ma quando vado all'altro lato del bancone, lui mi guarda. E nei suoi occhi vedo qualcosa che mai avrei voluto vedere. Sono scuri e spenti e pieni di quello che sembra rimpianto.

Non sono sicura di poter reggere questo colpo.

«Linden?», chiedo sorridente, cercando di mantenere un tono leggero, sperando che se agisco bene tutto andrà bene.

«Ehi», risponde lui roco, schiarendosi la voce. «Come hai dormito?».

Non c'è intimità nei suoi occhi. Penso che sia questo il motivo dell'improvviso torpore che mi assale le membra.

«Bene. Tu?».

Si limita ad annuire e muove avanti e indietro la mascella, abbassando lo sguardo. Ha il respiro affannoso e gli guardo le mani. Stanno stringendo il bancone e ha le vene degli avambracci gonfie.

«Ehi», mormoro. Adesso quasi non riesco a respirare. «Cosa c'è che non va?».

Lo guardo col fiato sospeso. Guardo ogni piccolo segno rivelatore sul suo viso, ogni movimento del suo corpo. Conosco quest'uomo da così tanto tempo che è facile capire quando qualcosa non va. E in questo momento, c'è decisamente qualcosa che non va.

Ho la sensazione di saperlo prima ancora di sentirlo dire. Non è ciò che tutti temono quando si innamorano? Di cadere e di non avere nessuno pronto a prenderli? Di precipitare all'infinito?

«Linden. Per favore, cosa c'è?».

Resta in silenzio così a lungo che quando finalmente emette un roco e sonoro respiro, per poco non sobbalzo.

«Ho riflettuto un po'», dice adagio. Deve schiarirsi la voce più volte. «Ehm, su noi due».

Oh, no.

Cazzo, no.

Mi rivolge un sorriso sofferente, così sofferente che sembra stia sorridendo malgrado una ferita da proiettile. «È solo che ultimamente sta diventando complicato essere furtivi, sai? Doversi nascondere. Non so se possiamo continuare a farlo. Non è più divertente».

Mi sento svuotata.

«Allora perché non lo diciamo? Per non nasconderci più? Smettere di fingere. Sarei felice di smettere di fingere».

«Non posso fare questo a James», replica e distoglie lo sguardo.

«Non puoi fare cosa a James?». Faccio un passo verso di lui. «Linden, James si riprenderà. Te lo assicuro».

Scuote la testa. «No, non è così».

«Lo farà», insisto, con voce più alta adesso, odiando il fatto che ne stiamo parlando. «E se non lo fa, allora è un suo problema, non nostro».

«Non posso», dice in tono piatto.

«Non capisco», replico. Vorrei riuscire a farlo ragionare, anche con le cattive. «Cosa importa quello che pensa lui? Perché ti importa così tanto?».

Sospira rumorosamente e si passa una mano tra i capelli. «Hai ragione», dice piano. «Non capisci».

«Allora spiegamelo!», urlo, alzando in aria le braccia. «Dimmi che cazzo sta succedendo. Che intenzioni hai, Linden? Vuoi rompere con me?».

Deglutisce, il suo pomo d'Adamo si muove, ma in qualche modo riesce a guardarmi negli occhi. «Penso che dovremmo… abbiamo bisogno di… tornare a essere amici. Solo amici».

Mi sento spaccare in due. «Solo amici?!», replico inviperita. «Ma io sono innamorata di te, cazzo! Hai detto che eri innamorato di me. Come diavolo possiamo tornare a essere solo amici?»

«Non scaldarti tanto», dice.

«Fottiti! Certo che mi scaldo!». Mi porto le mani alla testa e mi tiro i capelli, sentendo la rabbia che zampilla dentro di me, lottando contro l'impulso di mettermi a urlare. «Solo amici? Non posso essere la tua fottuta amica, Linden. Mai più».

Il suo sguardo si fa più acuto. «Hai detto che saresti rimasta».

«No, tu l'hai detto!», ribatto. «E non lo stai facendo. E per James? Che si fotta».

«Ehi, è anche amico tuo».

«Non me ne frega un cazzo di chi è amico», dico. «Se lo è, accetterà due amici che si innamorano. E se davvero mi amassi, non rinunceresti a me per lui».

«Questo non è giusto!», ruggisce e punta un dito nella mia direzione. «Non hai una fottuta idea di cosa sto passando».

Sbatto gli occhi per lo shock. «Non ho idea? Linden, sono stata con te negli ultimi due mesi, non dirmi che non ho idea, l'ho vissuto. E l'ho odiato». I suoi occhi si dilatano e io vado avanti. «Sì, a volte l'ho odiato, il fatto di tenere tutto nascosto, segreto, che tu ti vergogni di noi».

«Eri tu a volere che fosse un segreto! Fino a che non avessimo le idee chiare».

«Be', finalmente ho le idee chiare. Pensavo che fosse lampante quando ti ho detto che sono innamorata di te. Cristo, Linden, non dovrebbe importare nient'altro».

È sconfortato. «Ma invece importa».

Sto diventando più rossa ogni minuto che passa e l'appartamento sembra sempre più una fornace, come se presto non ci sarà più aria e questo terribile, dannatamente ingiusto momento ci divorerà.

Ma, Dio, non può essere già finita. Non può essere finita. Non lo permetterò. Amo lui, noi, tutto ciò a cui stiamo per rinunciare tanto facilmente.

Faccio un profondo respiro ma è ancora tremante. Io sto tremando. «Linden», dico, mettendo la mano sul bancone. «Ascolta, so che è dura ma parliamone. Okay. C'è una via d'uscita, lo so che c'è. Un modo per non far soffrire nessuno».

Scuote la testa ed esce dalla cucina. Neanche mi tocca nel passarmi accanto. «Dove stai andando?», chiedo.

Afferra la giacca dal divano. «È finita».

«Ma che cazzo dici?». Corro da lui e gli do uno spintone. Non si muove quasi. Neanche mi guarda negli occhi. «Che cazzo è successo tra ieri sera e adesso? Come hai potuto smettere di amarmi nel giro di una notte? Come hai potuto…». E adesso le lacrime minacciano di rigarmi la faccia. Sembro schiumare dalla bocca.

Alla fine mi guarda. «Ti amo ancora, Steph. Ti amerò per sempre. Ma sto facendo la cosa giusta».

Resto a bocca aperta. Non riesco neanche ad articolare le parole.

«Ti prego, fidati di me», continua e adesso anche i suoi occhi sono lucidi. «Non voglio che vada così ma è una cosa che devo fare. È meglio. Tu e io ci riprenderemo. Lo supereremo».

Scuoto la testa fino a che le lacrime cominciano a cadere. «No. No. Non lo faremo. Non lo faremo».

«E allora non mollare», dice. «E non lo farò neanche io».

Fa per muoversi ma io lo afferro per un braccio, tenendolo fermo mentre lo guardo con gli occhi offuscati dalle lacrime cocenti. «Linden. Perché? Cosa non mi stai dicendo?». Lui non parla. Ancora una volta i suoi occhi scrutano il muro, la porta, tutto tranne me. «Dimmelo!», urlo scuotendolo.

«Lui è innamorato di te!», grida e la sua voce è così forte, così rotta che resto pietrificata. «James è innamorato di te. Ha perfino rotto con Penny per questo. Me l'ha detto lui. Mi ha detto che avete fatto sesso l'anno scorso». Oh, no. Oh, no. «E da allora è ossessionato da te. Ed è così fottutamente felice che tu sia l'unica cosa che io non ho mai avuto».

«Cosa?», domando stordita.

«Gli ho mentito», risponde a denti stretti. «Gli ho detto

che non sono mai stato con te. Me l'ha chiesto. Non ho avuto scelta».

«Potevi dirgli la verità».

«E che razza di amico sarei stato?»

«L'amico che sei!», urlo. Sembra che l'abbia preso a schiaffi. «Cazzo, Linden. Ma sentiti. Stai rinunciando a me per lui perché a quanto pare è innamorato di me? Perché, ti senti in colpa, ti dispiace per lui, odi te stesso? Ti odi per essere venuto a letto con me? Quale cazzo di motivo è, Linden, quale cazzo è?!».

Non dice niente.

«Tutti, a quanto pare».

Si lecca le labbra. «Ho fatto la cosa giusta. Lui ti merita. Non io. Io ho tutto. Lui non ha niente».

Mi porto una mano alla fronte, incredula. «Oh, mio Dio. Ma ti ascolti? Lo stai facendo? Io non amo James, non sono innamorata di lui. Amo te. Te! Sempre fottutamente te. Come osi provare a gettare via questa cosa? Come osi?».

Adesso comincia a sembrare dispiaciuto. «Noi abbiamo un… la nostra relazione… è…».

Non sono sicura se stia parlando di me o di James ma non mi importa. Sono distrutta, a pezzi, tenuta insieme solo da rabbia cocente.

«Allora alla fine le cose stanno così. James ti dice che è innamorato di me. Tu provi a cedermi. Come un sacrificio. Per placare il senso di colpa, perché lui non ti odi, perché tu non odi te stesso. È così?»

«No», sussurra. «Ti prego, piccola…».

«Non osare chiamarmi piccola», sibilo, facendo un passo indietro. «E non osare più rivolgermi la parola».

«No, Steph». Fa per afferrarmi ma mi sottraggo alla sua presa.

«Levati dal cazzo, Linden», ringhio. «Sei un fottuto idiota se pensi di potermi fare questo e continuare a essere mio amico. Hai mandato tutto a puttane, hai mandato a puttane me, alla grande. Perciò, congratulazioni. Torna dal tuo James e dalla tua coscienza pulita. Ma io non ci sarò».

Sembra davvero scioccato. No, sembra distrutto. Pensava davvero che potesse tornare tutto come prima? So solo che se veramente mi avesse amata come diceva, mai e poi mai sarebbe sopravvissuto.

Gli indico la porta. «Fuori. E la prossima volta che dici a una ragazza che la ami, assicurati di sapere cosa significhi. Non penso che tu ne abbia una fottuta idea». Faccio una pausa e pianto l'ultimo paletto. «Dovevi continuare a tenertelo per te».

Resta senza fiato ed è come se potessi vedere un intero mondo crollare dietro ai suoi occhi. Ma non mi interessa. Ho già le mie rovine di cui occuparmi.

Si gira, lento, stordito, si ferma un momento e poi va alla porta. Non appena esce, la sbatto e la chiudo a chiave.

Aspetto qualche secondo, non sapendo se piangere, urlare, cosa fare. Poi vedo i regali di Natale ancora nei sacchetti di Nordstrom. Li raccolgo e li scaglio contro la parete, urlando a squarciagola. Alcuni si fracassano come vetri rotti, altri atterrano con un tonfo. Li prendo a calci, furiosa, fino a che non sono sudata e i sacchetti non sono a brandelli e le scatole all'interno tutte ammaccate. Poi li calpesto fino a farli diventare come il mio cuore.

Alla fine cado a terra in mezzo al caos e piango.

E piango.

E il mondo che amavo mi scivola via dalle dita.

Nei giorni successivi faccio qualcosa che non ho mai fatto prima. Non apro il negozio. Il primo giorno neanche mi trascino fuori dall'appartamento. Non faccio la doccia, non mi vesto, non mangio. Neanche ricarico il telefono né accendo il computer o la TV.

Mi limito a starmene distesa sul divano, sul letto, sul pavimento. Resto così a piangere. Sono devastata da un dolore debilitante, un senso di perdita che mi viene fuori dal petto fino a che sento di essere concava, che non tornerò mai più come prima.

Poi grido, scalcio e urlo e maledico il mondo. Sono la reincarnazione della rabbia, frustrazione ingiustificata. Sono odio brutale e freddo inverno morto. Mi giro, precipitando nella disperazione, e non c'è luce né calore né vita né cuore.

È come se fossi morta. Ma la morte dovrebbe portare pace. Io non ho pace. Non provo neanche torpore. Sono semplicemente bloccata in questa vita che non era quella che stavo vivendo qualche giorno fa.

In questa vita ho perso tutto.

Il secondo giorno continuo a non andare al negozio e non ricarico il telefono né accendo il computer. Non mi faccio la doccia, ma riesco a mettermi addosso qualche vestito. Pulisco un po' l'appartamento. Getto via i regali ma poi la curiosità ha la meglio e vado a ripescarli dalla spazzatura. Mi siedo sul pavimento e apro ogni scatola rotta.

Una è una ciotola di ceramica con sopra dei limoni, come quelle che mia madre ama collezionare. Doveva essere il regalo di Linden per lei. C'è un tagliasigari di acciaio inossidabile. Per mio padre.

Poi c'è questa scatolina da gioielleria. Immagino che sia per me. Quasi non riesco ad aprirla. Ho troppa paura, come se lui mi stia guardando in qualche modo, come se potessi essere ancora più ferita di quanto già non sia.

Ma la apro. È un braccialetto d'argento con diamanti a forma di teschio tutt'intorno. È costoso ed è bellissimo. E c'è un'iscrizione nella parte interna.

Grazie per avermi mostrato la tua anima.

Crollo.

Più tardi, quando ne ho abbastanza di stare da sola con i miei pensieri e dopo aver ficcato il bracciale in fondo all'armadio, molto, molto in fondo, mi metto in auto e vado fino a Petaluma. Quando attraverso il ponte, non ho più paura di cadere ma ho le lacrime agli occhi. Hawk's Hill, il luogo della nostra ultima notte insieme, l'ultima volta da innamorati, è alla mia sinistra.

Cos'è successo? Ancora non capisco. Forse non ho mai capito il rapporto tra James e Linden, forse ho sottovalutato il senso di colpa che Linden cova. Forse i suoi genitori l'hanno rovinato molto più di quanto pensassi.

Ma una cosa so per certo. Lui non mi ama. Non sa cos'è l'amore. Non è colpa sua, se non gli è mai stato detto e se non l'ha mai provato.

Ma fa comunque più male di una coltellata allo stomaco, di una pallottola nel petto. Il mio cuore è preso in una tagliola, sanguinante e trafitto, e mi sembra di non riuscire a liberarlo.

Quando arrivo a casa dei miei, mia madre è fuori ad aspettarmi. È come se sapesse. L'auto di mio padre non c'è, immagino perché non è la loro serata o cavolate del genere. Ma è un peccato. Mi piace mio padre in situazioni del genere. È bravo a farmi ragionare, a vedere il punto di vista maschile.

Mia madre mi stringe in un abbraccio e io comincio a piangere. Cedo sui gradini dell'ingresso e lei mi porta dentro e mi fa stendere sul divano. Mi dà un po' dello scotch di mio padre. Mi ascolta mentre cerco di spiegare tra lacrime e singhiozzi.

Le cose non diventano più chiare, migliori. Mia madre appare confusa quanto me. Ma poi, quando mi calmo, mi si mette seduta accanto e mi dà un buffetto sul ginocchio.

«Anche lui sta male, sai», dice.

Scuoto la testa. «Non come me».

«Questo non lo sai, tesoro. Ormai ho visto parecchie volte quel ragazzo. Ti ama. Davvero. Ma a volte, quando le persone non hanno confidenza con il proprio cuore, è facile per loro confondersi. Sembra che il suo rapporto con James sia molto più complicato di quanto tu pensassi».

Sorseggio il resto dello scotch, trovando un piccolo conforto nel bruciore dell'alcol. «Sembravano a posto. A volte Linden aveva la sensazione che James provasse rancore nei suoi confronti…».

«E se aveva questa sensazione, e James gli è più caro della sua stessa famiglia, è possibile che senta il bisogno di fare quello che può per non farlo soffrire. A volte anche tu sei così».

La guardo bruscamente. «Così come?»

«Ansiosa di piacere. In cerca di approvazione. La nostra».

Resto interdetta ma mia madre si limita a sorridere. «Lo so. Non ti biasimo. È in gran parte colpa nostra, immagino. Con tuo fratello… lui richiedeva così tante attenzioni».

«Era *malato*, mamma».

«Lo so. E Nate aveva bisogno di attenzioni. Ma a volte tu venivi messa da parte. Non era nostra intenzione ma lo vedevamo accadere e speravamo che, crescendo, avresti capito».

«Ma io capisco», le assicuro.

«Ma solo perché capisci, non vuol dire che non sia accaduto. La vita lascia cicatrici. A volte le vedi solo dopo. A volte non sai come te le sei procurate. A volte sbiadiscono davanti ai tuoi occhi. Ma il mondo lascia il suo segno su di noi. Forse Linden questo non lo capisce».

Sospiro e mi rimetto giù. «Allora questo cosa significa? Cosa devo fare?»

«Vorrei saperlo, tesoro. Da quello che dici, ha bisogno di un amico. Pensi di poter essere tu quella persona?»

«Vorrei», rispondo ma il mio cuore sprofonda per la tristezza. «Ma non posso. So che sono egoista ma non posso proprio. Sono innamorata di lui. Non potrò mai essere sua amica. Ha lasciato un segno troppo profondo su di me».

«A volte bisogna essere egoisti», replica. «Resti a cena?»

«Certo». Il mio stomaco brontola al solo pensiero. Ieri ho mangiato solo un sacchetto di gallette di riso. «Papà dov'è?»

«Sta facendo un pisolino».

Fa segno con la testa verso la camera da letto. «Non te l'ho detto? Si è trasferito qui la settimana scorsa».

«Cosa? Non ho visto la sua auto fuori».

«Adesso è nel garage».

«Quindi è tornato tutto alla normalità?».

Sorride, increspando gli occhi dolci. «In questo mondo, sì».

Capitolo ventuno

Linden

Un morto che cammina. Ecco come mi sento. Ecco com'è avere il cuore a pezzi, distrutto, devastato.

Non l'avevo mai provato prima. Spero di non provarlo mai più.

E la cosa buffa è che so che non mi ricapiterà. Perché non darò mai più il mio cuore a nessun'altra. Apparteneva a Stephanie. Sarà sempre suo.

E poiché ce l'ha lei, io sono rimasto senza.

Profondo, sì, forse. Ma sono così pieno di fottuto dolore, talmente sprofondato nel dolore, che non c'è via d'uscita. Dentro di me c'è un pozzo senza fondo che continua a crollare. Tutto il giorno. Tutti i giorni.

Dicono che la notte sia il momento peggiore. Per me è la mattina. La mattina è quando allungo la mano sul letto e non stringo che l'aria. La mattina è quando nessuno mi sgrida per aver bevuto il succo d'arancia direttamente dal cartone. La mattina è quando preparo uova strapazzate per uno, quando non ho alcun motivo di prendere la macchina e andare a Mission, quando faccio troppo caffè perché non so farne di meno.

La mattina è quando non posso salutarla con un bacio.

Non posso baciarla mai più.

L'ho persa. Completamente.

Tutto per fare pace con la mia coscienza. Tutto per sentire di non aver fatto niente di male.

Ho dovuto cedere a James per la prima volta nella vita e comincio a pensare che sia stata la cosa sbagliata.

Mi è crollato tutto addosso lo stesso.

Qualche giorno dopo aver rotto con Steph, non riuscivo neanche a stare in compagnia di James. Se ha sempre provato del rancore nei miei confronti, adesso comincio ad averne io per lui. Comincio a dare a lui la colpa di tutto.

Ma è il giorno prima della vigilia di Natale e mi invita a casa sua. Non lavora. Vuole bere qualcosa ma, evidentemente, non al Lion.

Perciò vado da lui. Porto una confezione da dodici di birra perché è quello che fanno gli amici.

La porta è aperta. James vive in un merdoso palazzo senza ascensore ma per lo meno l'ha arredato bene. Tuttavia il quartiere non è dei migliori.

«Forse dovresti chiudere a chiave la porta, sai», dico mentre entro e lo faccio io.

È seduto sullo schienale del divano e mi sta guardando, come se per tutto questo tempo abbia aspettato che arrivassi.

«Che succede?», gli dico, mettendo la scatola di birra sul bancone in cucina. La stanza puzza d'erba ma non capisco se è fatto o meno. «Perché quella faccia da pazzo, fratello?»

«Non riesco a credere che tu mi abbia mentito», dice con un'espressione sinistramente vuota. Ed è allora che so che è finita. È quasi un sollievo.

Tuttavia, devo provarci. «Di cosa parli?»

«Stephanie», risponde. E il mio primo pensiero è: "Oh, porca puttana, gli ha parlato? Gli ha detto che sa che è innamorato di lei? Cos'altro? Sta bene? ".

Certo che non sta bene. Le hai spezzato il cuore.

«E cioè?», chiedo, continuando a sperare.

«Te la sei scopata. Per mesi».

Ed eccola qui. La fottuta verità.

Alzo il mento sprezzante. «Chi te l'ha detto?»

«La sua amica, Kayla», risponde. «Dice che le hai spezzato il cuore. Dovevo fare qualcosa al riguardo, non credi?».

Non so neanche cosa dire, perciò sto zitto. Non c'è niente da dire.

«Nessuna scusa?», domanda con acredine.

Giusto. Be', immagino si tratti di questo. Ma so che non servirà a niente. «Scusa se ti ho mentito».

«Certo», dice lui con un breve cenno del capo. «Okay. Hai mentito. Spudoratamente. Mi hai detto che non eri mai stato con lei».

«Ero stato con lei».

«Per mesi».

«Per mesi», ammetto.

«Da quanto tempo sei innamorato di lei?»

«Da quanto lo sei tu».

Scuote la testa e scoppia in una risata senza gioia. «E, naturalmente, alla fine sei tu quello di cui lei si innamora. Dovevi essere tu, vero?».

Mi sembra di avere un mattone in gola. «Non doveva essere per forza così. Ma non mi dispiace per come sono andate le cose». Faccio una pausa. «Ma ho rotto con lei perché non volevo vederti stare male. Non sapevo che tu la amassi, James. Andiamo».

Stringe gli occhi scuri. Sembrano quelli di una vipera. «Ma almeno lo sospettavi? Prima hai detto di no ma, d'altronde, stavi mentendo. Per lo meno hai pensato che provassi qualcosa per lei?».

Annuisco. «Sì. Forse non in quel senso...».

Fa schioccare la lingua. «Tipico. Be', non posso dire di essere sorpreso. Io l'ho vista per primo ma immagino che alla fine doveva diventare tua comunque».

«Non è più di nessuno».

Fa spallucce. «E a me cosa importa?».

Sono esterrefatto. «Ma io ho rinunciato a lei per te. Questo conta qualcosa».

«Tu hai rinunciato a lei per *te*!», mi urla all'improvviso, con uno spruzzo di saliva. «Niente di tutto questo era per me. L'hai fatto per sbarazzarti del senso di colpa, per stare meglio, come se tu fossi un uomo migliore, nobile, quando invece non sei che un idiota egocentrico. Lo sei sempre stato e sempre lo sarai». Fa un profondo respiro. «Ma almeno adesso saprai cosa significa perdere. Hai perso lei. E hai perso me».

Non ho bisogno di protestare. Non ho bisogno che mi dica di levarmi dal cazzo come ha fatto Stephanie. Posso solo annuire, fare dietrofront e lasciare l'appartamento. Lasciandomi dietro James e la cassa di birra.

È incredibile quello che fa la gente la vigilia di Natale se la paghi abbastanza. Sono quasi le nove, e sto portando le mie valigie all'aeroporto, l'intero appartamento è negli scatoloni e sul retro di un camion. Non solo quelli dei traslochi hanno accettato di lavorare tutto il giorno caricando la mia roba per la giusta somma di denaro, ma uno scorbutico tizio ebreo si è assunto l'incarico di trasportare tutti i miei averi all'altro capo del Paese.

All'inizio avrei dovuto farlo io stesso. Ma quando ho chiamato mio padre ieri sera e gli ho detto che avrei accettato l'appartamento a Manhattan, lui ha insistito perché arrivassi in tempo per Natale. Che è domani.

Sarà il primo Natale con la mia famiglia dopo dieci anni. Non sono più neanche sicuro di cosa aspettarmi o chi sia la mia famiglia. Ma so che è meglio che restare a San Francisco, dove non mi è rimasto niente. Mio padre aveva ragione: che senso aveva mettere radici se non avevo niente da far crescere?

Non c'è Stephanie. Non c'è James. E anche se amavo da morire il mio lavoro, posso sempre trovarne di nuovi. Manhattan è piena di elicotteri da pilotare.

Manhattan è piena di possibilità per un mondo nuovo.

Mi imbarco sull'aereo e mentre facciamo a gara con un altro volo che decolla nello stesso momento, guardo fuori dal finestrino, la guglia del Transamerica Pyramid, la baia e il ponte del Golden Gate che fanno capolino dalla cortina di nebbia.

Lascio il mio cuore a San Francisco.

Capitolo ventidue
Tre mesi dopo

Stephanie

«Sono così felice che tu mi abbia dato una seconda chance».

Annuisco, infilzando con la forchetta dei broccoli al burro. Non sto davvero ascoltando, a essere sincera. Dovrei, perché il mio ex ragazzo è seduto davanti a me e ci troviamo in uno dei ristoranti più belli della città e non è che stia proprio disprezzando la cosa.

Ma la mia mente è altrove. È sempre stata altrove da quando Linden se n'è andato.

Non so bene cosa mi sia preso quando ho dato a Owen una chance. Solitudine, immagino. È più o meno a questo che si è ridotta la mia vita ultimamente. Acuta, struggente solitudine che continua a infierire su di me giorno dopo giorno. Quando Owen ha chiamato l'altro giorno, dicendo che non aveva mai smesso di pensare a me e che voleva sistemare le cose, ho sentito cedere tutte le mie difese. Certo, lui era il tizio che mi aveva tradito anni fa, era proprio lui, un noioso ragioniere che beveva vodka liscia. Ma volevo, avevo bisogno di sentirmi dire da qualcuno che mi voleva.

Ho bisogno di Linden e lo voglio. Ma non è quello che ho.

Invece Linden vive a Manhattan, in un elegante appartamento che i suoi genitori hanno comprato per lui. Per lo meno credo che viva lì. In realtà non so più niente. Non so neanche se fa il pilota di elicotteri o si occupa di scienze politiche o frequenta l'alta società o fa il playboy come suo fratello maggiore.

Non ho più parlato con Linden da quando è partito prima di Natale. È successo tutto così maledettamente in fretta. Un minuto ci stavamo urlando addosso e quello dopo non c'era più. È stato come se si fosse portato via ogni pezzo rotto e adesso non mi restasse altro che il perimetro dello spazio occupato prima dal suo amore.

O dove *pensavo* che fosse il suo amore.

È la fine di marzo. Il tempo è caldo e soleggiato alla folle maniera di San Francisco. Il mio negozio online sta avendo un gran successo e ho intenzione di chiudere l'altro entro ottobre, quando scadrà il mutuo. Le cose sembrano andar bene ma non riesco a vederle in questo modo. Prima sembravano molto più rosee.

Le mie amiche, Kayla e Nicola, sono state fantastiche, di grande sostegno, ma sento che perfino loro potrebbero stufarsi di me. Mi dicono di dimenticare Linden, mi dicono che sono bella e giovane e che potrei avere l'intera città nel palmo di una mano.

Non è vero e comunque non mi importa. Voglio solo ciò che avevo e che non posso più avere.

E certamente non voglio Owen. Ma, per ragioni egoistiche, sono contenta di essere uscita con lui. Ero così stanca di stare da sola. Dopo un po' la solitudine comincia davvero a entrarti dentro. Sono una gran sostenitrice dell'indipendenza, ma un po' di contatto umano, un po' di affetto, a volte sono necessari.

«Stephanie?», fa Owen e alzo lo sguardo su di lui. Comincia a essere stempiato e le sue orecchie sembrano quelle di un elfo. Penso che a cinquant'anni assomiglierà a un anziano Legolas. Adesso è ancora più benestante, visto che si è messo in proprio e cura la contabilità di tante importanti aziende della Silicon Valley. Ma, bisogna dargliene atto, non è cambiato molto.

«Scusa», mi affretto a dire. Finisco di masticare i miei broccoli, lentamente, nel tentativo di guadagnare tempo, di pensare. «Mi fa piacere che ti sia fatto risentire». Ecco. Più diplomatica di così non si può. Potrò anche sentirmi sola ma non voglio dargli l'impressione che ci sia dell'altro.

Sorride, apparentemente contento della mia risposta. «Bene. Buffo come va a volte la vita, no? Alcune persone arrivano e se ne vanno, altre vanno via e poi tornano».

Sì, ma non quelle che vuoi tu.

D'un tratto il telefono squilla nella mia borsa. Normalmente non risponderei durante un appuntamento, ma in questo caso non mi formalizzo troppo. Questa è la cosa buona degli ex, possono essere comodi quanto una vecchia scarpa. Prendo il telefono, pensando che sia Nicola che mi chiede come va e se ho bisogno di una via di fuga, ma ci metto un intero secondo a rendermi conto del numero.

A proposito di ex. È James. Anche con James non parlo da dicembre. Non potevo farlo, non dopo aver saputo cosa provava per me, non dopo aver saputo che è stato lui l'elemento scatenante di tutto. Ho perso sia lui che Linden in una volta sola.

Scocco a Owen un'occhiata contrita. «Scusa, devo rispondere». Perché è così. Perché James non mi chiamerebbe tutt'a un tratto se non fosse importante.

«Pronto?», rispondo.

«Stephanie?», dice James. «Hai sentito la notizia?».

La sua voce è così cupa e seria che mi fa rabbrividire. «Cosa? No, mi dispiace, sono fuori a cena».

«Okay», dice e mi aspetto che mi lasci andare. Invece continua. «Mi dispiace chiamarti per questo ma devi sapere. C'è stato un incidente».

Tump. Tump. Il mio cuore vacilla e si ferma.

Oh Dio.

Non può essere.

«Cosa?!», sussurro. Quasi non voglio che lui risponda.

«È Linden. L'elicottero è precipitato».

«Cosa?!». Adesso sto urlando. Tutto il ristorante si volta

a guardarmi ma non mi importa. La mia anima si trasforma in un luogo freddo e buio, come se il sole si fosse spento. Sto risucchiando aria, ho paura di muovermi, respirare, fare qualsiasi cosa. Sento che più a lungo resto ferma, più questo momento durerà, più a lungo non dovrò sentire notizie che potrebbero distruggere di nuovo il mio mondo.

«Non so cos'è successo», dice James. «Ma ho pensato che dovessi saperlo».

«È vivo?», domando in preda all'affanno. Sono panico allo stato puro.

«Sì», risponde e sono così sollevata che per poco non cado dalla sedia. Mi accorgo che Owen è accanto a me, mi sorregge, e tutti continuano a fissarmi. «Sì, penso che stia bene. Cioè, non sta bene, è ridotto parecchio male. Gamba, costole, braccio rotti. Trauma cranico. Lacerazioni. Ma è vivo».

«Come l'hai saputo?»

«Bram, suo fratello, mi ha chiamato. Avrà pensato che fossimo ancora…».

Amici è quello che vuole dire.

«Già», dico piano, comprensiva, mentre Owen mi massaggia le spalle e mi chiede se sto bene. Lo ignoro, presa da questa telefonata, quest'ultima ancora di salvezza per Linden, per la vita che avevo.

«Vuoi andare a trovarlo?», domanda James.

«Cosa?».

Si schiarisce la voce. «Vuoi andare a trovarlo? In ospedale. A New York».

«Cosa? Quando?»

«Stasera. Volo notturno. Io… io ho controllato online e ho visto che ci sono voli. Bram ha detto che sarebbe bello, che Linden non ha amici laggiù. Ha detto di fargli sapere quando saremmo arrivati».

«Tu ci vai?». Adesso il mio cuore batte più forte. Dovrei andarci?

Un momento. È una domanda stupida.

«Sì. Mi sono reso conto di dovergli delle scuse. Per un sacco di cose».

Deglutisco. «Già. Anch'io».

«Allora vieni se prenoto i biglietti? Partenza alle undici. Virgin America».

«Sì. Vado subito a casa a preparare una borsa. Ci vediamo tra un po'». Faccio una pausa. «Grazie, James, per avermi chiamata».

«Nessun problema, Steph».

Riattacco e guardo Owen. Per fortuna adesso gli altri clienti sono tornati alle loro cene ma Owen sembra davvero preoccupato. Non lo biasimo.

«Cos'è successo?»

«Conosci il mio amico Linden?».

Ha un piccolo sussulto. So che si ricorda di Linden. «Sì».

«Ha avuto un brutto incidente. Adesso vive a New York ed è in ospedale. Prendo un volo notturno per andare a trovarlo. Mi dispiace». Mi alzo. «Non avevo intenzione di svignarmela così dal nostro appuntamento».

«Sai, se non volevi vedermi, potevi semplicemente dirmelo. Non ti serve un piano di fuga».

Gli metto una mano sul braccio e stringo. «Ti prego», dico implorante. «Non è una bugia. Devo andare».

Annuisce. «Pago e ti accompagno a casa». Si gira e fa segno al cameriere. «Sai», dice girandosi di nuovo verso di me, «sei davvero una buona amica».

Non riesco neanche a sorridere. Non so più cosa sono per lui. Ma ho bisogno di vederlo. A volte ci sono seconde chance.

Anche se sono passati appena un paio di mesi dall'ultima volta che ho visto James, è strano rivederlo. Eppure quando lo incontro alla biglietteria della Virgin, la prima cosa che faccio è abbracciarlo. Faccio un profondo sospiro e lui ricambia il mio abbraccio. È quasi come ai vecchi tempi. Mi rendo conto che dopo tutto quello che abbiamo passato, lui mi manca davvero.

«Ehi», dico, scostandomi.

«Ehi», ripete lui. Mi osserva. «Stai bene».

Gli rivolgo un piccolo sorriso. I miei capelli sono un po' più corti, sulle spalle e scalati, tinti nuovamente di nero. «Grazie. Anche tu».

E non lo dico tanto per essere gentile. Sta davvero bene. Anche i suoi capelli sono più corti, modellati col gel, e ha un po' più di colore sul viso. «Sei stato in vacanza?», gli chiedo.

Annuisce. «Sono stato in Messico per qualche settimana a febbraio».

«Che bello. Ti ha fatto bene, partire e tutto quanto». E, poiché sono curiosa, gli chiedo: «Con chi ci sei andato?».

Impiega un momento per rispondere. «Penny».

Sorrido. «Grande. Siete tornati insieme?».

Adesso è un po' imbarazzante, almeno nella mia testa, perché so di essere il motivo per cui hanno rotto. Anche lui lo sa ma dal modo in cui mi guarda capisco che non è sicuro di cosa so io. «Già», risponde. «C'eravamo presi una piccola pausa. Ci ha fatto bene».

«È fantastico. Sono felice per voi». E lo sono davvero. Dopo tutto quello che è successo, non gli auguro alcun male. Era semplicemente così che le cose dovevano andare. E adoro Penny.

Ben presto ci mettiamo a chiacchierare di cose innocue come l'hockey, gli affari e le pazze vicende di San Francisco, e prima ancora che ce ne accorgiamo, siamo in volo, solcando la notte buia sul continente americano.

Purtroppo non riesco a dormire sugli aerei e questo è alquanto pieno. Ho il posto di fianco al finestrino mentre James è accanto a me e una signora asiatica russa nel posto corridoio.

Perciò ascolto musica fino a che la batteria del telefono non muore. Allora lo metto via e mi appoggio allo schienale, fissando l'oscurità sopra di noi e la coperta di nuvole in basso.

«Steph», bisbiglia James. «Dormi?».

Giro la testa per guardarlo. «Ma se mi hai appena vista mettere via il telefono».

Alza una spalla, scontrandola con la mia. «Magari sei una di quelle persone che si addormentano in un secondo, così».

«Penso che quelli siano i narcolettici».

Annuisce, poi i suoi occhi si illuminano. «Ehi, scusa se non ho preso la prima classe. Ho sempre pensato che da adulto avrei viaggiato in business».

«Be', aiuterebbe avere un lavoro che te lo permette. Abbiamo piccole attività. Non so tu, ma io non ho così tanto da detrarre , sai?»

«Lo so. Però…».

«Bah. Stiamo solo cercando di andare a trovare un amico in tutta fretta. Non importa come ci arriviamo purché sia una cosa veloce». E vorrei che questo aereo andasse tre volte più veloce. Ma una volta che vedo Linden… cosa dico?

«Già», dice piano lui. «Ascolta… ormai è un po' di tempo che mi tengo dentro questa cosa. Una cosa che mi fa stare male».

Oh Dio. Ti prego, ti prego, ti prego, non dirmi che è ancora innamorato di me, penso. Capisco quanto mi faccia sembrare egocentrica, ma non sarei capace di gestire una notizia simile dopo che mi ha detto della riconciliazione con Penny.

Quando non rispondo, mi rendo conto che me lo dirà comunque. Perciò lo precedo. «Di cosa si tratta?»

«Conosco il motivo per cui Linden ha rotto con te».

Mi travolge un'ondata di emozioni. Cerco di respirare malgrado tutto. «Perché?»

«Per me. È colpa mia».

Non so bene cosa dire, perché anche se so delle cose che non dovrei sapere, questa mi giunge nuova. «Colpa tua?»

«Sai, pensavo di essere innamorato di te».

Sgrano gli occhi. Non per lo shock ma perché ha avuto davvero il fegato di dirmelo. «Uh…».

Sorride. «È tutto a posto. Ho detto *pensavo di essere*, non che lo sono. E non lo ero. Ma volevo esserlo, perché tu e io un tempo avevamo qualcosa che Linden non aveva mai avuto». Okay, un tantino meschino. «Sai… ho detto a Linden, dopo che avevate rotto, che sapevo che andavate a letto insieme».

Lo sapeva?

Continua. «Gli ho detto che era stata la tua amica Kayla a dirmelo. Ed è così. Era ubriaca al Lion, perciò non è stata colpa sua. Le ho dato uno shot dopo l'altro e l'ho fatta parlare. Il punto è che ho sempre saputo. Nel momento in cui vi ho visti baciarvi al Sea Ranch, ho capito. L'ho capito il weekend prima, quando vi ho sorpreso in corridoio alla tua festa. Quando avete fatto quello stupido patto. In realtà, penso di aver sempre saputo cosa provavate l'uno per l'altra, meglio di voi. Per tutto questo tempo, non ho fatto che assistere allo svolgersi delle cose».

Non credo alle mie orecchie. «L'hai sempre saputo?», esclamo e poi abbasso la voce quando mi rendo conto che potrei aver svegliato l'intero aereo.

«Era alquanto evidente dall'esterno. E, ragazzi, se ho odiato Linden per questo. Ho odiato un po' anche te».

«Ma perché?»

«Be', ti ho odiata perché sentivo che avevi voluto Linden sin dall'inizio e avevi dovuto accontentarti di me. E Linden, be', perché lui ottiene sempre quello che vuole. E io no. Ed ero stanco».

«Ma sai che non è vero».

«Lo so. Ma ero uno stronzo geloso, incapace di ammettere la realtà e bisognoso di un capro espiatorio. Perciò perché non il mio migliore amico? E sapevo che voi due vi stavate avvicinando. Era così evidente. La Kiss Cam. Voi due che siete spariti nello stesso momento. Il modo in cui vi toccavate, parlavate, quando pensavate che nessuno vi stesse guardando. Io guardavo sempre».

Mi agito sul sedile. «Mi sembra così strano, James».

Annuisce. «Già, lo era. E mi stava divorando. Ho iniziato a convincermi di essere innamorato di te. Sai, quando siamo stati insieme nel tuo negozio, è stato solo sesso. Lo è stato davvero. Poi mi sono detto che c'era di più. Ero più innamorato dell'idea di avere finalmente qualcosa che Linden non poteva avere. Perciò ti ho rubata a lui, così avrebbe saputo com'è perdere qualcosa».

Mi sento come rivestita di catrame, tanto sono disgustata. «È orribile», dico, arretrando verso il finestrino. «Sul serio, è stata una cosa da fottuto stronzo».

I suoi occhi sono accesi, quasi febbrili alle luci della cabina. «Lo so. Sono stato orribile. Sono un idiota. Ero l'uomo che accusavo lui di essere. E ho distrutto il nostro rapporto. Ma, soprattutto, ho rovinato quello che avevate voi due. Una cosa che avevo sempre voluto. E non mi sono mai perdonato per questo».

«Quindi stai andando a New York perché ti dispiace?»

«Sto andando a New York perché ho bisogno di dire che mi dispiace. Dopo aver saputo che abbiamo rischiato di perderlo oggi, ho bisogno di dirglielo di persona. Mi dispiace, cazzo. E gli voglio bene e mi manca. E rivoglio indietro il mio amico».

Per quanto quello che provo per James in questo momento sia molto simile all'odio, vedo una lacrima sul suo viso e d'un tratto mi sciolgo un po' anch'io. Ha combinato un casino stratosferico. Ma è sincero. E sta male tanto quanto me.

Si affretta ad asciugarsi una lacrima, un tantino imbarazzato, e dice: «E, soprattutto, voglio rivederti con lui. Voi due siete fatti per stare insieme. Più di ogni altra cosa, dovreste essere tu e lui».

Faccio un sospiro mesto e mi appoggio allo schienale. «Già. Ma poteva lottare per me, non credi? Non l'ha fatto».

«Non penso che Linden sappia cosa sia lottare».

«Forse no. Forse sì. Ma penso di meritarmelo. Qualcuno che lotti per me. Che creda in me. E abbia fiducia nell'amore. Sembra sdolcinato ma… una volta che hai l'amore, devi fidarti. Sono convinta che lui non lo sappia. Mentre io penso di aver bisogno di qualcuno che invece ne sia consapevole».

Sta annuendo. «Sì, capisco. Ascolta… so che dire mi dispiace non sistemerà le cose. Ma voglio provarci. So che ciò che ho fatto è stato orribile ed egoista ed ero arrabbiato, stufo di essere… di essere una nullità rispetto a lui».

«Ma sai che non è colpa di Linden», gli faccio notare. «È una cosa che dipende da te, non da lui. È stato un buon amico. Magari non il migliore alle volte, ma niente è bianco o nero. La vita è grigia. L'amore è grigio. Lui… Io lo amavo, James. Lo amo ancora. E mi piace pensare che per lo meno abbia cercato di amarmi meglio che poteva. Non ha mai voluto farti del male. Sei sempre stato nei suoi pensieri, si è sempre preoccupato per te. Si è sforzato davvero tanto di essere un buon amico, ma a un certo punto tutti incasiniamo le cose e dobbiamo fare scelte difficili».

Si succhia il labbro inferiore ma per un po' non dice niente. Poi fa un sospiro infelice. «Lo so. Mi sento un tale…».

«Fottuto bambinone?», suggerisco.

Mi rivolge un piccolo sorriso. «Sai che mi lamento sempre del fatto che sono dovuto crescere in fretta… Non sono sicuro di averlo fatto».

Non posso dargli torto ma gli do un contentino. «A volte penso che, crescendo, le nostre amicizie non vadano come dovrebbero». Dovrei aggiungere, *Non essere troppo severo con te stesso*, ma voglio che lo sia. Mi sa che anch'io posso essere un po' immatura.

«Che cazzo di casino», dice.

«Già. Che fottuto casino».

In qualche modo, e non so come, riesco a dormire una o due ore perché quando le ruote colpiscono la pista del JFK, mi sveglio con un sussulto. E poi mi ricordo dove sono, con chi sono e chi stiamo andando a trovare.

Linden. Il pensiero di lui, steso in un letto d'ospedale, mi provoca una stretta al cuore. Chissà se ci sono i suoi genitori – suo fratello ha chiamato James, un buon segno – ma so che non gli staranno dando l'amore e il sostegno di cui ha bisogno. Chissà che paura avrà avuto quando è successo, come è successo, se ha riportato danni permanenti. Chissà se vorrà vedere me, vedere James. Mi chiedo se questo sia l'inizio di una seconda possibilità o solo il modo definitivo per dirsi addio.

Una volta atterrati, James manda un messaggio a Bram. Mi rivolge un piccolo sorriso speranzoso mentre recuperiamo i bagagli a mano e percorriamo il corridoio. «Sei pronta?», chiede.

Annuisco. Mi prende la mano e la tiene stretta per un momento, in modo amichevole. È confortante. Mi dà un po' di forza.

È strano trovarsi all'improvviso a Manhattan. Gli emblematici grattacieli, strade come gallerie perché sembrano infinite, il brio e la vitalità del posto. Ci sono stata una volta con Kayla, un weekend da ragazze, ma non è bastato. Amo ancora da morire San Francisco, ma se c'è una città in grado di competere per un posto nel mio cuore, allora è New York.

Il taxi ci lascia davanti a un ospedale in mattoni. Ho portato solo un cambio perciò la mia borsa è leggera e facile da portare. Aspettiamo un momento fuori mentre James manda un altro messaggio a Bram per dirgli che siamo qui, a gelarci le chiappe. Marzo a New York e marzo a San Francisco sono bestie parecchio diverse.

Per fortuna Bram non impiega tanto a uscire, raggiungendoci in tutta fretta. È quasi l'immagine sputata di Linden, solo un po' più alto e magro, con incredibili occhi grigi anziché azzurri. Anche lui ha folti capelli scuri come Linden, ma l'ultima volta che l'ho visto erano pieni di gel modellante. Adesso hanno un'aria un po' sconvolta, sembra che se li sia tirati. È preoccupato. Questo mi preoccupa.

«Ciao», ci saluta Bram. Il suo accento è più forte di quello di suo fratello. C'è un imbarazzante momento in cui appare incerto se stringerci la mano o meno. Finisce per stringermi in un abbraccio. «Grazie per essere venuta, Stephanie». Poi rivolge a James un cenno del capo. «Grazie per averla portata».

«Nessun problema», replica James. «Lui come sta?».

Bram sospira e comincia ad avviarsi alle porte d'ingresso. Lo seguiamo. «Sta meglio. La commozione cerebrale sta passando ma non ci sta ancora con la testa. È strafatto. Gli hanno dato un sacco di morfina per il dolore».

«Gesù», impreco, affondandomi le dita nel petto.

«Già. Non ha un bell'aspetto. Per una volta». È una battuta, ovvio, ma priva di umorismo. Non conosco bene Bram e quello che so non mi piace, ma questa situazione lo colpisce molto più di quanto pensassi. Per certi versi è positivo, significa che Linden ha più amore e sostegno da parte sua di quanto possa aver pensato.

«E i tuoi genitori? Ci sono anche loro?», gli chiedo quando entriamo in ascensore con un'infermiera.

Annuisce. «Sì. Sono venuti. Mia madre è a casa adesso, ehm, sta riposando, ma papà è giù in strada. Non so se doveva incontrare qualcuno o è andato a mangiare qualcosa che non sia il cibo schifoso che hanno qui». Lancia un'occhiata all'infermiera. «Senza offesa, tesoro». Guarda di nuovo me e mi rivolge un piccolo sorriso. «Siamo arrivati».

Scendiamo a un piano che sembra più pulito e più nuovo degli altri e Bram ci guida lungo il corridoio. Da quella ficca-naso che sono, non posso fare a meno di sbirciare dentro ogni porta aperta. Si tratta di stanze private che devono costare una fortuna ma per lo meno i soldi dei McGregor servono a qualcosa.

Alla fine ci fermiamo davanti a una delle porte chiuse e Bram fa un profondo respiro prima di aprirla.

Mi viene immediatamente voglia di piangere.

Linden è a stento riconoscibile. Non che sembri terribilmente maciullato, ma ha la testa fasciata, la faccia coperta di ecchimosi e graffi, e braccio e gamba sinistri ingessati. Sembra così piccolo nel letto che ho difficoltà a credere che sia lui.

Ma lo è. I suoi occhi sono chiusi e sembra addormentato. Mi chiedo se non dovremmo tornare più tardi, quando sarà sveglio.

James mi tiene per un gomito e mi guida lentamente. È come se avessi dimenticato come si cammina.

«Linden», dice Bram avvicinandosi al letto. «Hai visite, fratello».

La testa di Linden è riversa da una parte, i suoi occhi tremano mentre il respiro è affannoso.

«Ah, sì?», bofonchia. Non alza la testa né apre gli occhi.

Bram mi guarda con aria di attesa.

Mi schiarisco la voce e faccio un passo avanti. Metto la mano su quella di Linden mentre penso a cosa dire. Ma si dà il caso che non debba dire niente. Adagio, con cautela, lui muove la testa e apre gli occhi per guardarmi. I suoi bellissimi occhi creano un mulinello nel mio cuore.

«Steph?», mormora, aggrottando la fronte confuso. «Sei vera?».

Sorrido. Potrebbe essere il sorriso più triste che abbia mai fatto. «Sì. Sono venuta non appena ho saputo. L'abbiamo fatto tutti e due». Mi sposto un po' così può vedere James accanto a me.

«Ehi, amico», dice piano James.

L'espressione di Linden si fa ancora più confusa. Si capisce che eravamo le ultime persone che si aspettava di vedere. «Ehi».

«Va bene, vi lascio da soli», interviene Bram, dirigendosi alla porta.

Ma poi James lo segue. «Vengo anch'io. Torno più tardi. Diamo un po' di privacy a questi due».

Be', questo di sicuro rende le cose un po' più imbarazzanti. Li guardo lasciare uno spiraglio nella porta e sparire nel corridoio.

Deglutisco e torno a guardare Linden, lo sguardo fisso nei suoi occhi, la mia mano ancora sulla sua. Mi avvolge le dita con le sue, trasalendo leggermente, e stringe. È così familiare.

«Sono ancora convinto che sto sognando».

«No», dico. «Non è un sogno. James mi ha detto cosa era successo, perciò abbiamo preso un volo notturno. Sembri… cos'è successo?».

Mi sta ancora fissando e nonostante i farmaci e lo sguardo intorpidito, vedo che lotta per ricordare. «C'è stato un guasto, credo che abbiano detto un cortocircuito, ma non lo so». Si lecca le labbra, respirando piano. «Per fortuna non c'era nessun altro a bordo. Dovevo portare in giro dei turisti. Adesso lavoro per una società che organizza visite guidate ed era un elicottero nuovo. Perciò stavo facendo un giro di prova. Ricordo che le luci si sono accese e poi spente, non lontano dall'aeroporto. Ho dovuto riportarlo a terra. Ricordo… ero quasi atterrato. Forse mancavano una decina di metri. Poi è iniziato a precipitare. Sapevo che stavo andando giù ma… non ricordo lo schianto. Mi sono svegliato qui. Ho visto il servizio al telegiornale. Sembrava un relitto in fiamme. Non so davvero come ho fatto a uscirne, anche in queste condizioni. Sono fortunato».

Sono assolutamente inorridita. Mi stringe la mano. «Non riesco a credere che tu sia qui».

«Credici, Cowboy».

Sorride ma poi chiude gli occhi, assalito dal dolore.

«Vuoi che ti lasci riposare?», gli chiedo.

«No», si affretta a rispondere, ma continua a tenere gli occhi chiusi. «Ho solo qualche capogiro. Ho una commozione cerebrale e i farmaci sono… i farmaci sono dannatamente favolosi… ma mi sembra di stare sott'acqua». Apre gli occhi e mi guarda. «Non andare, ti prego. Parlami. Dimmi come stai». Fa un profondo e intenso respiro. «Cazzo, mi sei mancata, Steph».

Gli occhi mi bruciano sempre di più. Non voglio crollare. «Anche tu mi sei mancato. È stata… è stata dura. Non è molto divertente senza di te».

«Mi dispiace tanto», dice. Le sue parole stanno diventando strozzate. «Davvero. Io… io ho gestito tutto così male. Così male. Io…». Fa una pausa ed espira con forza, serrando la mascella. «Merda. Fa male ogni fottuto giorno».

«Hai bisogno di altri farmaci?», chiedo, guardandomi attorno alla ricerca del campanello per l'infermiera.

«No», risponde. I suoi occhi lampeggiano, appaiono più che svegli. «No. Non questo dolore. Il dolore che ho causato quando me ne sono andato. Avevo il tuo amore e l'ho gettato via, come se non avesse valore, mentre era tutto. Ho spezzato il mio fottuto cuore e ho spezzato il tuo. Ogni giorno sembra che si apra una nuova crepa dentro di me e non importa quanto la ignori, non si rimargina, cazzo. Non migliora. Steph… Baby Blue… mi dispiace così tanto. Ho distrutto tutto ciò che avevamo». Chiude gli occhi e annuisce tra sé. «Me lo merito».

«Non dire così», lo ammonisco. «Sul serio, smettila. Sì, le cose sono andate in malora ma nessuno merita di schiantarsi in elicottero. Nessuno merita questo, specialmente tu. Le persone commettono errori, lo capisco. È solo che non eravamo quello che ho sempre sperato saremmo stati».

«No, non lo eravamo. Eravamo meglio di così». Mi rivolge un mezzo sorriso. «Insieme eravamo il meglio. Ecco perché fa così fottutamente male».

Bussano alla porta e, girandomi, vedo James. Per la seconda volta nel giro di ventiquattro ore, ho voglia di prenderlo a calci nelle palle.

«Scusate», dice, e sembra davvero dispiaciuto. «Un'infermiera mi ha detto che l'orario di visita è quasi finito. Volevo solo dirgli qualche parola».

Annuisco ma Linden mi stringe più forte la mano. «Per favore, non andartene», dice roco, cercando di trattenermi. «Ho bisogno di te».

È davvero così? Oppure è troppo stordito dai farmaci, eccessivamente emotivo perché è stato a un passo dalla morte? Continuo a dimenticare dove vive adesso. Continuo a dimenticare quanto tutto sia cambiato.

«Ti riprenderai», gli dico. Poi, a malincuore, gli lascio la mano e vado via così che James può mettersi la coscienza in pace. Passandogli accanto, gli scocco un'occhiata ammonitrice. Non so di cosa parlerà, ma se ha intenzione di scaricargli tutto addosso come ha fatto con me sull'aereo, non so quanto Linden sia in grado di sopportare.

Ma James annuisce, sembra capire. Mi volto in tempo per vedere Linden guardarmi; ha l'aria più sofferente di prima. Esco nel corridoio e poco più in là vedo Bram con un uomo più anziano dall'aria distinta.

«Tu devi essere Stephanie», dice l'uomo, venendo verso di me con la mano tesa. Parla con un accento scozzese assurdamente raffinato. «Io sono il padre di Linden».

«Oh, salve», rispondo, felice di conoscere finalmente questo famigerato figuro. Suo padre è alto e attraente, con i capelli sale e pepe e gli occhi luminosi. Adesso capisco da chi hanno preso la bellezza i suoi figli. Gli stringo la mano con decisione, desiderosa di fare colpo. «È un piacere conoscerla finalmente».

«Sì», dice lui. «È un piacere anche per me, la famosa Stephanie Robson».

Sbuffo col naso. Non proprio raffinata. «Famosa?».

Scambia un'occhiata con Bram. «Linden ha parlato un sacco di te in questi anni».

«Davvero?». Linden a stento parlava con i suoi genitori.

«Sì. Venivi sempre nominata in un modo o nell'altro. E da quando si è trasferito qui, be'… sei stata nominata molto di più. È bello accostare un viso così incantevole a un nome tanto amato».

Linden ha continuato a parlare di me a suo padre anche in questi mesi? Mentre rifletto sulla cosa, mette una mano sulla spalla di Bram e dice: «Vado a casa a prendere tua madre. Torno presto». Mi rivolge un piccolo inchino. «È stato un piacere incontrarti. Spero di rivederti qualche volta».

«Certo, sì, naturalmente», replico e lo guardo andare via.

«Ehi», mi dice Bram. «Non so per quanto resti a New York, ma ti va un caffè mentre aspettiamo James? C'è un buon posto qui accanto».

Accetto, pensando che è meglio che restare in ospedale. Il problema è che devo tornare presto a San Francisco per aprire il negozio. Non posso permettermi di tenerlo chiuso in questo momento.

Mentre lasciamo l'ospedale, mi chiedo se avrò mai la possibilità di dirgli di nuovo addio.

Capitolo ventitré

Linden

Ricordo una volta, quando ero bambino, di essere andato alle stalle per aiutare mia madre. Be', non è che la stessi proprio aiutando, mi limitavo a starle intorno. La tata aveva la giornata libera perciò la povera mamma era costretta a occuparsi di Bram e me. Ragazzi, eravamo davvero una coppia di monelli. Bram si arrampicava nel fienile e saltava sulle balle di sotto mentre io sgattaiolavo dentro e fuori il box di ogni cavallo.

Quel giorno stavo dietro a mia madre come una spia. Sapevo che la infastidiva averci intorno mentre cercava di lavorare, perciò mi tenevo a una certa distanza. Ma ricordo che la osservavo, chiedendomi anche cosa avessero i cavalli che sembravano piacerle molto più di me.

Quel giorno era tutta presa da un cavallo che stava cercando di vendere, credo. Ricordo che era una puledra di un anno e a volte fantasticavo che forse sarebbe stata il mio cavallo. Mia madre sembrava avere molte più attenzioni per lei.

Quando mia madre andò a controllare un altro cavallo, entrai nel box della puledra. Appleton, credo si chiamasse, anche se solo adesso mi rendo conto che l'avevano chiamata come una bottiglia di rum. Ma, d'altro canto, mi sembra adeguato.

Stavo accarezzando il cavallo, proprio come aveva fatto mia madre, quando Bram cadde da qualche parte nel fienile. Il rumore spaventò la puledra, che si imbizzarrì e mi colpì alla testa con uno zoccolo. Evidentemente non stavo dove dovevo.

Ricordo che ci fu un'esplosione di fuoco luquido dentro la mia testa e poi tutto divenne buio pesto. Mi svegliai più tardi con un veterinario che mi scrutava. A quanto pare, era stato più facile chiamare lui che portarmi in ospedale.

Per gran parte della mia vita ho pensato che fosse la cosa più spaventosa che mi fosse mai capitata. Ma adesso… adesso non è più così.

Sopravvivere allo schianto in elicottero è la cosa più spaventosa che mi sia mai capitata. Certo, sembra ovvio. Sarebbe una delle cose più traumatiche che possano accadere a qualcuno e, per fortuna, accade di rado. Ma non è stato lo schianto in sé a sconvolgermi fin nel profondo, né le ossa rotte. Non aveva niente a che fare con questo.

È stato dopo, quando mi sono svegliato in ospedale, e mi sono reso conto di non avere l'unica persona al mondo di cui avevo bisogno. Ero solo, forse non fisicamente – per fortuna mio padre e mio fratello c'erano – ma ero solo nell'anima. Il mio cuore apparteneva ancora a un'altra persona e avrei potuto morire senza mai più rivederla.

È stato allora che il senso di perdita degli ultimi mesi, la disperazione e il cambiamento, tutto mi è piombato addosso, schiacciandomi fino a che non ho avuto altra scelta che arrendermi. Arrendermi alla perdita. Arrendermi alle fottute scelte di merda che avevo fatto.

Era tutta colpa mia.

Ho pianto. Ho pianto davvero quella prima notte. Tutti pensavano che fosse per il dolore e continuavano a imbottirmi di farmaci, ma il dolore era concentrato in un punto irraggiungibile. Lo schianto ormai c'era stato, ma io continuavo a rompermi, rompermi, *rompermi* dentro.

Per Stephanie, la donna che ho perso, la donna che ho gettato via.

E per cosa? Per una coscienza pulita? Per orgoglio?

Per niente. È stato tutto per niente.

Niente ha un suono tanto vuoto e infinito.

Quando Stephanie è apparsa accanto al mio letto, sapevo che doveva essere un sogno. Non era possibile che solo struggendomi e desiderandola, lei apparisse il giorno seguente. Non ero un fottuto mago.

Ma non era un sogno. Vero?

Sto guardando James adesso ma non è la persona che vorrei avere davanti. La persona che voglio mi ha lasciato di nuovo. La persona che voglio ha ancora il mio dannato cuore.

«Stephanie era davvero qui?», gli chiedo. Ho la gola così secca e asciutta che mi sembra di aver ingoiato carta vetrata. La stanza gira ancora come se fossi dentro a una lavatrice a ciclo lento, perciò forse è stato davvero un sogno. Come faccio a saperlo?

Ma lui annuisce. «Sì. Era qui».

E allora perché provo ancora dolore?

«Ascolta, so di essere l'ultima persona che vorresti vedere», dice.

Non posso fare a meno di aggrottare la fronte, anche se il movimento mi fa dolere la testa. «In realtà pensavo di essere *io* l'ultima persona che avresti voluto vedere». Considerando il modo in cui le cose sono finite tra noi, sono sconvolto che sia addirittura qui.

Sono scioccato che ci sia anche Steph. E poi la mia mente vuole concentrarsi su qualcosa che spero non sia vero. Adesso stanno insieme? James ha finalmente avuto quello che voleva? Lei ha finito per innamorarsi di nuovo di lui?

È stata opera mia?

Sento il cuore contrarsi. Non c'è abbastanza morfina al mondo per questo.

James si gratta la testa e poi sospira. Si siede sulla sedia di plastica accanto al letto. «Linden. Devo dirti una cosa e non sarà facile».

Oh porca puttana. Ho ragione allora?

«Okay», replico. È a malapena udibile al di sopra del sangue che mi rimbomba nelle orecchie.

«Avrai voglia di uccidermi».

«Sembra meraviglioso».

«E probabilmente non dovrei dirtelo proprio in questo momento, ma se non lo faccio non tornerai mai più dove dovresti. E tu sai dove dovresti stare, vero? Dovresti tornare a San Francisco. E dovresti stare con lei».

D'accordo. Ci sto mettendo un po' a digerire la cosa, non è affatto ciò che pensavo avrebbe detto.

Deglutisce a fatica. «Ti ho detto di essere innamorato di Stephanie. E sai cosa? Lo ero. Quando stavamo insieme, lo ero. E dopo che abbiamo rotto… sì, è stato difficile lasciarla andare. Fare di nuovo sesso con lei non ha aiutato. Non è che ti ho mentito ma… quando ti ho detto che ero innamorato di lei, che avevo rotto con Penny per lei, non sapevo realmente cosa stavo dicendo».

«Sono così confuso», replico, sforzandomi di capire. «Avrai notato che ho una commozione cerebrale».

Mi guarda dritto in faccia ed è come se stia raccogliendo tutto il coraggio possibile. «Non ero innamorato di lei tanto quanto volevo averla. E volevo che lei mi volesse. E volevo portartela via. Perché sapevo. Ho sempre saputo cosa c'era tra voi due. Sapevo che entrambi mi stavate mentendo, mi nascondevate le cose, vi appartavate. Non mi piaceva. E più di tutto, non pensavo che fosse giusto». Fa una pausa. «Non è facile ammetterlo, ma il fatto è che ero geloso. Volevo che sapessi cosa significasse perdita e sacrificio. Per una volta, volevo che tu non avessi tutto».

Non mi rendo conto di quanto sto stringendo i denti fino a che la testa non comincia a martellarmi dal dolore. Ma questo è niente, in confronto alla rabbia che ho dentro. «Ma che cazzo?», è tutto ciò che riesco a dire. «Perché mi hai fatto una cosa del genere?».

Il suo sorriso è freddo. «Perché tu lo stavi facendo a me. E perché ero un amico debole e stupido che non riusciva a smettere di avercela con te. Non ne vado fiero. Ma è vero».

«Stai per farmi venire un fottuto attacco di cuore», inveisco. «Se non avessi questo cazzo di braccio rotto, ti strangolerei. Cazzo, scommetto che ce la farei con una sola dannata mano!». E d'un tratto la allungo verso di lui, ma la flebo mi ostacola.

«Mi dispiace». Non si muove, è come se volesse che lo uccida. «Ho mandato tutto a puttane. Ho rovinato quello che avevamo tu e io e quello che avevate tu e Steph. Ho distrutto tutto. Perfino la mia relazione con Penny! Tutto perché ero troppo meschino e cieco e arrabbiato per vedere cosa stavo facendo».

Quasi non riesco a parlare. «Perché cazzo me lo stai dicendo adesso?», ringhio. «Sono a malapena vivo, in ospedale. Me l'hai detto per pulirti la tua stramaledetta coscienza?».

Scuote la testa. «No. Perché non mi sento meglio e non penso che cambierà. Te lo sto dicendo adesso perché Stephanie è qui. Perché tu non debba preoccuparti dei miei sentimenti. Perché tu non debba sentirti in colpa per niente. Te lo sto dicendo perché tu possa lottare per lei. È questo ciò che si merita. Qualcuno che lotti per lei. Entrambi l'abbiamo avuta a un certo punto e siamo stati entrambi molto fortunati. Ma sei tu quello che può riaverla, che *dovrebbe* riaverla. Sei tu quello a cui appartiene. Sei sempre stato tu».

Chiudo gli occhi, cercando di riprendere fiato. «Le ho spezzato il cuore».

«E allora fa' l'uomo e rimetti insieme i pezzi».

Apro un occhio e lo guardo. È in piedi, fermo davanti a me.

«Abbiamo incasinato tutto tutti e due. Ma sei tu quello con più possibilità di sistemare le cose. Riprenditela. Riconquistala».

«Lei non mi rivuole».

«È ancora innamorata di te, cazzo», ribatte James, esasperato. Vorrei credergli così tanto, ma non so come si possa continuare ad amare dopo tutto questo. L'amore è così volubile, così raro, così fragile. Impossibile che abbia continuato ad amarmi. Impossibile che possa mai perdonarmi dopo quello che ho fatto.

«La ami ancora?», domanda piano.

Neanche ci penso. Annuisco. «Sì. Più che mai. La amo più di ogni altra cosa». E a ogni parola che mi esce di bocca, il mio petto cede un po' di più. Forse ho qualcosa di rotto, ma non posso esserne sicuro.

«Scusate». L'infermiera dall'occhio di falco, penso si chiami Andie, compare sulla soglia. «L'orario di visita è terminato. Ha bisogno di riposare».

Guardo James in preda al panico. «Dov'è Steph?»

«Credo sia con Bram», risponde James. Guarda l'infermiera. «C'è qualcun altro là fuori? La ragazza col maglione grigio, capelli scuri?».

Lei scuote la testa. «Nessuno. La prego, signore, venga via. Può tornare domani».

James si gira a guardarmi. «Spiacente, amico. Vedrò se possiamo restare un altro giorno. Ha detto che non poteva tenere chiuso il negozio, perciò…».

Perciò se ne tornerà a casa. Diamine, è stato già un miracolo che sia venuta.

«Vuoi che le dica qualcosa?», mi chiede James.

Faccio di no con la testa. Perché tutto ciò che voglio che sappia, devo dirglielo io stesso. Solo che adesso non potrò farlo.

«Ehi, ancora scusa», dice. «Non intendevo rovesciarti tutto questo addosso. Ma volevo che sapessi che ho combinato un casino e che cercherò di tornare a essere un buon amico. Mi manchi sul serio, fratello. Non è più come prima».

Non so cosa pensare né cosa dire perciò mi limito ad annuire.

«Di' a Steph...». Dille cosa? «Dille che sono felice che sia venuta».

«Senz'altro, amico».

E anche se non riesco più a considerare James un amico, provo una fitta di perdita quando se ne va.

«Linden», sento una voce femminile chiamarmi. «Tesoro, mi senti?».

Non è la voce femminile che speravo.

Apro lentamente gli occhi. Il sole si riversa dalle finestre della camera d'ospedale. Mia madre è al mio capezzale, seduta sulla sedia. La sua mano, una mano scarna e pallida, con la pelle come carta crespa, è appoggiata sul mio braccio.

Non c'è nessun altro nella stanza. Siamo soli.

Non riesco a ricordare l'ultima volta che sono stato da solo con mia madre.

«Mmm», faccio con la voce impastata. Cerco di tirarmi su a sedere.

«Shhh», dice lei, premendo la mano su di me. «Non muoverti». Il suo alito sa di alcol, non mi sorprende, ma lo sguardo è lucido. Sembra in sé.

Sembra anche preoccupata. È tutto molto stridente.

«Cosa ci fai qui?», riesco a chiederle.

«Sono venuta a trovare il mio ragazzo», dice piano, ma non sembra offesa dalla mia domanda, nemmeno sulla difensiva. È come se sappia che è un po' strano che sia qui, a vegliare su suo figlio in ospedale. «Come ti senti?»

«Come dopo uno schianto in elicottero», rispondo.

Sorride. È una linea sottile e dura, ma per lo meno coinvolge anche i suoi occhi. È vestita in modo molto modesto, con un dolcevita bianco e pantaloni beige. Non ha addosso alcun gioiello. Sembra che non dorma da giorni, ma potrebbe essere solo l'effetto dell'alcol.

«Tuo padre vuole fare causa alla compagnia di elicotteri».

«Questo non mi sorprende».

«Non ti opponi?».

Sospiro. «Non sono convinto che servirebbe a qualcosa. Non abbiamo bisogno di soldi, no?»

«Certo che no», replica lei. «Ma credo che sia più una questione di principio. Fai pagare la gente quando combina un casino».

«Ma io non so esattamente cosa è successo, di chi è stata la colpa».

«Hanno detto che si è trattato di un cortocircuito».

«Sono sicuro che un pilota migliore sarebbe riuscito ad atterrare».

«Linden». Adesso la sua voce è più dura. «Tu sei uno dei migliori piloti che ci siano».

Devo ammetterlo, sono esterrefatto da una simile affermazione. Resto un po' a bocca aperta e provo una singolare sensazione calda nel petto.

«Non è stata colpa tua», aggiunge. «Questo lo sappiamo tutti. La compagnia è la responsabile».

Faccio un pesante sospiro. «Ma queste cose succedono. È il rischio che si corre. Corro consapevolmente questo rischio ogni volta che volo. So in cosa mi sto imbarcando. È una macchina complessa, articolata, fatta di rotori, leve e cavi e vola in verticale. Sai quello che stai per affrontare ogni volta che sali a bordo di uno di quegli affari. Puoi avere uno stato di servizio perfetto, ma non sei mai al sicuro perché niente lo è. Come nella vita».

«Come nella vita», ripete lei. «Suppongo che riprenderai a volare allora?»

«Certo», rispondo senza paura né esitazione. «Non sono sicuro di tornare con la stessa compagnia, ma un incidente non mi impedirà di volare. So che non è proprio quello che volevi sentire, ma è ciò per cui sono nato».

Fa un delicato sospiro. «Lo so, figliolo. Tuo padre e io non siamo stati i più… entusiasti… riguardo la scelta della tua carriera. Ed è proprio questo il motivo. Nessuno vuole vedere il proprio figlio farsi male».

Sono tentato di interromperla, di dirle che mi sorprende che sappia perfino di avere dei figli, ma la lascio continuare. È un momento raro. Molto raro.

Si tira su le maniche del maglione e continua. «Ma se senti che è quello che vuoi e se questo incidente, questa orribile, spaventosa cosa non ti ha dissuaso dal tornare a volare… be', allora è la tua passione. E né noi, né nessun altro, dovrebbe interferire». Mi dà un buffetto sulla mano. «So che non sembra ma è vero, noi vogliamo solo che tu sia felice».

Penso che sia la cosa più vicina a un "ti voglio bene" che mai otterrò da lei, ma va bene lo stesso.

«Allora», dice, alzandosi lentamente, «hai intenzione di restare qui? O tornerai a San Francisco?».

Ho un sussulto, cosa che mi fa dolere la testa. «Perché dovrei tornare a San Francisco?»

«Pensavo che lì fossi più felice».

Deglutisco. «Non lo so». Non riesco a immaginare di tornare lì ed essere felice senza avere Stephanie.

Mia madre mi scruta per un momento con occhi stranamente lucidi. Poi appare un minuscolo sorriso. «Sai, tuo padre dice che finalmente ha conosciuto la ragazza».

«La ragazza?»

«Stephanie», continua, come se fosse stato un grosso evento. «Odio dirti come vivere la tua vita, Linden, e sono sicura che non saresti d'accordo». Ride sommessamente tra sé. «Ma se hai intenzione di tornare a volare, malgrado l'incidente, malgrado i rischi, e mettere tutto quanto in gioco… magari sei disposto a fare altre cose. Forse elicotteri e cuori non sono così diversi».

«Chi sei tu?», non posso fare a meno di chiederle. Assomiglia a mia madre ma di sicuro non si comporta come lei, non come la madre che ho avuto per tutta la vita.

«Lo so, lo so», ammette, dandomi un altro buffetto prima di andare alla porta. «A volte ci vuole un sacco per svegliare qualcuno». Mi rivolge un sorriso gentile e se ne va.

Mi chiedo se si riferisse a se stessa.

O a me.

Capitolo ventiquattro

Linden

Resto in ospedale per due settimane. Due fottute settimane di noia, prurito, luci al neon, infermiere acide e cibo terribile. Due fottute settimane di puro inferno.

Ma ho avuto due settimane per pensare. Per pensare a James e a quello che mi ha detto. Per pensare a quello che mi ha consigliato mia madre, che ha cominciato a farmi visita ogni giorno, a volte ubriaca, ma sempre gentile.

Due intere settimane per pensare a Stephanie. Per decidere di trasferirmi di nuovo a San Francisco. Per riprendermi il mio vecchio lavoro e i miei due amici.

Ma soprattutto per riprendermi Stephanie. Perché non ha senso avere un cuore se non lo si usa nel modo giusto. Se sono disposto a rischiare di nuovo la vita per tornare a volare, nonostante tutto quello che è successo, sopravvivendo al peggio, allora non c'è ragione perché non faccia altrettanto per lei, per noi.

Non importa se non prova quello che provo io. Non importa se non mi ama più, se non mi perdonerà mai. Importa solo che io ci provi, comunque. Ho già rischiato tutto per lei e ho deluso entrambi. Non lascerò che accada di nuovo.

E poi, naturalmente, queste due fottute settimane mi hanno portato più vicino al mio compleanno. Il mio trentunesimo compleanno.

È domani. E questo significa che ho un solo giorno prima della scadenza del patto.

Non me lo sono dimenticato. È sempre stato nella mia mente. Certo, erano solo parole, ma per me ancora molto reali. Fino a che saremo entrambi single, fino a che avremo entrambi trent'anni, ho intenzione di sposare quella donna.

O, per lo meno, voglio provarci.

Perciò, anche se volevo essere io a riportare la mia roba all'altro lato del Paese, ancora una volta finisce tutto nel retro di un camion dei traslochi, diretta a San Francisco. Stavolta, però, è Bram a guidare. Si è offerto di farlo e di certo non avrei rifiutato il suo aiuto. Penso che stia cercando una scusa per lasciare Manhattan e non mi sorprenderebbe se finisse a San Francisco.

Non starebbe da me, naturalmente. Sono riuscito a tornare al mio vecchio appartamento, non aveva avuto una sola offerta per tutto il tempo che è stato sul mercato. Ma se Bram decide di restare in città, ammetto che sarebbe bello. Mi sono legato molto di più a lui negli ultimi mesi. Non è poi quel grande stronzo che credevo. Forse piccolo, magari, uno stronzo tascabile.

Quando atterro, non so bene quali siano i miei piani. Certo, ho avuto un intero dannato volo per pensarci ma stavano dando un mucchio di bei film che volevo vedere.

Adesso sto fermando un taxi. Non aiuta il fatto che abbia le stampelle, visto che ho la gamba ingessata. Non posso piegarmi molto per il dolore alle costole e non posso usare troppo il braccio. Fortunatamente il tassista è un brav'uomo e mi aiuta. Odio questa sensazione di impotenza.

Quando mi chiede dove voglio andare, tuttavia, non riesco a fare mente locale. Non parlo con James o Stephanie da quando hanno lasciato New York il giorno dopo avermi fatto visita, perciò non ho idea di dove siano né se sanno che sono qui.

Mi faccio portare prima a casa di Stephanie e dico al tassista di aspettarmi. Ci vorrà un po'. L'anello che le ho preso da Tiffany sembra incandescente nella tasca dei jeans. Non ho la minima idea di cosa dire o fare e non so per quanto il taxi mi aspetterà se lei è in casa.

Ma non c'è. Suono il campanello quattro o cinque volte, ma lei non risponde. Alla fine torno zoppicante al taxi e do al tassista l'indirizzo di James. Immagino che lui saprà dov'è Stephanie, o per lo meno avrà un'idea. Non so se sono rimasti amici o meno dopo che tutto è precipitato, ma sono venuti fino a New York per me.

Non importa. E poi neanche James è in casa. Deve essere al Lion.

Perciò quel poveraccio del tassista mi porta fin laggiù. Finalmente riesco a congedarlo e gli lascio una generosa mancia per tutto l'aiuto e il tempo che ha dedicato per farmi salire e scendere dall'auto.

Sono avvolto da una nebbia spettrale mentre mi avvio adagio alla porta del locale. Questo posto mi suscita mille ricordi. Con i suoni ovattati e la luce calda del bar, è come vivere nel passato.

Apro la porta e vengo accolto da tutto ciò che è buono, tutto ciò che mi è mancato. Questo posto ha un odore particolare. Di birra stantia e colonia e fumo che permane sulle pareti da decenni e di unte patatine fritte e limoni tagliati. In realtà è un odore alquanto disgustoso ma io lo amo lo stesso.

La prima persona che vedo è James. È dietro al bancone, intento a pulirlo, e mi sembra di essere in un episodio di *Cin cin* perché Dan mi passa accanto con un bicchiere ed esclama: «Linden!». E poi: «Porca puttana, amico, sei conciato male!».

Gli do un buffetto sulla schiena e continuo a camminare fino a che James mi vede. Lo strofinaccio per poco non gli cade di mano. È senza parole. Ma Penny – Penny! – è seduta al bancone, a quello che era il suo solito posto, e segue lo sguardo fisso di James su di me.

«Ehi!», esclama felice mentre scende dallo sgabello e viene ad abbracciarmi. È delicata. «Cosa ci fai qui?». Mi guarda dalla testa ai piedi, posando le dita su alcuni tagli che ho sugli zigomi. «Oh Dio, che aspetto terribile. Ma è anche sexy».

Cosa ci fai tu qui?, vorrei chiederle, ma capisco che quali che siano stati i motivi per cui James aveva rotto con lei, deve averli superati.

«Mi sono trasferito di nuovo», le dico, guardando James. «Ho pensato di finire qui la convalescenza».

James strabuzza ancora di più gli occhi e finalmente parla. «Dici sul serio?»

«Già», rispondo. «In questo momento Bram sta trasportando la mia roba attraverso il Paese».

«Perché non sei andato con lui?», mi chiede. «Probabilmente è più comodo stare in un veicolo che non tutto schiacciato su un aereo».

Faccio un sonoro sospiro. «Domani è il mio compleanno».

«Lo so», replica con un ghigno ironico.

«Trentuno», aggiunge eccitata Penny.

«Sì. Be', sono tornato per portare a termine una cosa». Mi guardo attorno nel bar. «Avete visto Stephanie?»

«Oh», fa Penny, abbassando il tono della voce. Scambia un'occhiata con James.

«Cosa?»

«Uh», fa James grattandosi il collo. «È qui ma ha, ehm, un appuntamento».

Cazzo. Perché diavolo ho dato per scontato che sarebbe stata single?

«Un appuntamento?»

«Sì». Ma i suoi occhi si accendono speranzosi quando aggiunge: «Ma la buona notizia è che penso sia solo il secondo con lui. Stavolta. È il suo ex».

«Chi? Il surfista?»

«Aaron? No. Il ragioniere stronzo».

«Il bevitore di vodka che l'ha tradita?», domando incredulo. «Capitan Faccia da Culo Zero Divertimento?»

«Già».

«Cazzo. Perché è con lui? Dov'è?».

James indica con la testa dietro al bancone, vicino alle toilette. L'ultima volta che sono stato in quei bagni, stavo scopando Stephanie contro il muro. Stavolta voglio agguantare Owen e tirare lo scarico mentre la sua testa è nel water. Perché diavolo sta con un tizio che l'ha trattata di merda?

D'un tratto non provo neanche un briciolo di vergogna per ciò che sto per fare.

Comincio a fare il giro del bancone, con James che mi grida dietro: «Cosa vuoi fare, Linden?». Ma lo ignoro.

Lì, nel séparé all'angolo, ci sono Stephanie e Owen. Lui sta tagliando un'insalata con la forchetta (ma chi è che ordina insalata in un pub?) e sta blaterando qualcosa. Indossa un completo, adesso porta gli occhiali e quasi non gli è rimasto un capello. Le orecchie cominciano a sembrare quelle di Bilbo Baggins.

Steph è seduta di fronte a lui, rigirandosi tra le dita il suo Dirty Martini con aria annoiata. È così fottutamente bella che mi sembra di essere di nuovo sotto morfina. È così dannatamente surreale pensare da quanto tempo la conosco, di essere stato dentro di lei, aver sentito che mi ama. In questo momento non sono sicuro che riuscirò mai a riprendermi.

Porta stivaletti alla caviglia, jeans e una maglia a maniche lunghe. Non mostra neanche un po' di pelle, a parte quella della clavicola, uno dei punti che preferisco mordere e leccare. Ha i capelli legati in una coda di cavallo e pochissimo trucco. È bello vedere che non si è agghindata per lui, che non sta cercando di fare colpo su nessuno. Ma il fatto è che non ne ha bisogno. È ancora più fantastica quando è semplicemente se stessa.

È così stramaledettamente bella che penso che potrei morire.

Ma adesso Owen mi sta guardando. Accigliato. Si ricorda di me. Mi odia.

Sta per odiarmi ancora di più.

Steph si gira e, quando mi vede, resta a bocca aperta. Ha un'aria così fottutamente carina che sono felice della sorpresa. Ma non sembra arrabbiata, il che è positivo.

Guarda Owen e poi di nuovo me. Sembra sul punto di andare nel panico.

Le renderò le cose facili.

Vado verso di loro, cercando di mostrarmi il più disinvolto possibile con le stampelle, e mi fermo proprio davanti al tavolo. «Spiacente di interrompere la vostra deliziosa serata», esordisco, guardandoli mentre mi osservano sbigottiti. «Ma ho una cosa importante da chiedere a Stephanie». Rivolgo un'occhiata a Owen. «Se non ti dispiace lasciarci un po' di privacy».

Owen si passa il tovagliolo sulla bocca e poi lo getta sul tavolo. Si schiarisce la voce. «Qualsiasi cosa tu abbia da dirle, devi farlo davanti a me».

Oh, ma davvero? Zero compassione per lo storpio? Non avevo in mente degli spettatori, ma se non procedo potrei perdere l'occasione. Guardo dietro di me e vedo James, Penny e Dan che, appoggiati al bancone con le birre in mano, ci guardano come se stessimo dando spettacolo. Strizzo loro l'occhio e mi giro di nuovo.

«D'accordo», replico a Owen. «Resta, se proprio devi. Ma se dici una sola parola, ti sbatto questa cazzo di stampella su quelle orecchie da hobbit, va bene?». Deglutisce, mostrandosi indignato, ma non dice niente. Lancio un'occhiata a Stephanie e vedo le sue rotelline girare. Non ha idea di cosa sto per fare. Ma so che con una sola frase posso metterla sulla strada giusta.

«Stephanie», dico, raddrizzandomi davanti a lei, «domani è il mio compleanno. Compio trentuno anni».

E adesso sa. Sorpresa e paura e qualcosa che spero sia un tantino più positivo turbinano nei suoi grandi occhi azzurri. «Lo so», dice piano, cauta.

«Allora lo sai che, tanto tempo fa, ci siamo fatti una promessa». Provo un senso di oppressione al petto ma continuo. «E so che quella promessa è andata perduta. Distrutta. Ed è stata colpa mia. Ma non posso fingere che sia finita. Che non esista. Voglio sapere che c'è ancora tempo. Voglio un'altra possibilità per darti il mio cuore. E, naturalmente, anche altro».

Owen emette un verso contrariato e io agito la stampella verso di lui, fulminandolo con lo sguardo. Gliene do atto, tiene il becco chiuso.

Mi giro verso di lei, mi piego più che posso e le prendo la mano. È così piccola e morbida. È così *mia.*

«Ho fatto una cosa terribile. La cosa peggiore. Avevo il tuo amore – era tutto l'amore del mondo – e l'ho gettato via. Perché ero un idiota. Perché avevo paura. Paura di fare la cosa sbagliata e di comportarmi da stronzo. Ma poi sono diventato quello che temevo e ho perso la cosa a cui più tenevo. Non so se riuscirò mai a perdonarmi per aver rinunciato a noi e per aver mollato quando avevo promesso di non farlo. Ma spero e prego che tu possa farlo. Che tu mi dia un'altra chance. Perché ho visto la tua anima, piccola, ed è reale, è rara. E un tempo sei stata così gentile da darla a me. Voglio riaverti. Voglio ciò che è vero». Faccio un sospiro tremante. «Noi siamo veri. Lo siamo sempre stati. Spero che lo saremo sempre».

Le stringo la mano, sentendo il suo battito e poi, mentre mi fissa con sguardo sincero, tento di mettermi su un ginocchio.

Ma, naturalmente, ho le stampelle e non ci riesco. Vacillo per un istante, sul punto di cadere in avanti, ma Owen allunga un braccio e mi regge. Carino da parte sua. Lo stronzo.

«Mi sarei messo in ginocchio», dico a Stephanie, sentendomi avvampare, «ma potrei non rialzarmi mai più. Perciò fingiamo che l'abbia fatto». Prendo l'anello dalla tasca. «Ma riesco lo stesso a darti questo».

La gente nel bar resta senza fiato. Qualcuno lancia uno strillo (Penny, probabilmente).

Ma Stephanie non è scioccata. C'è una lacrima che le cade sulla guancia e si tiene una mano sul petto, ma non sembra sorpresa. Immagino che mi conosca meglio di quanto pensi. O forse è dispiaciuta per me. Non sono molti gli uomini che fanno proposte di matrimonio con le stampelle.

Tengo lo sguardo incollato su di lei, cercando di esprimere tutto ciò che non viene fuori dalla mia bocca. «Sono stato il tuo migliore amico per nove anni. Voglio essere il tuo mondo per altri novanta. Sei tutto quello che potrei mai volere – amica, amante, *famiglia* – tutto in un'unica fantastica confezione sexy». Ghigno e lei arrossisce. «Ho imparato così tanto con te in tutto questo tempo e voglio imparare ancora. Voglio crescere con te, migliorare accanto a te, ridere con te e renderti felice fino a che sarò vecchio e grigio, fino a che non riuscirò più a parlare o sentire, fino a che l'unica cosa che saprò fare è amare. Quella è l'unica cosa che non finirà mai. Il mio amore per te».

Sento l'interno del naso diventarmi bollente e, con gli occhi offuscati, le offro l'anello. È di platino, con un grosso diamante incorniciato da altri più piccoli, neri. Bellissimo ma audace, proprio come lei.

Le sfugge un leggero mugolio nel vederlo, un piccolo "Oh mio Dio", e comincia a tremare.

Mi schiarisco la voce, determinato a essere forte. «Stephanie Robson, Baby Blue, mia migliore amica e la donna che mi ha preso il cuore. Vuoi farmi l'onore di diventare mia moglie?». Mi prendo un momento per ricompormi. «Vuoi sposarmi?».

L'intera stanza sembra trattenere il fiato insieme a me.

Sembra una fottuta eternità.

Lei guarda me, poi l'anello e infine di nuovo me. Passano diversi secondi. Praticamente si possono sentire i presenti che deglutiscono.

Sento che potrei morire. Il mio cuore è pronto a precipitare.

Ma poi lei scoppia a ridere. Forte. Un largo, meraviglioso ghigno si apre sulla sua faccia.

«Sì!», esclama. «Sì, sì, *sì!*».

Il cuore mi sta esplodendo nel petto. Sono così travolto dalla gioia che quasi dimentico di metterle l'anello al dito ma in qualche modo riesco a farlo. Quando la sua manica si solleva un po', vedo che porta il bracciale che le avevo preso per Natale. Deve averlo aperto comunque, amato comunque.

Lei mi ama ancora.

Non potrei essere più felice. Mette delicatamente le braccia attorno a me, ridendo, piangendo, stringendomi. Mi fa un po' male il torace ma non mi importa. Accanto a noi, Owen si allontana dal séparé, brontolando, e se ne va. All'improvviso nella stanza prendono a volare tappi e la gente esulta e si raduna attorno a noi.

Ma io vedo solo lei. Ho sempre visto solo lei.

Le prendo piano il viso tra le mani. «Ti amo», le dico con passione. «Ti amo, ti amo, ti amo. Non ho mai smesso».

«E io non ho neppure ancora cominciato», replica. «Grazie per essere tornato da me».

La avvicino e la bacio sulla fronte. «Grazie per aver detto di sì. Al patto. A questo. A me. Grazie».

«Di nulla. Sai, non vedo l'ora di giocare di nuovo all'infermiera con te». Mi dà un bacio sulle labbra, morbido, dolce, bagnato di lacrime. Ricambio il bacio, mi ci perdo, mi perdo in lei, nella gioia.

D'un tratto Penny e James sono accanto a noi con quattro bicchieri di champagne.

«So che abbiamo brindato a questo quasi cinque anni fa», dice James guardandoci raggiante. «Ma facciamolo di nuovo».

Mi tiro su e gli rivolgo un sentito cenno del capo mentre prendo il bicchiere. Anche se la nostra amicizia è stata messa alla prova e non è più la stessa, ho fiducia che riusciremo a sopravvivere e a uscirne ancora meglio. Forse è ciò che hanno bisogno di fare tutte le amicizie: evolversi, adattarsi e cambiare. Proprio come la vita.

Leviamo in alto i bicchieri.

«A Steph e Linden», dice Penny.

«All'amicizia», dice Steph.

«All'amore», dice James.

«A noi».

Epilogo
31 anni

Stephanie

Sapete che si dice porti sfortuna se gli sposi si vedono prima del matrimonio? Be', io penso che porti fortuna se scopano prima del matrimonio. Ma bendati, per non infrangere le regole.

Okay, è stata un'idea di Linden ma ovviamente io sono stata subito d'accordo. Ecco perché mi trovo fuori dal guardaroba del Corinthian Yacht Club a Tiburon, con il mio vestito da sposa e una benda in mano.

Busso alla porta e aspetto, guardandomi nervosamente intorno per controllare che qualche ospite imprevedibile non mi abbia vista. La cerimonia comincerà presto ma questa è una delle cose che abbiamo promesso di fare. Abbiamo fatto giurin giurello l'altro giorno e so che queste promesse col mignolo non le infrangiamo.

«Chi è?», chiede Linden da dietro la porta.

«Principessa Disney», rispondo, aggiungendo, «sposa».

Sento una risatina. «D'accordo, Baby Blue. Sarà meglio che tu sia bendata. Non possiamo vederci, ricordi?»

«Un momento», replico. Prendo nota di dove mi trovo, quanto è lontana la maniglia e poi mi metto la benda, legandomela dietro la testa. «Preferirei che fossi tu a legarmela. Molto più sexy così».

Il mio mondo diventa buio. Allungo la mano verso la maniglia. La abbasso lentamente ed entro cauta dentro al guardaroba.

Sa di cuoio, potpourri e salvia. Quest'ultimo aroma è di

Linden. Grandi e grosse mani mi afferrano un braccio e mi tirano più all'interno. Un respiro affannoso riempie la stanza quando la porta si chiude dietro di me.

«Ti prego, dimmi che anche tu sei bendato». Mi sento così vulnerabile e spaesata in questo buio. «Altrimenti è assurdo».

Una mano si posa sulla mia spalla, l'altra attorno alla vita. È impacciata, come se lui fosse insicuro, ma fiducioso al tempo stesso.

«Non vedo un cazzo», risponde. «E ho spento la luce così, per sicurezza. Non temere, sto prendendo sul serio questa stronzata di non vedere la sposa prima del matrimonio».

«Non è una stronzata», replico, e adesso le sue labbra sono sul mio collo e le mani mi sfiorano il seno, i fianchi, le cosce.

«So già che sei bellissima e che questo vestito è incredibile», dice. La sua voce è roca e bassa nell'oscurità.

Ghigno. Mi sono fatta fare un vestito su misura: scollato sulla schiena, aderente sui fianchi e che si allarga in fondo, a sirena. È bianco ma sul fondo è rosa shocking, sfumato, come se fosse stato intinto nel colore. Sarò la prima ad ammettere che è ispirato all'abito da sposa di Gwen Stefani.

«Lo vedrai presto», gli assicuro. «Allora, perché ci incontriamo di nuovo così?»

«Perché non posso passare ventiquattro ore senza stare dentro di te», mormora, baciandomi il collo e succhiando il mio punto preferito.

Gemo piano, arresa alle sue labbra e alla sua lingua. «Giusto. Pensavo che fossi nervoso e avessi bisogno di ricordarti con chi stai per sposarti».

«Anche questo», dice, accostando la bocca alla mia. «Anche questo». Mi dà un bacio, così famelico, caldo e forte. I suoi baci mi reclamano, dicono che sono sua, e anche se sento di esserlo sempre stata, nel cuore e nell'anima, entro la prossima ora sarò sua legalmente, come moglie.

Moglie. Marito. Dopo il patto, dopo così tanti anni, sta finalmente succedendo. Ancora non riesco a crederci e, per certi versi, non voglio crederci. Mi piace svegliarmi ogni mattina tra le sue braccia e pensare di trovarmi in un sogno. Adesso sarò sposata in un sogno. Sono una stronza fortunata.

Come al solito, i suoi baci mi fanno desiderare altro. Mi tiene per la vita e mi fa girare. È così bravo a muovere il mio corpo con facilità , con naturale virilità. Le mie mani volano in avanti, afferrando l'asta a cui sono appese tutte le giacche. Mi ricorda quella volta che abbiamo fatto sesso nel retro del mio vecchio negozio. Adesso che il Fog&Cloth è esclusivamente online, non ho più il negozio, ma la buona notizia è che gli affari vanno bene e le ore lavorative sono diminuite. Devo ancora imparare molto dell'e-commerce, ma sto trovando la mia nicchia nel settore e cerco di farla fruttare al massimo.

La mia passione al momento? I teschi. Stivali di gomma con i teschi, sciarpe con i teschi, gonne con i teschi, cappelli con i teschi, lampade con i teschi, padelle a forma di teschio. A volte penso che dovrei cambiare il nome del negozio in Fog&Skull ma non sono ancora arrivata a questo punto. Vedremo.

Linden geme famelico e abbassa le mani, facendole viaggiare sulle mie gambe e tirandomi su la gonna del vestito. Si ferma alla giarrettiera su una coscia.

«Questa è qualcosa di blu», gli spiego, mentre mi fa schioccare il pizzo contro la pelle. «È stata tua madre a darmela, il che è alquanto bizzarro. Ma ha detto che è fatta con il vostro tartan di Deeside o quello che è. Rosso e blu».

«Sissignora», replica con marcato accento scozzese. «Mi eccita, cazzo».

«Che sia stata tua madre a darmela?»

«Non nominare mia madre per un po'», mi avverte. «Intendo il tartan. Il fatto che tu lo stia indossando significa un sacco per me. So che ormai il nostro nome è senza la *A*, ma siamo ancora i MacGregor».

Il mio cuore si scioglie un po'. «Tu significhi un sacco per me. E prenderò il nome che scegli».

Sento il suo respiro bollente sul collo. «Abbiamo davvero intenzione di fare i sentimentali in questo sgabuzzino o vogliamo scopare?»

«Accidenti, sei assillante», dico.

Sento i suoi pantaloni sbottonarsi e, dopo un momento, il suo uccello caldo premermi contro le cosce. «Oh, ti faccio vedere quanto».

Mi mette una mano tra le scapole e mi spinge in avanti. Sono contenta di avere i capelli tirati indietro e pieni di lacca, così posso inarcare il collo senza rovinare l'acconciatura. E se dovesse succedere, chi se ne frega.

Può rovinarmi quello che vuole.

Linden mi stuzzica con un dito, delicato, tenero e voglioso, prima di penetrarmi. Al buio, senza vedere, gli altri sensi sono acuiti. Sento ogni suo centimetro mentre mi penetra, lentamente, fino a che tutta la sua erezione è dentro di me. Poi ne sento ogni centimetro mentre, tormentandomi, scivola fuori. Il suo respiro è rovente nel buio, e rumoroso, e l'occasionale gemito sembra animalesco. È come se fossi scopata da uno sconosciuto, ma uno sconosciuto che amo.

Perché amo Linden più di quanto possa esprimere con le parole.

Quando veniamo tutti e due, io che emetto grida soffocate contro le giacche degli ospiti, scivola fuori dal mio corpo. C'è una minuscola parte che spera che il suo seme sia ancora dentro di me – dopo tutto è andato così a fondo che ho avuto la sensazione che non sarebbe mai uscito. Non che voglia subito dei figli, ma un giorno sì. Lo vogliamo entrambi.

«Immagino che tu non possa dirmi se sono a posto», osservo, riprendendo fiato mentre i postumi dell'orgasmo mi scaldano. Mi tasto lentamente l'acconciatura, assicurandomi che non ci siano ciocche ribelli.

«Sei bellissima», replica lui con un delicato bacio sulla guancia. «Non ho bisogno della luce per saperlo». Mi afferra una mano. «Bene, Baby Blue. Sei pronta a diventare mia moglie?»

«Sì, Cowboy, lo sono. E se sapessi dove baciarti, lo farei».

«Puoi sempre trovarmi», dice. Con dita delicate sulla mia mascella, mi guida la bocca verso la sua e accosta le nostre labbra. «Perfino al buio».

Ricambio il suo bacio lentamente, non volendo che finisca. Ma ormai il tempo sta scadendo per questa fase della nostra relazione e gli invitati saranno irrequieti. Sospiro. «Allora…».

«Meglio che vada prima io», dice Linden in tono rassegnato.

«Solo un'altra ora e poi saremo insieme». La parte più difficile di questo matrimonio non è stata la scelta del vestito o della location né decidere la disposizione degli invitati, ma non poter vedere Linden per un giorno o due. Considerando che non solo è il mio promesso sposo ma anche il mio migliore amico è dura non poterlo avere con me a ogni singolo passo del cammino. Ecco perché sapevo che incontrarci nel guardaroba, bendata, era più per rassicurazione che altro. E poi a casa facciamo un sacco di roba strana.

Sento Linden sorridere nel buio. Mi bacia la fronte, mi stringe la mano e se ne va. Sento l'aria venire risucchiata dalla piccola stanza e la porta che si chiude dietro di lui. Aspetto qualche minuto, abbastanza perché lui si allontani, prima di togliermi la benda e uscire anch'io.

Qualcuno, penso una delle cugine più vecchie da parte paterna, mi vede dall'altro capo del corridoio. Sembra perplessa nel vedermi uscire da lì. Faccio spallucce. «Non è il bagno», le dico, indicando il guardaroba fingendo confusione. Lei sembra vagamente inorridita e se ne va.

Sospiro e raggiungo il vero bagno, dove mi assicuro di essere perfetta come nelle intenzioni di parrucchiera e truccatrice. Il riflesso allo specchio è un po' accaldato, ma radioso. È felice.

Prima che Linden mi chiedesse di sposarlo, sentivo che tutto nella mia vita era in bilico. Lasciarlo a New York e tornare alla mia normale, vuota vita era una delle cose più difficili che avessi dovuto fare ma, per poter pagare i conti e proteggere il mio cuore, non avevo realmente scelta. Certo, avevo mandato a Linden qualche messaggio per sapere come stava ma, dal momento che era in ospedale, non ero sorpresa che non avesse risposto.

Ma Bram rispondeva. Mi informava sui progressi di Linden ma mai una sola volta ha accennato al fatto che Linden stesse trasferendosi di nuovo qui o che lui lo stesse addirittura aiutando. Ne ero totalmente all'oscuro fino a quando non ho visto Linden entrare al Burgundy Lion, malconcio, pieno di lividi e con le stampelle.

Ironia della sorte, ero uscita con Owen. Era il nostro secondo appuntamento, cosa che neanche volevo ma mi sentivo così in colpa per essermela svignata durante il primo. Immagino che neanche il secondo sia andato troppo bene. Non molti appuntamenti si concludono con l'accettare una proposta di matrimonio, fatta da un altro. Diciamo che è stato il karma di Owen.

Ma nell'istante in cui ho visto il mio malconcio Linden venire verso di me e aprirmi il suo cuore, ho capito che stava finalmente lottando. Stava lottando per me. E ci ho creduto e mi sono fidata del suo amore. Era reale, naturale e vero. Sono certa che qualcuno possa averlo considerato un rischio, visto quello che era successo tra noi, ma io sapevo che la ricompensa era troppo dolce per non rischiare.

La ricompensa è dolce. Lo sposerò. Sposerò il mio migliore amico, il mio amante e molto altro. Sposerò il mio Linden e non c'è niente che abbia mai desiderato di più. Finora, quest'anno con lui è stato meglio di ogni aspettativa e, adesso che stiamo per fare il passo successivo, so che i miei sogni continueranno a crescere. Non è sempre facile, il mio lavoro ha le classiche difficoltà di chi inizia una nuova attività e, col calo della stagione turistica, Linden vola poco. A volte le famiglie sono una seccatura, a volte lo sono gli amici. A volte vorrei prendere Linden a pugni in faccia.

Ma da mille piccoli problemi sto imparando ad apprezzare ciò che è grigio, e non solo bianco o nero. E proprio come la nebbia della Bay Area, il grigio può essere veramente bellissimo.

La cerimonia è breve e stupenda, proprio come la volevamo; niente di sentimentale, andiamo dritti al sodo. Mio padre mi accompagna, Nicola e Kayla sono le mie damigelle, e James e Bram i testimoni di Linden. L'officiante è un uomo con cui Linden lavorava e snocciola battute a raffica. Alcune sono incredibilmente fiacche ma per lo meno fanno ridere la gente e rilassare noi.

È presente perfino il mio ex, Aaron. Non c'è mai stato astio tra noi, non come con Owen, e verso la fine della serata, quando tutti sono ubriachi e rompono bicchieri e ballano brutta musica anni Ottanta, scorgo Aaron provarci con Nicola, che è di nuovo single. Non sono sicura di cosa ne verrà fuori, ma so che lui è un bravo ragazzo e lei si merita qualcuno così… anche se la sua idea di divertimento è il paintball.

Detto ciò, so che il livello di maturità mio e di Linden non è migliore. Mentre trascorriamo la serata ballando, volteggiando accanto a James e Penny, i suoi genitori, mia madre e mio padre, so che anche se abbiamo più di trent'anni, non siamo ancora tanto adulti quanto speravamo. Non so se portare un anello o firmare un certificato di matrimonio cambierà le cose. Ma va bene. Perché, mentre i giorni passano, mi rendo conto che la vita non è un viaggio lineare. A volte si fa un passo indietro, poi due in avanti e poi un salto di lato. È una specie di curvatura spazio-temporale, a pensarci bene.

La vita segue tante direzioni e, se tutto va bene, alla fine, mente, corpo, vita e amore si legano indissolubilmente.

So che starò bene ovunque la vita mi porterà, ma specialmente se Linden sarà al mio fianco.

Mentre le stelle si accendono sulla baia, stringo più forte mio marito e sorrido. Con Linden accanto a me, la mia anima è in pace e il resto della vita… be', il resto della mia vita è appena cominciato.

Ringraziamenti

Non era previsto che ci fosse un "Patto". Cioè, nella mia super serrata tabella di marcia, questo libro non era neanche all'orizzonte. Avevo altri libri da scrivere, libri in attesa già da un po' di tempo. Ma il 19 novembre, mio marito e io stavamo aspettando il volo per la nostra vacanza annuale a Kauai. Stavo sfogliando una copia di «Glamour» – una delle poche volte in cui compro riviste è quando volo – e ho visto un articolo che mi ha fatto riflettere. Ora, non so dirvi cosa sia stato a farmi fermare e leggerlo, dopo tutto si trattava delle solite regole per gli appuntamenti e tutte quei consigli destinati a chi si trova in questa situazione.

Mi ha fatto rendere conto di quanto sia lontana da quella realtà. Adesso sono sposata e a volte dimentico che c'è gente là fuori che va agli appuntamenti, cercando di trovare la persona giusta, conoscendo altre persone ogni weekend. Amavo essere single quando non avevo una relazione seria, perciò mi ha fatto riflettere su quanto possa essere divertente ed eccitante quel periodo della vita. Poi ho iniziato a pensare all'essere single a trent'anni e al perché non ci siano libri che trattano "quel" periodo" della vita. Adesso è sempre tutto definito e destinato al "new adult", il che è fantastico, ma vogliamo parlare anche degli "adulti"? Anche gli adulti sono alle prese con appuntamenti amorosi più o meno fortunati.

Certo, avere trent'anni non significa un tubo perché non mi sento vecchia e di sicuro non mi comporto da vecchia, sono convinta che possiate capirlo dai miei personaggi. Ma mi ha comunque dato l'idea di scrivere di trentenni in un contesto urbano, che si frequentano e affrontano ciò che la vita riserva loro. Poi ho iniziato a pensare a quanti amici facciano "per scherzo" un patto di matrimonio quando sono più giovani, quanto i trenta sembrino un'età magica, e all'improvviso è nata una trama.

Ho messo la rivista nel bagaglio a mano e ho iniziato a scrivere una volta a bordo dell'aereo per Lihue. Mio marito e io abbiamo scritto ogni singolo giorno che abbiamo passato alle Hawaii (sta scrivendo altro, non temete). Avevamo tre settimane, quindi tempo in abbondanza per fare surf e goderci il sole, ma ho comunque usato il tempo "libero" per dedicarmi a questo libro. Una volta cominciato a scrivere di Linden e Stephanie, tutto è venuto con tale facilità che non riuscivo a smettere. È stato tanto divertente.

Sapevo che sarebbe stata una strana novità per me, perché di solito la gente si aspetta crudo realismo nei miei libri. Sapevo che sarebbe stato difficile venderlo, perché la gente vuole incasinarsi e arrovellarsi la mente o avere il cuore dilaniato, piangere fiumi di lacrime per via del subbuglio emotivo. Sapevo che questo libro non era così: sarebbe stato sexy e divertente, una lettura veloce e (si spera) piacevole. Volevo che la gente chiudesse il libro (o spegnesse il suo Kindle) e sorridesse, soddisfatta delle ultime cinque ore passate a leggerlo.

Volevo lasciare la gente felice.

Perciò spero che siate felici! Se in questo momento state sorridendo, allora significa che ho fatto bene il mio lavoro.

Come al solito, ci sono tanti ringraziamenti da fare, soprattutto perché questo libro è stato realizzato con un TALE breve preavviso. Ringrazio Scott, per avermi incoraggiata a scrivere in vacanza (per certi versi, quelle sessioni di scrittura sul portico con l'*ahi poke* e i longboard Kuna sono per me alcuni dei ricordi migliori). Laura, Shawna, Amanda, Kelly, Stephanie, non ce l'avrei fatta senza di voi. Hang Le, non avrei mai riscosso tanto interesse senza la tua incredibile, fantastica copertina, grazie! Danielle Sanchez per la sua insistenza nel promuovere questa cosa :-D Grazie a Mollie Caselli, Marc Paschke, Mike Patton (ha!), Bill Gould, Tami McColgan, Helen Gordon per tutto il vostro amore per San Francisco. Resta ancora una delle mie città preferite al mondo e sono davvero fortunata a poterci tornare così spesso. E a Nadine Colling, che non è affatto come la Nadine di questo libro.

Indice